Ebrias decisiones

Ebrias decisiones

Antonio Preciado

ISBN: 978-607-29-2269-3

Primera Edición: octubre 2020

Para todos los que vieron la luz en mí. Y así.

PRÓLOGO

La luz del cielo nublado me obligó a abrir los ojos. La ventana de la habitación estaba abierta de par en par; no suelo abrirla en las noches de diciembre. Estiré la mano para tomar el celular sobre la mesa. Miré la pantalla: ya no era diciembre. La punta negra del cigarro de mariguana sobre el cenicero al borde de la ventana aún podía encenderse. Las sábanas cubrían mi cuerpo desnudo sobre la cama. Estaba solo en la habitación, pero el condón en el piso y el dolor me dejaron saber que no había pasado la noche solo. Las punzadas en mi frente y sienes eran intensas. La resequedad de mi garganta era insoportable.

Me levanté de la cama; mi cuerpo desnudo se reflejó en el espejo de mi habitación. Los moretones sobre mis muslos tenían el tamaño de balones. Vi la mueca de dolor en mi rostro cuando pasé mis dedos sobre las marcas moradas. Entré al vestidor, tomé el nuevo pantalón del pijama que mis padres me habían regalado en Navidad, me puse la primera playera blanca que encontré y unas sandalias negras. Abandoné el vestidor, la puerta de la habitación estaba abierta. No había nadie en el pasillo, no había nadie en casa. Entre el silencio se escuchaban los ladridos de *Robbin* desde el primer piso. Un extraño olor entraba por mi nariz y se intensificaba con cada peldaño que pisaba al bajar.

La mesa de cristal que solía estar al centro del recibidor estaba desmoronada en el piso junto con el florero favorito de mi madre. Moví los cristales con mis pies para abrirme paso hacia la entrada principal de la casa, que estaba abierta. No debía estar abierta. Caminé hacia la sala; la decoración sobre la ventana seguía pegada. FELIZ AÑO NUEVO. Las botellas de cerveza, vodka y tequila estaban abiertas y vacías en el suelo. Había prometido no volver a beber tequila.

Comencé a temblar, no recordaba nada. ¿Por qué había amanecido desnudo y con moretones en el cuerpo? ¿Quién se había fumado el cigarro de mariguana al borde de la ventana? ¿Era mío el condón tirado en la habitación? ¿Por qué estaba destruida la mesa de cristal? ¿Quién había dejado la puerta abierta? ¿Había bebido solo todo aquel alcohol? Respiré profundo e intenté recordar. La última escena de la noche llegó a mi cabeza. Estaba en la cocina abriendo una botella de vino tinto para servirla en la copa vacía sobre la mesa de mármol; las primeras gotas cayeron en el cristal hasta llenarlo por la mitad. No había nadie en casa, todos se habían ido. Todos menos Francisco. Miguel estaba al teléfono. No recordaba nada después. El extraño olor que había percibido desde la habitación seguía esparciéndose. Caminé hacia la cocina: la copa de vino que había servido la noche anterior estaba intacta sobre la mesa de mármol, pero la botella no estaba ahí. Rodeé la mesa hasta llegar al lavabo. Acerqué la boca al grifo y abrí la llave. Di tres tragos al agua que salía a presión. Con la cabeza ladeada y la boca tocando el agua, mis ojos se enfocaron en el cristal roto de la puerta corrediza que daba al jardín. Cerré la llave y me incorporé. Los grandes pedazos de cristal transparente sobre el suelo estaban al lado de cristales verdes y pequeños. ¿Verdes?

La botella de vino tinto estaba rota, esparciendo el color rojizo por el piso. La mancha se aclaraba al avanzar hacia la cabeza del cuerpo sin vida sobre el suelo de la cocina. Mis pies resbalaron con el líquido. Sangre. Caí hacia el frente, quedando tendido a su lado. Había una persona muerta en el piso y no sabía si yo era el culpable. Todo por no medir las consecuencias de mis decisiones. Mis ebrias decisiones.

1
APARTAMENTO 318

El reloj del auto marcaba las 18:45 horas. Conducía el Mini convertible por el carril de alta velocidad sobre la avenida Garza Sada dirigiéndome a casa de Daniel, el único de mis amigos al que le emociona la idea de volverse más viejo cada seis de octubre. Nos reuniríamos en su casa para cenar junto con su familia y celebrar su cumpleaños veintisiete: la excusa perfecta para abrir la botella de vino tinto que me acompañaba en el asiento del copiloto. "Espero que Daniel tenga un sacacorchos en casa", pensé al voltear y asegurarme de que el cinturón de seguridad estuviera ajustado sosteniendo la botella. Más vale prevenir que lamentar.

Después de atravesar la metrópolis, llegué a la calle donde se encuentra su casa. Localizar espacio para estacionarse en el estrecho camino parecía imposible por la absurda aglomeración de autos sobre las banquetas. Aparqué en una esquina a cinco casas del pórtico. Verifiqué el acomodo del flequillo negro sobre mi frente en el espejo retrovisor. "Perfecto". Salí del auto; mi mano derecha sostenía la botella de vino y con la otra presioné el botón de la llave para cerrar el coche.

Me quedé parado unos segundos frente a la entrada principal, imaginando a la familia de Daniel del otro lado de la puerta. Casi podía verlos sentados en círculo frente a la mesa del comedor repleta de platos con comida y de bebidas. Su madre organizando el viaje a Cancún para asistir a la boda de su sobrino el año siguiente. Su hermana Gloria contando los meses que faltaban para dar a luz al nuevo integrante de la familia. Yo ya esperaba que sus hermanos me hicieran, en tono burlón, aquella pregunta que se volvía cada día más irritante: ¿Cuándo nos van a llegar las invitaciones de tu boda, Alonso? Pero están muy acostumbrados a verme sin pareja; han dado por hecho que ese evento nunca lo celebraré en esta vida. Ni en la siguiente.

Presioné el timbre dos veces y Daniel apareció del otro lado de la puerta, invitándome a pasar con unas palmadas en la espalda.

—¡Te haces del rogar! —dijo, apuntando al reloj digital en su muñeca—. Habíamos dicho que llegarías hace una hora.

El color blanco de la camisa hacía que su piel morena resaltara. Nuestra similar complexión y el metro setenta y cinco de altura han hecho que la gente nos pregunte en más de una ocasión si somos hermanos.

Caminamos por el corto pasillo hacia la cocina. Daniel tomó la botella de vino tinto y la colocó en la mesa del comedor. Conozco la casa a la perfección. Suelo venir los domingos cuando Daniel me invita a ver los partidos de Los Rayados de Monterrey. No soy fanático del equipo y tampoco me interesa el fútbol soccer, pero me gusta sentarme frente al televisor a beber una o dos cervezas… o tres.

Saludé a sus padres y hermanos. Tras la cordial y corta bienvenida, pasé al baño. Mojé mis manos y el rostro acercando mi cuerpo al lavabo de cerámica. Parado frente al espejo, me quedé observando la profundidad de mis ojos café oscuro. Me pasé los delgados dedos sobre la cara y noté que mi aspecto mostraba señales de fatiga. Las ojeras por las trasnochadas de los días y semanas anteriores comenzaban a notarse cada día más; la resequedad en mis labios suplicaba beber algo más que alcohol. A pesar de eso, no me veía mal en absoluto. El aspecto joven y varonil reflejaba la edad precisa: veintiséis años. Mantenía mi cuerpo esbelto y en su lugar gracias a las horas semanales de ejercicios cardiovasculares y pesas. La balanza de prioridades estaba muy bien distribuida: trabajo, ejercicio y vida social. Todos importantes, ninguno más que otro, ¿o sí?

Sequé mis manos en los Levi's azul oscuro y salí del baño. Daniel me esperaba con una copa de vino tinto; todo el mundo sabe que es mi favorito. Nos dirigimos hacia el patio trasero donde sus hermanos preparaban cortes de carne sobre el pequeño asador. Habían instalado mesas plegables redondas con sillas alrededor, separamos dos de ellas. Mi mano izquierda sostenía la botella de vino que agarré de la mesa antes de salir al patio, y la derecha resguardaba la copa a medio llenar.

—Ahora sí, ¡cuéntame! ¿Ya decidiste dónde quieres continuar la fiesta después de la cena? —pregunté justo antes de dar un sorbo a la copa. Me rodó una gota sobre el mentón.

—No, aún no decido —Daniel dio un sorbo a la botella de agua que sacó de la nevera—. Además, no seremos muchas personas. Karen viene en camino, podemos discutirlo cuando llegue. Ya sabes que no puedo decidir por ella.

Esperar a que llegue la novia de Daniel a cualquier lugar es como esperar una nevada en Monterrey: ¡absurdo! Karen es la persona más impuntual que conozco. No me sorprendería que llegara tarde a la celebración de su propio funeral.

Del bolsillo derecho de mi pantalón saqué el celular. No tenía notificaciones de WhatsApp ni comentarios en mis estados recientes de Twitter y Facebook, pero sí en mi última publicación de Instagram, que era una foto de una lasaña instantánea extendida sobre un plato de loza. La imagen hacía que el valor comercial del platillo aumentara su precio al triple. Junto al plato había una copa de vino blanco y la botella de Verdeo importada desde España. La publicación era del día anterior con la descripción: *Cena para uno #Wine*. Deslizando mi dedo sobre la pantalla, me dirigí al buscador de Google para escribir *Horgans*. La pantalla mostró el mapa de Monterrey y la ubicación del club en el centro de la ciudad. Pasé mi dedo sobre la información, y al encontrar el número de teléfono, marqué.

—Buenas noches, quisiera hacer una reservación para hoy a las once —dije, y escuché a la chica al otro lado apretando un extremo del bolígrafo, preparándose para apuntar—. ¡Claro! La reservación a mi nombre, Alonso Rodríguez.

Terminé la llamada, di un trago a la copa y me dirigí a Daniel.

—Ahora ya puedes decir a tus invitados hacia dónde moveremos la fiesta el día de hoy —dije guardando el celular sin notificaciones en el bolsillo.

—Sabía que no aguantarías las ganas de ir a Horgans — y sacó su celular. Escabullí la mirada por encima de su brazo: Daniel mandaba un mensaje a un grupo de WhatsApp llamado *Parejitas* para dar aviso a los integrantes sobre el nuevo plan de la noche. Yo no estaba incluido en ese grupo, ¿por qué habría de estarlo? El nombre del grupo era una ofensa a mi eterna soltería por elección, ¿o sería por obras y planes del destino? No lo sabía y no me importaba... ¿o sí?

—¿Tienes pensado invitar a mucha gente? —pregunté—. ¿A tus amigos de la oficina, a los del equipo de futbol? —y vertí más vino en la copa medio vacía.

—La verdad solo voy a invitar a los de este grupo — Daniel me enseñó la pantalla del celular con la conversación reciente de las "parejitas"—. No le dije a nadie más. Mis amigos tenían otros compromisos y casi nunca tienen dinero para ir a esos lugares. Además, Karen insiste en que convivamos más con Anna y Ricardo. No entiendo por qué, si nos vemos cada semana. En fin, seríamos solo nosotros cinco, incluyéndote.

El sonido del timbre interrumpió nuestra conversación. Su hermana Gloria había llegado en compañía de su esposo y una enorme barriga de siete meses.

—¿Te molesta si te dejo por unos minutos mientras

atiendo a mis invitados no alcohólicos? —preguntó Daniel.

—¡Por supuesto que no! Tengo la compañía que necesito —y levanté la copa. Me quedé solo y en silencio por un par de minutos mientras terminaba el líquido que restaba en la botella. Los hermanos de Daniel entraban y salían de la casa hasta el patio trasero cargando ingredientes para la cena. Puse mi mano sobre el bolsillo izquierdo del pantalón y noté que algo faltaba. Me levanté de inmediato de la silla y entré a la casa para buscar a Daniel.

—Te veré junto con los demás afuera de Horgans —le grité mientras me aproximaba a la puerta con las llaves del auto en la mano.

—¿A dónde vas? Acabas de llegar —preguntó Daniel acompañándome hasta la puerta—. ¿Puedes esperar al menos a que termine la cena? Mi familia se irá después de eso y no quiero que bebas alcohol con el estómago vacío. ¿Recuerdas cómo te pusiste en nuestro último viaje a Playa del Carmen?

Lo recordaba, o al menos algunas cosas; por suerte no tenía memoria para las más embarazosas. Hice una pausa antes de girar la perilla y me dirigí a Daniel.

—Me acabo de dar cuenta de que olvidé mi cartera en casa. Pero no te preocupes, te veré afuera de Horgans antes de las once. Dile a Karen que…

Justo antes de cruzar la puerta, la cabellera rizada y castaña de Karen se interpuso en mi camino hacia la salida.

—¿Te vas tan pronto? Apenas comienza la noche —dijo Karen entre risas, colocando su mejilla junto a la mía. El saco rojo la cubría desde los hombros hasta las rodillas, dejando al descubierto las medias negras. Los zapatos de tacón aumentaban su corta altura hasta casi emparejarse con la mía. El poco maquillaje en su cara y el labial rojo hacían que su piel blanca se viera más pálida de lo normal.

—Olvidé algo en casa y tengo que ir a recogerlo, pero no te preocupes, los veré en Horgans más tarde.

—¿Quién decidió ir a ese lugar? —preguntó Karen.

—Fue Daniel, le dije que debíamos esperar a que llegaras, pero es muy insistente —dije antes de salir por la puerta.

Karen comenzó a reír y agitó la mano, despidiéndose. Daniel la recibió con un beso en los labios y la invitó a pasar. La puerta se cerró a mis espaldas.

Encendí el motor y me dirigí rumbo a casa. El tráfico era denso: las filas de autos transitando entre municipios crecían mientras avanzaba la noche. El tablero marcaba diecinueve grados y las nubes se esparcían por el cielo de la ciudad. El Mini convertible circuló sobre la Carretera Nacional al sur de Monterrey hasta llegar a la caseta de vigilancia de la colonia Sierra Alta. El portero me saludó desde lejos y alzó la barrera metálica que dejó pasar al auto.

Varado frente a la casa, esperaba a que el portón eléctrico se elevara para poder entrar. La camioneta Suburban de mi padre, el ingeniero Rodríguez, estaba estacionada dentro de la cochera. Conozco aquella máquina desde el exterior: podría contar con los dedos las veces que he subido al vehículo, ya sea en el asiento del copiloto o en los traseros. El ingeniero Rodríguez nunca me ha dejado conducirla; su risa burlona dice que lo arruinaría, como con todo lo que pasa en mi vida. Esa risa no logra ocultar la verdadera intención de sus palabras: "Nunca la vas a conducir, no tienes las aptitudes".

Aparqué al lado izquierdo de ese vehículo medio metro más alto que yo. El portón se cerró sin prisa detrás de mí. Salí del auto y caminé hacia la puerta lateral de la cochera para entrar a casa. Las suelas de mis zapatos rechinaban en el piso de mármol mientras atravesaba el pasillo que divide el salón principal del estudio. Al fondo, las luces de la cocina estaban encendidas, pero no había nadie dentro. Subí las escaleras hacia el segundo piso colocando mi mano sobre el barandal como una anciana con miedo a resbalarse. La copa de vino estaba haciendo su efecto en mi organismo, ¿o había sido una botella?

Me abrí paso entre la oscuridad de la segunda planta. Me

acerqué a la habitación de mis padres, pero ninguno se encontraba ahí. La habitación de mi hermano Alberto estaba vacía, al igual que las dos botellas de vino tiradas en el piso de mi habitación, ambas consumidas la noche anterior. Recordé porque amanecí con resaca.

No me extrañaba que mi amiga soledad estuviera de visita en casa. El ingeniero Rodríguez y mi madre, la señora Miriam, nunca pierden la oportunidad de viajar a algún rincón del país cuando el trabajo se los permite. Mi hermano casi nunca está; a veces pienso que vivimos en una eterna competencia para ver quién regresa más tarde los fines de semana o quién organiza el mejor *afterparty*. Las pláticas con mis padres se habían vuelto secas y anticuadas. El rumbo que mi vida profesional debía tomar era el primer punto en la lista de conversaciones pendientes con mi padre, seguido por la discusión de cuándo le daré un nieto a mi madre. Mi pasado era la evidencia que consultaban para predecir el futuro. Era difícil recordar la última vez que nos sentamos los cuatro en la misma mesa sin alegar ni contradecir puntos de vista, simplemente conversar, tal como la familia de Daniel hacía esa misma noche.

Dentro de la habitación busqué mi cartera en el cesto de la ropa sucia y el desorden sobre el escritorio. Las repisas en la pared con *souvenirs* y fotografías de antiguos viajes parecían mesas de restaurante gracias a los platos sucios y botellas de cerveza vacías.

Tomé entre mis brazos el montón de prendas de la cama y lo aventé hacia atrás sobre mi hombro izquierdo. Antes de que las sábanas tocaran el suelo, algo se asomó de entre las almohadas. Me acerqué para darme cuenta de que acaba de encontrar mi cartera. La tomé y del interior cayó un pequeño papel blanco, doblado por la mitad. Un repentino escalofrío recorrió mi espalda al ver la delicada hoja descender al suelo. Había memorizado la primera parte del texto, *Llámame*, seguida de un número de teléfono móvil. Podía recordar el día en que había recibido el papel, el tiempo que llevaba dentro de la cartera. Nunca había marcado el número, no era lo correcto y sabía cuál sería la situación en la que me vería involucrado después. Sentí una contracción en el estómago al recordar el momento exacto en que recibí ese pedazo de libreta. O tal vez era porque no había comido nada desde hacía varias horas.

Recogí la nota y la introduje nuevamente en la cartera. Recosté mi cuerpo sobre la cama sin sábanas y cerré los ojos. "Tira ese papel al bote de basura", pensaba cada vez que lo veía asomarse entre los billetes.

Durante todo el tiempo que estuve acostado, sentí un vacío alrededor de mí. La casa estaba muda. El celular no emitía ningún sonido. Ni siquiera escuchaba a Robbin por la ventana, ese can que ladra cada vez que llego a casa en la madrugada. Nada, ningún ruido. Silencio profundo. Odio el silencio, que el cerebro aprovecha para poder analizar tus pensamientos más profundos sin que puedas detenerlo o distraerlo, ni siquiera jugando a Candy Crush en el celular. Mi mente repasó mis defectos físicos que no se pueden quitar ni con horas de ejercicio en el gimnasio y luego comenzó a recorrer las relaciones que fallaron por no saber controlar impulsos o porque solo había deseo y no amor. ¿Qué es amor?, se preguntó, y se puso a dar vueltas a los proyectos inconclusos y empolvados en la memoria y aterrizó en mi pasado repleto de estúpidas decisiones que causan depresión y ansiedad cuando el recuerdo se repite como una película en mi cabeza. No estoy tan mal, ¿o sí?

—Alonso, eres un pendejo —dije en voz alta.

Perdí la noción del tiempo. El reloj digital sobre el escritorio al lado de la cama marcaba las 22:10. Sabía que no era buena idea sacar mi auto a pasear si quería alcoholizarme como cada fin de semana. Me pasé la mano sobre la cicatriz de la frente, recuerdo de una mala decisión al volante ocasionada por el whisky en las venas. Muy en el fondo del pensamiento, oculto entre las excusas, sé que el culpable soy yo, pero por alguna razón la personalidad sobria prefiere no aceptarlo.

Tomé el celular para pedir un Uber con dirección al centro de la ciudad. Llegaría a la puerta de mi casa diez minutos más tarde. Pasé rápidamente la mirada sobre el espejo pegado en la pared para ver si la camisa azul oscuro ajustada aún seguía haciendo juego con la chaqueta gris y los Levi's azules. "Todo perfecto". Bajé las escaleras hacia la cocina para ver qué podía cenar antes de partir. Las tortillas de maíz y una salsa casera eran los únicos protagonistas dentro del refrigerador. Nota mental: "Ir al supermercado lo más pronto posible". Tomé una manzana, salí de la cocina y caminé hasta la puerta principal para encontrarme con el conductor.

El mismo silencio que me atormentaba en la habitación subió conmigo al auto de Javier, el nombre del conductor según la aplicación. Me senté en el asiento trasero recargando la sien en el cristal y mirando al exterior. No dirigí ninguna palabra a Javier, que al subir me ofreció con amabilidad una botella de agua.

Transitábamos por la avenida Garza Sada, rumbo al centro. Recibí un mensaje de WhatsApp justo cuando a la manzana le quedaba un 50% de vida.

Daniel, 22:55: *Ya vamos en camino. ¡No llegues tarde!*

Las angostas calles del centro de Monterrey estaban repletas de filas de vehículos avanzando al ritmo que los semáforos lo permitían. Bajé del Uber para terminar el recorrido a pie. Caminé por la acera, junto a los autos con choferes privados y taxistas transportando jóvenes con sed de fiesta. Sobre las calles andaban personas en todas las direcciones. Mi destino era el Barrio Antiguo. La primera vez que visité aquella zona de la ciudad, tenía diecisiete años. Mis amigos de la preparatoria y yo asistimos ilegalmente a una fiesta de Halloween en un club cuyo nombre no recuerdo. Ahí fue que probé mi primera cerveza. Nueve años después, el club se ha convertido en un restaurante italiano y yo en un joven que conoce y consume todo tipo de alcohol. Todo lo que existe está en constante cambio.

Continué mi camino atravesando algunas cuadras hasta llegar a la puerta del Horgans. El aburrimiento consumía la espera. En una esquina de la calle una señora vendía cajetillas de cigarros. Compré un cigarro suelto y lo encendí. Me quede sentado en una banca justo afuera del club, solo con mis pensamientos. A lo lejos escuché un sonido similar al galope de un caballo, levanté la mirada y vi a Karen caminando hacia mí. Debió haber olvidado el saco rojo en casa de Daniel, porque ahora llevaba un vestido negro de lentejuelas que dejaba al descubierto los brazos y el escote voluptuoso. Daniel la escoltaba del brazo.

—¡Qué bien que ya llegaste! Queremos entrar antes de que nos quiten la reservación —dijo Karen mientras me arrebataba el cigarro y lo ponía entre sus recién barnizados labios rojos.

Tras ellos venía una pareja sujetándose de las manos: Anna y Ricardo. La chica rubia llevaba un corto y ajustado vestido negro que hacía notar los efectos de una constante rutina de pierna en el gimnasio; la cintura parecía del grosor de un delgado farol. A su lado, con una ventaja de cinco centímetros de altura, vistiendo una camisa negra tipo Polo que hacía resaltar pecho y bíceps, un ajustado pantalón blanco que le comprimía los muslos, y con la tez blanca de su rostro cubierta por la barba recortada, estaba Ricardo. La Angelina Jolie y el Brad Pitt mexicanos habían salido de Hollywood por una noche.

—*Wey*, ¿por qué decidieron venir aquí? Está medio naco, ¿no creen? —dijo Anna sosteniendo el brazo de Ricardo como si quisiera buscar refugio bajo sus tríceps.

—¡Hola! Yo también estoy muy bien, ¿y tú? —contesté con sarcasmo.

—¡Ay! Perdona, Alonso, pero es que neta no estoy

acostumbrada a este tipo de lugares —dijo Anna acercando su mejilla a la mía—. ¿Cómo has estado? *I love your outfit.*

—¡Muchas gracias! Es de Walmart —mentí entre risas.

—¿Cómo te va, mi Alonso? —preguntó Ricardo abrazándome con su velludo brazo y rozándome la mejilla con su barba.

—¡Ya luego se abrazan y se besan! Vamos a entrar de una buena vez —dijo Daniel.

Los cinco atravesamos la entrada del club. A simple vista, el lugar se veía despoblado. El *bartender* preparaba dos copas de *gin-tonic* a unas chicas que llevaban diademas con velos blancos colgando sobre sus cabelleras. Mientras avanzábamos, escuchaba fragmentos de conversaciones de las personas paradas frente a las mesas altas distribuidas en el lugar.

—¡Vengan! Vamos para arriba —indicó Karen al grupo mientras jalaba mi brazo hasta que llegamos a una puerta roja al fondo. Daniel la empujó: del otro lado, unas escaleras subían hacia lo que parecía un ático. Pequeñas luces con tonalidades azules y moradas iluminaban nuestro ascenso. Se podía escuchar música al fondo del túnel. Mientras subíamos, la música se intensificaba en nuestros oídos. En el último escalón, antes de cruzar la cortina negra, un tipo alto y robusto se colocó frente a nosotros, impidiéndonos avanzar.

—¿Tienen reservación? —preguntó Hulk con todo y su gruesa voz.

—Alonso Rodríguez —contesté sonriente.

Después de que el gigante hablara por su auricular, nos permitió avanzar. Frente a nosotros se abrió la cortina negra que nos separaba de las luces de colores en las paredes junto con un mar de gente que bailaba en el centro de una pista. Atravesar el lugar parecía imposible.

—¡Hola! —gritó una chica vestida de negro con el pelo trenzado y el nombre *Yolanda* grabado en el gafete sobre su pecho—. ¡Síganme!

Subimos dos escalones más hasta llegar a la mesa con la etiqueta *Reservado*. Podía ver a las personas en la pista dos cabezas abajo y el DJ se encontraba justo al otro extremo del lugar.

—Pidan lo que quieran: esta noche la cuenta va por parte mía —dijo Daniel moviendo los hombros al ritmo de la música. Yo sabía que ese "la cuenta va por parte mía", cambiaría eventualmente a "vamos a dividir la cuenta en partes iguales".

Pedimos a Yolanda una botella de whisky. La marca no importaba, siempre y cuando fuera lo suficientemente buena para no terminar vomitando en el baño durante la primera hora. La noche había comenzado para nosotros. La música y el alcohol eran la mejor combinación para mí en esos momentos. Por fin pude despedirme del silencio que me acompañó hasta la puerta del Horgans, pero me sentía algo incómodo entre las parejas de la mesa.

No recuerdo qué hora marcaba el reloj cuando la primera botella de whisky quedó vacía, pero no tardamos ni dos minutos en pedir una nueva después de que intenté sacarle unas últimas gotas.

—¿Crees que sea buena idea pedir *shots*? —le pregunté a Karen en secreto.

—¡*Shots*! —le gritó ella a un mesero que pasaba junto a la mesa.

Minutos más tarde, el joven uniformado llegó cargando una charola con cinco vasos de perla negra. La persona a la que se le ocurrió combinar una bebida energética con Jägermeister, sufría de trastornos mentales.

—*Wey*, estás loca, ¿verdad? —preguntó Anna a Karen mientras el mesero repartía los vasos.

—¡Ya deja de quejarte de todo y tómatelo! —replicó Karen.

Contamos hasta tres, y en cuestión de segundos nuestros cinco vasitos de líquido azul oscuro quedaron vacíos. Un mareo atravesó mi cabeza. Deseé que la manzana fuera lo suficientemente efectiva como para controlar los líquidos que entraban en mi cuerpo.

—*Wey*, insisto: no me gusta el lugar —dijo Anna.

—Alonso, llévatela a bailar a la pista o algo, ¡ya no la aguanto! —dijo Karen empujando a su amiga.

—*OK*, ¡vamos! —dijo Anna en mi oído para después tomar mi mano y arrastrarme hasta la pista.

Me sentía mareado, cansado, con sueño, pero no quería descansar ni dormir. Sobre la pista, en el centro del lugar, estábamos Anna y yo. No podía dejar de ver su forma de moverse al ritmo de la música que atravesaba mis oídos. El girar de sus caderas en la misma dirección que sus hombros hacía que su figura esbelta se asomara por cada esquina del vestido negro. Nuestra altura hacía que la posición de nuestros ojos coincidiera. Sus enormes ojos verdes. Su largo cabello rubio bailaba suelto en el aire, en compañía de sus manos blancas. La pequeña nariz y sus dientes adornaban su cara cada vez que sonreía. La belleza. En verdad era muy hermosa.

—¡Anda, muévete! —gritó antes de volver a girar. La tenía de espaldas, su piel descubierta hasta el lumbar, donde se encontraba mi mirada. Al verla, mi cuerpo se sintió excitado por un momento. Coloqué mis manos sobre su cintura y comenzamos a bailar cada vez más cerca. Nuestros cuerpos se juntaron. Mi nariz rozaba su cabello liso. El olor a perfume estaba impregnado en su cuello. Sentía el alcohol en mi cuerpo. Cerré los ojos y apreté mis manos sobre sus caderas. Era mía tan solo por ese instante.

Sentí tres palmadas en la espalda. La conexión entre ambos se interrumpió al ver a Ricardo al lado mío. No necesitaba palabras para entender que era momento de irme. Su mirada fulminante me obligó a dejar de ver a Anna y regresar a la mesa. Giré la cabeza hacia ellos una última vez. Anna estaba de espaldas y Ricardo besaba su cuello mientras me miraba fijamente a los ojos.

Saqué el celular del bolsillo para ver la hora: 1:25. Tomé

la botella de whisky de nuestra mesa y conté hasta ocho mientras el líquido caía en mi vaso. El agua con gas fue el último ingrediente en la mezcla. Daniel y Karen estaban a mi lado, Anna y Ricardo regresaron a la mesa después de unos minutos.

—Anna, ¡vamos a subirnos a la mesa! —gritó Karen mientras intentaba hacerlo.

—No, gracias; yo sí tengo vergüenza y respeto por mí —dijo Anna dando un sorbo a su copa y guiñándome el ojo.

El volumen de la música se volvía más intenso a cada minuto y el mar de gente que había en un principio se comenzó a desaguar, pero nosotros seguíamos a la deriva.

Seguí bebiendo. La pantalla del móvil marcaba las 2:11.

Estábamos reunidos donde habíamos empezado: otros cinco vasos de perla negra estaban llegando a la mesa. "¿Los pedí yo?", me pregunté. No recordaba, no me importaba. "¿Dónde está Anna?".

—¡Un brindis por Daniel! Gracias a él estamos todos reunidos esta noche —dije mientras alzaba la bebida por encima de mi cabeza.

—¡Por Daniel! —exclamó Karen.

Después de ese trago ya no tuve el mismo control sobre mi cuerpo de hacía unos instantes. Mis sentidos trabajaban de forma extraña: mi oído no podía escuchar con claridad las conversaciones de las personas. "¿Me están hablando a mí?". Mi gusto por el whisky comenzó a desaparecer después del brindis por Daniel. "¿Estoy a punto de vomitar?". El olor a licor estaba en todas partes. "Sí, creo que voy a vomitar". Sentí cómo el vaso resbalaba hasta caer al piso, mojándome los pies. "Mierda", y la vista concentrada en Anna sosteniendo la cara de Ricardo mientras plantaba un largo y húmedo beso en sus labios, esos labios que yo no había tocado en toda la noche. La mirada retadora de Ricardo se encontró con la mía.

Regresé a la pista. Las luces de la discoteca iluminaban mi rostro y mi cuerpo. Yo, en el centro de la pista, rodeado de personas desconocidas. La música y el alcohol me tenían bajo su control. A lo lejos vi un rostro familiar que se acercaba cada vez más a mí. No podía distinguirlo al cien por ciento. ¿Sería Daniel? ¿Karen? ¿Alguien conocido? ¿Alguna de mis exparejas? No estaba seguro. Tomó mi mano y me arrastró hacia su cuerpo, dio palmadas sobre mis mejillas mientras me sentaba en un sillón.

—¿Qué estás haciendo? ¡Déjame en paz! ¡Quiero volver! —chillé.

Me levanté con fuerza. Mis brazos me abrieron paso por la oscuridad del lugar. Una mesa se interpuso en mi camino, golpeándome la cadera. Sobre ella había una botella; la tomé y resguardé entre mis brazos. Pude percibir el olor a whisky subiendo por mi barbilla hasta llegar a mi nariz. "¿Cuántos tragos le daré?". Comencemos: uno, dos, tres, cuatro, cinco…

Desperté en el asiento trasero de un auto; un joven que no conocía me movía de un lado a otro intentando hacerme reaccionar. Me encontraba fuera de mi casa, miré el reloj del celular que por fortuna se encontraba en el bolsillo derecho del pantalón: las 3:22 de la madrugada.

—¡Al fin despiertas! Ya llegamos a tu destino —me dijo el joven agitando su mano frente a mi rostro.

—Un momento, ¿qué pasó?

—Tus amigos pidieron un Uber para ti y me encargaron que te trajera hasta tu casa. Ya llegamos, ¡anda! ¿O quieres que te ayude a bajar también? —respondió molesto.

—No, espera —dije. Seguía muy ebrio, pero no tanto como para no poder hacer una llamada.

—Dime que ya llegaste a tu casa —contestó Daniel entre risas.

—Sí. Bueno, estoy llegando. Cuéntame qué pasó, ¿siguen en Horgans?

—Te pusiste muy loco, no querías sentarte ni beber agua. Cuando quisimos sacarte del bar me escupiste en la cara.

Pero no te preocupes, todo bien. Nada que no haya visto antes. Ya todos regresamos a nuestras casas, yo voy rumbo a la mía junto con Karen.

—Está bien, hablamos mañana —y terminé la llamada.

Me quedé pensando unos segundos en el asiento trasero. Metí la mano dentro del bolsillo para tomar mi cartera. Saqué el papel blanco. *Llámame*, seguido por el número de teléfono. Marqué.

—Hola, ¿puedes decirme dónde estás?

La voz del otro lado del teléfono me dictó una dirección. "Aquí te espero" fueron sus palabras antes de colgar.

—Entonces dime, ¿te vas a bajar? —preguntó el conductor con gesto de desesperación.

—No, vamos hacia San Pedro —contesté mientras programaba el nuevo destino en la aplicación. Veintidós minutos desde nuestra posición.

La ruta nos llevó hasta la zona de Real San Agustín, donde se encontraban las torres de apartamentos llamados Serena Residencial. El conductor pasó la caseta de vigilancia y se estacionó justo en la entrada principal del edificio número cinco. Bajé del vehículo y me abrí paso para entrar en la recepción. En el lugar solo estaba el portero. Mi presencia no pareció importarle, porque su mirada volvió a dirigirse a su celular en cuestión de segundos. En una esquina del edificio estaba la puerta del ascensor. Mis manos sudorosas sujetaban el teléfono mientras miraba el mensaje que había recibido hacía diez minutos. Piso 3, número 318. Aún no era tarde para volver atrás, pedir un taxi, irme a casa y dormir en la habitación donde las botellas vacías aún estaban en el suelo. Pero no quería.

Las puertas del ascensor se abrieron. Pulsé el botón número tres y sentí un mareo al momento que el ascensor comenzó a subir. El sonido de las puertas abriendo nuevamente anunció la llegada al tercer piso. Con dos pasos al frente mi cuerpo estaba fuera del ascensor y las puertas se cerraron. No había vuelta atrás. Enfoqué la mirada en los números dorados sobre las puertas blancas del pasillo. Necesitaba encontrar el número correcto.

Al fin llegué frente al apartamento 318.

Golpeé la puerta tres veces con los nudillos antes de que se abriera. Del otro lado, aún con su camisa negra y su pantalón blanco ajustado, estaba Ricardo con una copa de vino tinto en la mano. Todo el mundo sabe que es mi favorito.

2
CINCO ESTRELLAS

De acuerdo con la Real Academia Española, la moral es una disciplina filosófica que estudia el comportamiento humano en cuanto al bien y el mal. Pero, ¿quién es la persona que establece y juzga lo que está bien o mal? Me sentía mal al estar acostado al lado del novio de otra persona, pero la noche anterior no había parecido tan mala idea. Incluso la frase "si nadie se entera no hay problema" se había paseado por mi mente mientras Ricardo recorría mi espalda con sus labios. Estaba ebrio, ¿eso podría justificar mis actos? Creía que sí. Así que, como siempre, soy el juez de mis propias decisiones, justificándolas para convertir lo que otros juzgarían como malo en algo bueno.

Retiré el brazo derecho de Ricardo de sobre mi pecho y asomé las piernas al precipicio izquierdo de la cama. Me cubrí el rostro con las manos, apoyando los codos sobre los muslos. Mi mirada se paseó por el lugar buscando pistas que develaran los hechos de la madrugada. Me levanté desnudo, con un terrible dolor de cabeza; sentía todo mi cuerpo balanceándose de un lado a otro, perdiendo casi por completo el equilibrio. Miré frente a mí, a la ventana de la habitación. Las cortinas se encontraban a medio abrir. La vista panorámica del apartamento me permitió ver a lo lejos el estacionamiento del centro comercial Valle Oriente. El asfalto sin automóviles indicaba que aún no eran las diez, que es cuando se abre el acceso al público los domingos por la mañana. Cerré las cortinas completamente para evitar que la luz del cielo nublado entrara a la habitación. Ricardo seguía dormido.

En la mesa de cristal frente a la cama *king size* estaba una botella de vino tinto vacía junto con dos copas. "¿En verdad seguí tomando ayer?", me pregunté en silencio, cubriendo mi frente con ambas manos.

A espaldas de Ricardo, la puerta hacia la sala estaba abierta. Salí de la habitación en silencio para buscar mi ropa y cubrir mi desnudez. El piso de baldosa blanca me congelaba los pies descalzos. Desde mi punto de vista, el apartamento era demasiado grande para una persona viviendo sola. En alguna ocasión Ricardo había comentado que estaba aferrado a encontrar un espacio similar a su apartamento de la Ciudad de México, que había abandonado después de que el CEO de Grupo Clossy lo transfiriera a las oficinas de Monterrey para cubrir el nuevo puesto de *brand manager*. Grupo Clossy es la compañía de muebles más reconocida en el centro y norte del país. Después de las exitosas campañas y el crecimiento de la empresa en la Ciudad de México, Ricardo fue elegido para trasladarse a Monterrey y dirigir a su nuevo equipo en el departamento de mercadotecnia. Otra persona trabajando en la misma empresa, y en el mismo departamento, era Anna. Las entrevistas y su desempeño durante las pruebas en el proceso de reclutamiento fueron las más acertadas para el perfil que estaba buscando Ricardo. Si me lo preguntan, creo que más que una colega, Ricardo estaba buscando una pareja. Para ese momento, llevaban un año trabajando juntos y al menos seis meses en una relación sentimental.

No fue difícil encontrar mi ropa oscura entre el color blanco que predominaba en la sala y la cocina, que carecían de división entre ellas. Me vestí; las prendas aún olían a humo de cigarro y mostraban restos de bebidas en algunas áreas del pecho. Mi cartera y llaves estaban en los bolsillos del pantalón. Busqué mi celular entre el sofá blanco y la mesa de cristal que sostenía al televisor encendido con una cuenta de Spotify vinculada, pero no estaba ahí. Traté de recordar dónde lo había dejado.

¿Sueño o realidad? Me hago esa pregunta cuando tengo lagunas mentales ocasionadas por el abuso de la bebida. Una serie de escenas se repiten en mi cabeza, pero no sé con certeza si fueron parte de una vivencia o de un sueño mientras dormía, ebrio. Al día siguiente pregunto a los protagonistas de la escena si lo soñé o si pasó de verdad. La mayoría de las veces llego a conocer la respuesta. Ese día recordaba estar cantando *Let it go*, de la película *Frozen*, enfrente de Ricardo, sobre el sillón blanco. Una botella había simulado ser un micrófono y yo había estado desnudo. ¿Sueño o realidad? No quería saber la respuesta.

Volví a la recámara. En el suelo, debajo de la cama, una débil luz color rojo se asomaba en la oscuridad anunciando el poco tiempo de vida del celular. Me puse de rodillas para recogerlo. Al subir, miré la espalda desnuda, robusta y bronceada de Ricardo sobre la cama. Sus brazos fornidos apuntaban en direcciones opuestas: el izquierdo ocultaba la mano bajo la almohada y el derecho estaba extendido sobre el área donde unos minutos atrás yo había estado acostado con la mirada hacia el techo. No me despedí de su cara ni de su barba perfectamente delineada, pero sí de su cabello negro, corto y rizado, que cubría su cabeza sobre la nuca. Nada mal para alguien viviendo los primeros treinta y dos años de su vida.

Salí de la habitación y luego del apartamento.

Presioné el botón del ascensor para dirigirme a la planta baja. Tardé por lo menos un minuto en notar el papel pegado con cinta frente a mí: FUERA DE SERVICIO. Las escaleras estaban al otro lado de la puerta, a mi derecha. Comencé a bajar con dificultad el caracol de cemento, sintiendo cómo mi estómago retaba con ímpetu a la fuerza de gravedad. El ácido gástrico amenazaba con pasar por mi esófago y salir disparado por mi boca. Una pareja de treintañeros subía en sentido contrario; vestían ropa deportiva y estaban empapados de un saludable estilo de vida. La chica detuvo su mirada en mí y de alguna manera pude escuchar su pensamiento: *"Walk of shame!"*. Llegué a la recepción del edificio y salí entre las puertas de cristal que se abrieron automáticamente.

Mi celular tenía un 14% de batería, lo suficiente para pedir un Uber y regresar a casa. La aplicación buscaba conductores cerca de la zona. Me senté en las escaleras fuera del *lobby* a esperar. Ignoré los datos del conductor y el modelo del auto y puse toda mi atención en las placas. Las leí en voz alta y las memoricé: LYA-1503. Memorizar las placas era la mejor manera de identificar los autos cuando los estás esperando. Una vez, saliendo de un festival de música, la fila de autos sobre la calle era inmensa y yo busqué por varios minutos el vehículo que aparecía en la aplicación. Después de encontrarlo me di cuenta de que había subido al auto de un particular al confundir el modelo. Me ordenó bajar del auto de inmediato o me lanzaría fuera con sus propias manos. Yo le respondí que lo calificaría con dos estrellas por el pésimo servicio.

El auto con las placas LYA-1503 apareció frente a las escaleras donde estaba sentado. La guerra entre mi estómago y la gravedad seguía dentro de mí. Había más probabilidades de que vomitara si abordaba la parte trasera del auto, así que subí en el asiento del copiloto y recargué la cabeza hacia atrás.

Al inicio del viaje hubo un silencio incómodo. El conductor no dijo ni una palabra al arrancar. No confirmó el destino; aceleró bruscamente y se mantuvo a la velocidad máxima permitida por el tránsito del municipio de San Pedro. Por el semblante en su rostro, reflejado en el cristal derecho del auto, parecía que su día había empezado peor que el mío. Apretaba los labios cada tanto, fruncía el ceño y daba golpes al volante con la mano izquierda, gesto que repetía cada vez que parecía recordar la razón de su desgracia. Era un gesto similar al que hago cuando reviso los mensajes del celular la mañana siguiente de una noche de copas, pero en lugar de golpear el volante doy un golpe en mi frente, seguido de un grito interior de arrepentimiento. *Estás muy guapo. ¿Dónde estás? Te pago el taxi. Te doy lo que quieras. ¿Qué te parece si nos relajamos en un hotel mañana? Yo lo pago, claro.* Ese es el tipo de mensajes que aparece en la pantalla; el problema es que le llegan a mis examigos heterosexuales, y digo *ex* amigos porque nadie quiere ser amigo de Alonso después de enterarse de que el borracho quiere algo más que amistad.

El físico del conductor no rebasaba los veinticinco años. Cabello rizado y rubio en la cima de la cabeza, rapado desde las sienes hasta la nuca; la complexión de su piel, clara; los ojos similares a una copa de vino blanco; poca barba en el mentón.

Durante el trayecto, el silencio incómodo que me había visitado la noche anterior estaba subiendo a la cabina, acompañado de los nervios y la ansiedad. Sentía el palpitar de mi corazón acelerado. En mi mente solo estaban los recuerdos del inicio de la noche, entrando en el Horgans, y del final, saliendo del apartamento 318. Me concentré en el final, del cual no sabía si estar arrepentido o feliz porque en verdad lo había disfrutado. Qué seguía, ¿mandarle un mensaje de buenos días? ¿Llamarlo para ver cómo amaneció? ¿Preguntarle a Anna cuál era el color favorito de Ricardo para comprarle una camisa de cumpleaños y después quitársela con mis propias manos?

Lancé mi cuerpo al tablero y encendí la radio. La estación elegida era de música norteña. Me recordó a las fiestas familiares con mis primos donde Los Cadetes de Linares suenan desde el karaoke. Volví a recargarme en el asiento. No quise buscar otra estación, ni siquiera quería escuchar música, solo quería que el silencio se esfumara durante el trayecto. Giré la cabeza hacia la ventana y en el reflejo pude ver que el rostro del conductor había cambiado de semblante a uno amigable, haciendo que se le escapara una sonrisa.

—¿Te gustan las canciones norteñas? —me preguntó mientras subía el volumen de la música.

—Sí, sí me gustan —respondí.

Era verdad: no tengo un género preferido. Cuando activo la reproducción en modo aleatorio en mi celular, se escucha una mezcla interesante. Puedo pasar de una balada romántica a un rock pesado en un segundo.

—¿No quieres conectar tu celular a las bocinas? —preguntó el conductor—. Me vendría bien un poco de música a mí también.

—No creo que sea buena idea —contesté—. Una vez en casa de mi amigo Daniel hicimos una pequeña reunión y yo amablemente ofrecí poner la música. No me dejaron reproducir ni tres canciones cuando decidieron quitarla y prender la radio.

—No importa, conéctalo.

—¡Muy bien! Si tú insistes —contesté entre risas. Saqué mi celular del pantalón. Tenía menos del cinco por ciento de batería—. Voy a necesitar también un cargador. ¿Tienes uno compatible con Samsung?

—Mira, no tengo idea. Busca lo que necesites en los compartimientos, no sé si tenga algo que te sirva.

Abrí la guantera y encontré un cable para cargar el celular desde un puerto USB; busqué en el lujoso tablero la entrada para conectar el cable. Me percaté de que el auto en el que estábamos era un Audi. ¿Acaso había pagado una tarifa prémium? Conecté un extremo a la corriente y el otro al celular. Quedó perfecto.

—Lindo auto —comenté mientras esperaba que el celular recargara batería—. ¿Es tuyo?

El conductor se quedó callado y volvió a hacer gestos, miró su celular y lo colocó en el portavasos del auto.

—Para ser sincero, es el auto de un amigo. Yo lo estoy moviendo por ahora para trabajar, necesito dinero.

—¿Por qué tu amigo metió un Audi en la plataforma? No es normal ver uno así.

—No lo sé. ¿Qué pasó con la música? —interrumpió la conversación.

—Estoy esperando que cargue el celular —contesté. Un silencio incómodo inundó la cabina por unos segundos mientras bajábamos por las curvas hacia la avenida Lázaro Cárdenas—. Yo tengo un Mini convertible —dije para generar conversación.

—¿En serio?

—Sí, de los nuevos —dije mirando hacia la ventana.

Cuando el celular tuvo batería suficiente, pasé mi dedo sobre el comando para reproducir una canción al azar. A través de la conexión Bluetooth, en cada bocina del auto se escuchaba el clásico del pop del año 2000 *Oops!... I did it again* de Britney Spears. Comencé a cantar la letra, que estaba impregnada en mi memoria, y bailé como siempre lo hacía: con una coreografía improvisada. El conductor comenzó a reír cuando bajé el vidrio y le dediqué mi canto a los peatones que atravesaban la calle mientras un semáforo en rojo nos detenía el paso hacia la avenida Lázaro Cárdenas. La luz cambió a verde y seguimos rumbo al sur de la ciudad. Tomé el celular para continuar con nuestra travesía musical aleatoria: *Bohemian rhapsody* de Queen.

—Esa sí me la sé —dijo el conductor subiendo el volumen.

Sin una gota de vergüenza, canté imitando a Freddie Mercury con un tono más angustiante que el de dos gatos teniendo sexo en un balcón: *Galileo (Galileo), Galileo, (Galileo), Galileo Figaro... ¡Magnifico-o-o-o!*

El conductor siguió el camino cruzando la avenida Lázaro Cárdenas hasta llegar a la Carretera Nacional. El GPS del auto marcaba nueve minutos de viaje restantes.

—¿Te parece si damos una vuelta por la carretera? —preguntó el conductor mirando la pantalla del celular nuevamente. Asentí con la cabeza y alargamos el trayecto. Vi la calle que sube hacia la colonia Sierra Alta quedarse metros atrás por el espejo retrovisor.

Pasamos por lo menos treinta minutos conduciendo en línea recta por la carretera con el volumen a su máxima potencia, reproduciendo una canción tras otra. Durante todo el tiempo que duró el viaje fuimos dos personas que no compartían nada más que felicidad. Sin llamarnos por nuestros nombres, porque no los sabíamos. Sin bombardear la conversación con interrogatorios, porque no había nada que preguntar. Sin tener una conversación con sentido, porque en ese momento los sentidos no estaban presentes. Y es que eso es lo que pasa cuando conoces a alguien. No sabe quién eres, porque tu pasado es una película que nunca ha visto. No tiene idea de cuáles son tus defectos o cualidades, porque a simple vista no se pueden juzgar. No puede ver los errores que has cometido, que son los que hasta el día de hoy te atormentan y temes cada día volver a repetir. No tiene idea de cuáles son tus planes para el futuro, porque no le interesa en lo absoluto. Las personas están más preocupadas en descubrir hacia dónde se dirige su propia vida. Cuando acabas de conocer a alguien, solo muestras tu presente, lo que eres en ese momento. Tu esencia, ni negativa, ni positiva: simplemente lo que eres. Y en ese momento éramos dos niños en los asientos delanteros de un auto con la música nublando los oídos, alejando los problemas que nos atormentaban al inicio del viaje.

Una llamada entró al celular del conductor e inmediatamente dio vuelta de regreso.

—Ya es hora de regresarte —dijo.

Subió por las colinas del Cerro de La Silla hasta llegar a la entrada de la colonia Sierra Alta. Una vez estacionados frente a mi casa, desconecté el celular y el interior de la cabina quedó en completo silencio. El conductor pintó una sonrisa en su rostro.

—Perdón por todo el tiempo extra que se cobró. No fue mi intención, pero en verdad necesitaba alargar un poco más el tiempo —dijo—. Pero estuvo chido, ¿no?

Bajé del auto y esperé unos segundos antes de cerrar la puerta.

—¡Sí! Y la verdad necesitaba distraerme —respondí.

—A la próxima toca dar una vuelta en tu Mini convertible. ¿Dónde lo tienes?

—Ahora mismo está guardado, como yo debería estarlo.

El conductor lanzó una sonrisa; tenía la dentadura casi perfecta.

—Estaré entonces vigilando de cerca —terminó diciendo.

Cerré la puerta y me despedí levantando el brazo mientras el Audi se alejaba. Recibí una notificación al instante: *Su viaje ha finalizado*. Abrí la aplicación. Debajo de la fotografía del conductor había un formulario para que yo evaluara el servicio. Cinco estrellas para Francisco.

Desperté en mi cama después de pedir una hamburguesa a domicilio y dormir el resto de la tarde. Los rayos naranjas del cielo arrancaban el inicio de la recta final del domingo. Los ladridos de Robbin fueron la alarma no deseada que interrumpió mi profundo sueño. Me levanté y abrí la ventana. Robbin me veía desde el patio trasero en la planta baja, ladrando y dando vueltas sobre el mismo lugar.

Entré al vestidor para cambiar mis prendas holgadas y confortables para dormir, por una playera y unos shorts que se ajustaban perfecto a mi cuerpo. De la pared forrada de zapatos y tenis deportivos, tomé unos marca Reebok color naranja. Pensé en el día y en la persona que me había regalado ese par. No me gustaba seguir recordando cosas que me hacían daño, pero debo admitir que son los más cómodos que tengo. Sentado en la cama, me ajusté los cordones sobre el empeine y saqué mis audífonos del cajón de la mesa de estudio. Salí de la habitación y luego de casa.

Robbin tiraba con fuerza de la correa, yo lo seguía a pocos centímetros de distancia. Nuestras piernas recorrían el asfalto del vecindario con rapidez mientras la música en los audífonos bloqueaba los sonidos de alrededor. Una vez que comenzábamos, no parábamos ni un momento hasta que el cronómetro del celular anunciaba el final de los veinticinco minutos programados. Ambos terminábamos jadeantes.

Jadeante como la madrugada de ese día. Recostado, ebrio y desnudo en la cama de Ricardo. El recuerdo seguía en mi mente.

Entramos a casa, pasé frente a la sala y el estudio hasta llegar a la cocina. Abrí la puerta corrediza de cristal que lleva hacia el patio trasero y Robbin salió directo a hundir el hocico en el tazón de agua. Subí a la habitación y entré directo a mi baño privado.

Mi cuerpo estaba empapado en sudor. Podía oler la combinación de alcoholes saliendo por mis poros. Correr es el mejor remedio para deshacerse de cualquier resaca. En la repisa de madera junto al lavabo coloqué el celular con los audífonos conectados y comencé a desvestirme delante del espejo. Ahí estaba, frente al reflejo. Pasé los dedos por encima de mi hombro derecho, donde se veía claramente la dentadura de Ricardo en una marca rojiza. Un gesto de arrepentimiento se apoderó de mi rostro. No recordaba el momento de la mordida, pero sí el dolor.

La pantalla del celular se encendió. Me acerqué para leer el mensaje de WhatsApp que acababa de llegar.

Anna, 20:10. *Alonso, tenemos que hablar sobre lo que hiciste.*

Entonces comenzó la pesadilla.

3
PREGUNTAS

Mis estudios universitarios en el Tecnológico de Monterrey iniciaron como una obligación más que una elección propia. Mis padres insistieron hasta el cansancio en que era el siguiente paso para poder asegurarme un futuro profesional tras mi controversial pasado en el último semestre de la preparatoria. El acuerdo final fue que yo seleccionara la carrera que más me apeteciera entre las opciones disponibles del menú. Con dieciocho años me sentía una persona madura y lista para tomar decisiones sabiamente, al igual que un adulto. Un adulto que ese mismo año, meses atrás, había sido un muchachito de diecisiete años comiendo chocolates con mariguana entre los casilleros de un gimnasio en compañía de una botella.

—Ahora dale tragos al vodka para que se digiera, o se quedará pegado en tu estómago —me había dicho el proveedor de los chocolates.

Durante los primeros meses en la universidad, me ocupé en romper todo vínculo que me conectara con aquella persona luego de despertar en ropa interior, ebrio, drogado y rodeado de gente desconocida entre los casilleros del gimnasio. Recordaba el dolor de la caída, el cuerpo mareado y sin control, el chocolate en los dedos y la boca reseca, sin aliento.

Durante el tercer semestre de carrera, en la clase de Comportamiento del Consumidor, el profesor abrió la discusión con tres preguntas que respondí en mi mente sin sustento psicológico ni académico. La primera: ¿Los seres humanos actuamos por nuestra cuenta o copiamos patrones similares a los de otras personas? "Nunca actuamos por nuestra cuenta, nuestro cerebro copia inconscientemente lo que vemos. Si él se come el chocolate, yo también me lo como". La segunda: ¿Qué factores influyen en nuestras decisiones al comprar o consumir un producto? "Tiempo. Si no me trago el chocolate en este momento, se va a derretir". Tercera: ¿Cómo podemos utilizar las emociones para mandar un mensaje con éxito? "Haz que las personas sientan miedo para protegerse del peligro. Si no bebo algo ahora, la mariguana se me quedará pegada en el estómago, ¡bebe el vodka, Alonso!".

Las preguntas dieron sentido a mi decisión de estudiar Mercadotecnia y despertaron mi interés por conocer más. Analicé y comprendí cómo una campaña publicitaria enfocada a un producto o servicio puede transmitir un mensaje que, efectivamente, podría influenciar el comportamiento de una persona. En pocas palabras, la mercadotecnia influye para que el consumidor final haga lo que tú quieres. Al igual que aquel joven había hecho conmigo al ofrecerme una bola de chocolate con mariguana acompañado con vodka.

A los veintidós años obtuve mi primer sueldo como publicista por parte de la agencia Almendra Publicidad. Tardé menos de dos días en memorizar el nombre de las ocho personas que trabajaban conmigo en el pequeño despacho. El primer nombre que aprendí fue el de mi compañera Gracia Almaguer; había leído su nombre en un correo solicitándome una entrevista presencial.

Pareciera que todos los reclutadores descargan la misma hoja con preguntas que encuentran como primer resultado en el buscador de Google:

—¿Cuáles son tus tres mejores cualidades? —preguntó Gracia, sentada al otro lado de la mesa.

—Me considero una persona creativa, me adapto a los cambios con facilidad, y soy muy bueno trabajando en equipo —respondí como si se tratara de un libreto memorizado.

—Muy bien, ahora dime, ¿cuáles son tus tres áreas de oportunidad que debes trabajar?

—¿Solo tres?

Gracia, sonrió, bajó la mirada por un instante y se volvió hacia mí.

—Sí, solo tres.

—Siendo honesto, soy muy impaciente con la lentitud de las personas. Estar atorado en el tráfico me provoca estrés, pero puedo controlarme. Segundo, hablo mucho. Demasiado. En exceso. Si en algún momento crees que no paro de hablar, por favor detenme. Y por último, confío mucho en las personas. Esa es mi mayor área de oportunidad, por no llamarle defecto.

Gracia apuntaba en su libreta cada que respondía a sus preguntas y asentía con la cabeza mientras escuchaba. La entrevista duró poco más de una hora. Al terminar, ambos nos levantamos y acordamos esperar la llegada de un correo con las siguientes instrucciones en caso de avanzar a la siguiente etapa del proceso de selección.

Esa tarde camino a casa me repetí las preguntas y respuestas en la cabeza, reclamándome después de cada una, deseando haber respondido diferente. Preguntas cuyas respuestas no sabemos si son las correctas, pero aún así las contestamos esperando que alguien las juzgue a nuestro beneficio. Al llegar a casa, me llegó un correo electrónico invitándome a una entrevista con el señor Carlos Romero, jefe de la agencia y dos décadas mayor que yo.

Cuatro veranos más tarde, a mis veintiséis años, tenía un sueldo en la agencia como director creativo, creando, revisando y editando contenido de las campañas publicitarias para marcas locales y algunas de alcance nacional. Conocía de memoria los nombres de las quince personas que laboraban en el décimo tercer piso de la Torre M, al sur de Monterrey.

—Aquí encontrarás los números de todos los clientes,

para que tengas contacto directo con ellos —dijo el señor Carlos mientras estiraba su brazo sosteniendo un teléfono móvil.

—¿Está seguro de que debería hacerme cargo yo? —pregunté.

—Deja de hacer preguntas y ponte a trabajar, Alonso.

En las manos sostenía dos teléfonos: las llamadas con los clientes se resolvían desde el celular de la empresa; las publicaciones personales en las redes las hacía desde mi celular. Los clientes no tenían acceso a mi número personal y ninguno podía molestarme fuera de horarios de oficina. Ninguno excepto el contacto de la chica encargada de supervisar la campaña *In Every Room*, del Grupo Clossy. La misma chica que una tarde de domingo, antes de que yo entrara a la ducha, mandó un mensaje a mi celular diciendo: *Alonso, tenemos que hablar sobre lo que hiciste.*

Anna.

Tomé el celular con ambas manos. Mi corazón palpitaba acelerado, como si Robbin y yo siguiéramos recorriendo el vecindario a la máxima velocidad que nuestras piernas lo permitían. Dejé el aparato en la repisa de madera sin abrir el mensaje. Pasé a la regadera y permití que el agua refrescara mis ideas antes de contestar. Si hubiera estado sobrio durante toda la noche, ¿habría decidido llamar a aquel número escrito en el papel blanco agazapado en mi cartera? Si hubiera estado sobrio durante la madrugada, ¿habría resistido a la tentación de ir hasta el apartamento? Si ocho años atrás la conciencia hubiera estado presente, ¿habría decidido alejarme de aquel chico para evitar terminar a medio vestir, ebrio y drogado? Preguntas que nunca tendrán respuesta.

Terminé la corta ducha, me sequé y tomé el celular para responder, nervioso, el mensaje de Anna.

Alonso, 20:20. *Hola Anna, ¿qué pasa? ¿Qué fue lo que hice?*

Salí del baño con el celular en la mano, esperando respuesta. Tomé del armario un par de prendas talla grande para dormir. Anna aún no respondía. Me recosté en la cama mirando hacia el ventilador del techo. Programé la alarma a las 7:00 del día siguiente. *Alarma definida para dentro de 10 horas y 45 minutos,* se leía en el celular. La pantalla anunció el nombre de Anna junto con la melodía de llamada entrante. Mi respiración se aceleró. Contesté.

—Hola, Anna, leí tu mensaje. Dime, ¿qué sucede?

—Hablé con Ricardo esta mañana y creo que tenemos una situación sobre la cual tenemos que platicar.

Pausé la conversación por unos segundos. Los latidos de mi corazón aumentaron, al igual que el ritmo de mi respiración. Tragué saliva y escupí las palabras:

—¿De qué se trata?

—Quería aclararlo en persona, pero es importante ajustar clavos sueltos cuanto antes. Esta mañana fui al apartamento de Ricardo y…

Lo sabe, ya lo sabe.

—Platicamos sobre las próximas ferias nacionales en donde Grupo Clossy tiene programada asistencia. Me dijeron que ya programaste las publicaciones de esta semana, pero creo que hace falta alinear la comunicación en redes sociales y otros medios sobre nuestra presencia en los eventos —dijo Anna. Las teclas en su ordenador se escuchaban desde el otro lado de la bocina—. Creo que deberíamos programar una junta.

—¡Oh! Sí, claro. ¿Cuándo quieres que lo discutamos? —pregunté llevándome la mano al pecho, aliviado.

—Obviamente hoy no, creo que aún te escucho con algo de resaca —dijo Anna entre risas—. Pero me gustaría tenerlo alineado esta semana, ¿crees que puedas pasar el martes en la tarde por la oficina?

—Claro, no creo que haya problema. Solo necesito revisar la agenda por la mañana junto con Gracia, para confirmarte la hora.

—¡Perfecto! Avisaré a Ricardo. Espero tu llamada.

—Muy bien.

Terminé la llamada y me puse el aparato sobre la frente. Alcé los brazos al aire en señal de victoria, pero la guerra con la conciencia aún seguía y no parecía tener fecha de caducidad.

Me levanté de la cama y bajé hacia la cocina. Abrí la puerta de madera que lleva hacia el cuarto donde está la cava de vinos. El espacio de cuatro metros cuadrados tenía alrededor de cien botellas de vino y otros licores. La costumbre era que cada integrante de la familia trajera siempre consigo una botella después de algún viaje o una visita al supermercado. Tomé de las repisas inferiores una botella al azar, un sacacorchos de un cajón de la cocina, y una copa de cristal de sobre la mesa de mármol. Salí al patio trasero. Sentado en el jardín, a un lado de la alberca, vertí el vino tinto. Robbin dormía al lado mío. Al igual que él, cerré los ojos y apoyé todo el cuerpo sobre el suelo, bajo el cielo que oscurecía.

Horas antes no me hubiera imaginado que el reencuentro con Ricardo se llevaría a cabo en tan solo dos días. Traté de planear la escena de mi entrada a las oficinas de Grupo Clossy. Vestiría un pantalón negro que dejaría al descubierto mis tobillos. Estrenaría las suelas de los mocasines de terciopelo del mismo color con insignia CH. Una camisa blanca que se amoldara a mi torso. En la sala de juntas al final del pasillo, estaría Anna sentada junto a Ricardo. El final de la escena me obligó a abrir los ojos. ¿Qué pasaría después? Pregunta con respuesta abierta.

Bebí la copa hasta la última gota.

La cafetera programada para las 7:15 cumplió con su función del día; el termo gris estaba a tope de cafeína en el portavasos del auto. El tráfico sobre la avenida Lázaro Cárdenas era fluido. Veía el sol reflejado sobre los cristales de la Torre M asomándose desde el Cerro de la Silla. Como cada lunes, el locutor de la radio, luchando para mantener su *rating* de audiencia, preguntó por dónde había más embotellamientos en la ciudad. Escuché tres reportes por parte de la comunidad: un choque en la avenida Garza Sada a la altura de la colonia Tecnológico; tráfico lento rumbo a San Pedro a la altura de La Diana; tráiler varado en la salida de la carretera rumbo a Saltillo. No era necesario esperar la llamada de tres personas para saber el estatus del tráfico en Monterrey; se puede sintonizar la estación del noticiero, utilizar el GPS del auto o consultar alguna cuenta de Twitter especializada en vialidad. Subí en el ascensor de la Torre M mientras publicaba una foto de mi *outfit* reflejado en el espejo con la descripción: *Lunes por la mañana*. Entendí que las personas no habían llamado para aclarar nuestras dudas sobre el tráfico sino para compartir su momento, tal como yo lo hacía en las historias de Instagram enseñando el suéter negro ajustado y los pantalones grises. Pregunta con respuesta.

Las puertas del ascensor se abrieron en el decimotercer piso. Yohana, la recepcionista que era más joven que yo, bebía su café sentada frente a la mesa.

—¡Buenos días, Alonso! La señorita Anna llamó hace unos minutos, ¿gusta que se la comunique?

—Muchas gracias, Yohana, yo le regreso la llamada desde mi lugar.

Caminé por el pasillo entre los escritorios vacíos y los ordenadores Mac en reposo del equipo de creativos y diseñadores. Pasé por un lado de la sala de juntas hasta entrar en el cubículo compartido con Gracia. Miré el reloj digital que marcaba las 7:57 horas junto a una fotografía mía con Daniel y Karen. Las notas adhesivas de colores en la pared reprochaban los pendientes que debían ser resueltos.

—¿Qué tal tu fin de semana? —preguntó Gracia

asomando la cabeza—. Fue el cumpleaños de Daniel, ¿verdad? ¿Cómo estuvo?

Preguntas, preguntas, preguntas. Respondí con mentiras.

—Mi fin de semana estuvo muy bien. Primero cenamos en casa de Daniel el sábado por la noche y después salimos al centro a buscar un bar. Fue algo tranquilo, la verdad.

—¿Hasta qué hora se metieron? Yo siento que ya no tengo energía después de las dos de la mañana.

—Regresé temprano a mi casa —mentí—. Estaba muy cansado. Y ayer estuve todo el día en cama. ¿Y tú?

—Las bodas me consumen todos los fines de semana —y Gracia dio un sorbo a su jugo verde. Sostenía el envase con la mano que mostraba su argolla de matrimonio estrenada seis meses atrás—. Mis amigas y conocidas no hacen más que casarse. Ya hasta estoy cansada de buscar vestidos para no salir con el mismo en todas las fotos.

—Bueno, al menos tus amigas tienen a alguien, no como yo —dije, y me arrepentí de inmediato de mi comentario, así que cambié el tema—. Anna me habló ayer. Tenemos que programar una cita en las oficinas de Grupo Clossy mañana por la tarde, ¿cómo está la agenda de la semana? —pregunté deseando que no hubiera espacio.

—Estamos libres para la visita. Si gustas marca a sus oficinas para confirmar asistencia después de las tres —dijo Gracia, agregando la cita en la agenda digital—. También necesitamos trabajar en el nuevo guión para el video promocional de nuestra página web. El equipo de creativos tiene algunas ideas, pero me gustaría que les dieras una vuelta antes de decidir con cuál nos quedaremos y comenzar con la producción.

—Perfecto, deja comienzo a trabajar en eso.

Pedí a Yohana que se comunicara a las oficinas de Grupo Clossy para coordinar la cita que se llevaría a cabo el día siguiente. El resto del equipo comenzó a llegar. Debía prepararme con las preguntas necesarias para dar seguimiento a la campaña de nuestro cliente, pero a mi mente solo venía una pregunta: "¿Por qué lo hice?".

Tomé el portátil del escritorio. Gracia se quedó trabajando, moviendo su argolla sobre el teclado. Atravesé el pasillo hacia la cocina. Preparé un té verde y saludé al resto del equipo disfrutando del almuerzo. La sala de juntas estaba vacía. Di un trago al té mirando hacia el ventanal con la ciudad de Monterrey de fondo. Abrí la pantalla del portátil, respiré profundo y comencé a escribir:

¿POR QUÉ PREGUNTAMOS?

Preguntamos por curiosidad, para visualizar en nuestra mente lo que se encuentra al otro lado, oculto en forma de respuesta.

Preguntamos para conocer, para romper la barrera de las incógnitas y abrirnos paso a las posibilidades.

Preguntamos porque dudamos, no por sentirnos incapaces, sino porque queremos actuar con certeza.

Preguntamos por entender, no porque desconfiemos de las palabras, sino para darle sentido a nuestros pensamientos.

Preguntamos para escuchar, porque todos tenemos algo que decir, pero pocos tienen la oportunidad de expresarlo.

Ahora preguntamos: ¿Estás listo para que trabajemos juntos?

Almendra Publicidad.

La taza de té quedó vacía, cerré el portátil mirando hacia la ventana y agregué mentalmente una frase que no llegó al teclado: "Preguntamos para saber cómo serían las cosas si hubiéramos actuado diferente en el pasado, si nada de nuestra historia existiera y solo quedara el hoy. Pero luego nos daremos cuenta de que no vale la pena dar vueltas a preguntas sin respuesta".

El sonido de una notificación de Facebook apagó el silencio de la habitación. Saqué el celular del bolsillo derecho del pantalón y lo puse frente a mí. *Miguel Ramírez te ha enviado una solicitud de amistad*. El joven con el que hace ocho años compartiste una tarde con chocolate y vodka.

4
MI PRIMER ~~AMOR~~ ERROR

Recordaba a Miguel exactamente como lo vi por última vez antes de terminar ebrio y casi desnudo entre los casilleros del gimnasio. Cuando tenía solamente diecisiete años.

Era mi último año en la Preparatoria UDEC, Campus Laguna. Miraba la pantalla del Sony Ericsson sentado en el asiento trasero de la camioneta Expedition Max que mi madre conducía rumbo a la entrada principal del instituto junto al ingeniero Rodríguez, que leía silencioso el periódico en el asiento del copiloto. Cuando el ingeniero leía el periódico, no debía oírse ni una sola palabra. Mi madre aparcó en un espacio libre sobre la calle, cerca de la entrada principal del instituto.

—Pasaremos por ti después de tu práctica de atletismo —dijo mi madre girando su cabeza hacia el fondo de la cabina—. Ya sé que hoy es viernes, pero no olvides que tenemos la cena con tu abuela Juanita, así que no hagas planes para más tarde.

—Está bien, no te preocupes —contesté—. No tengo planes para todo el fin de semana.

—Perfecto. ¡Te quiero! —dijo mi madre agitando la mano con manicura.

—¡Que te vaya bien! —gritó el Ingeniero Rodríguez, regresando la mirada hacia la sección de sociales.

Bajé de la camioneta cargando la mochila con libros en mi espalda y la maleta negra marca Nike, que contenía mi ropa de entrenamiento, colgando de mi hombro. Caminé entre los edificios con aulas dejando atrás la biblioteca. Atravesé las bancas del patio interno donde estaban esparcidos los más de mil alumnos inscritos. El papel impreso entre mis manos mostraba el horario que debía seguir durante el día: Viernes, 8:30 horas, Edificio V, Aula 105, Cálculo I. Tenía tiempo de sobra para llegar a la cafetería antes de la primera clase. Con el *croissant* y el café en las manos, me dirigí a la banca exterior frente la máquina expendedora junto con el grupo de jóvenes con los que había compartido casi tres años de mi vida.

—¡Alonso! —gritó Nydia de pie sobre la banca agitando el brazo.

—¡Hola! Qué sorpresa que llegues temprano y sobre todo en viernes —dije.

—Estoy en el límite de faltas; no puedo darme el lujo de dormir cinco minutos extra —explicó Nydia acomodándose la diadema color rojo sobre el cabello negro y liso. Su piel blanca asomaba bajo el poco maquillaje en su cara—. ¿Qué planes tienes para hoy?

—Tengo una cena familiar en casa de mi abuela. Iré después de mi práctica de atletismo.

—¡No inventes! —gritó Humberto sosteniendo un cigarro en la mano e ignorando el letrero de PROHIBIDO FUMAR—. Katia Garza tiene casa sola durante todo el fin de semana. Va a organizar una fiesta y todo el mundo está invitado.

—Lo siento, pero no puedo cancelar. Ya se lo prometí a mi madre.

—Bueno, seremos solo tú y yo, preciosa —dijo Humberto antes de juntar sus labios con los de Nydia.

El delgado cuerpo de Jorge avanzaba directo hacia la banca donde nos encontrábamos. Las personas que aseguran que las mujeres son las únicas que inventan y esparcen chismes sobre otras personas, nunca han tenido un amigo cien por ciento heterosexual.

—¿Escucharon del nuevo chavo que se transfirió de la Preparatoria UDEC Campus Valle al nuestro? —preguntó Jorge al grupo.

—¿Por qué no saludas primero y luego sueltas la bomba de información? —dije antes de dar un sorbo al café.

—Perdón. ¡Hola a todos! ¿Se enteraron del chico nuevo que se transfirió a nuestro campus? —volvió a insistir Jorge.

—Sí, ayer Humberto y yo lo vimos en una clase que tuvimos juntos —respondió Nydia.

—Yo también lo vi —aseguró Jorge—. Escuché que estará en el equipo representativo de futbol soccer, ¿saben si es verdad?

—Tuvimos solamente una clase con él, Jorge, no una entrevista —terminó Nydia.

Los timbres colocados en las entradas de los edificios anunciaron el inicio de las clases. Los cuatro tomamos las mochilas del suelo y formamos dos grupos: Humberto y Jorge partieron hacia el edificio II y Nydia y yo hacia el V. Primera clase del día: Cálculo I.

Los treinta y cinco alumnos inscritos al curso llegamos puntuales al aula. La Pajarito, aquella maestra con voz chillona, entró después y cerró la puerta. Nunca recordaré su verdadero nombre.

—Anoten donde puedan lo que voy a escribir en la pizarra, pues muy probablemente venga en el próximo examen —chillaba La Pajarito.

Nydia ocupaba el pupitre más cercano a la puerta de salida. Yo estaba frente a ella. Escuché al fondo del aula la perilla de la puerta girando. La madera chocó contra la pared al abrirse, haciendo que todos volteáramos. Estatura aproximada, un metro ochenta; tez morena, un poco más clara que la mía; complexión atlética, se notaba el ejercicio con pesas en la parte de los hombros y brazos; rostro sin expresión, cejas pobladas, ojos marrón oscuro, nariz griega, labios pequeños, cabello negro oculto bajo una gorra azul.

Nydia se volvió hacia mí y me dijo cerca del oído:

—Él es el nuevo alumno.

El joven atravesó el pasillo y se sentó en el único lugar disponible: junto al escritorio de La Pajarito.

—Usted debe ser Miguel, ¿verdad? —preguntó la profesora mirando la lista de alumnos en su mesa.

—Así es, Miguel Ramírez —contestó el nuevo.

—Llega tarde, espero no se repita —trinó La Pajarito.

Luego de una hora y media la sesión terminó. Nydia y yo tomamos nuestras cosas y salimos del aula rumbo al jardín. Nos sentamos en la misma banca, donde Jorge y Humberto nos esperaban. Todos teníamos una hora libre antes de nuestra siguiente clase. Jorge propuso salir a comer unos tacos afuera del campus y todos votamos a favor. Salimos por la entrada principal de la preparatoria y nos dirigimos hacia nuestro puesto favorito: los mejores tacos caseros preparados por doña Emma y su hija Kimberly. El sol de noviembre se postraba encima de los cuatro integrantes del grupo sobre la estrecha banqueta de la avenida Lázaro Cárdenas. Nydia y Humberto caminaban abrazados detrás de Jorge, compartiendo un cigarro. Yo llevaba la delantera por diez pasos. Al llegar, vimos que bajo la lona azul de seis metros cuadrados había disponible una mesa con cinco sillas. Nos sentamos.

—¡Muero de hambre! Voy a pedir dos órdenes de tacos y no voy a compartir, para que se limiten en pedirme —anunció Humberto, pelando los ojos azules y apagando el cigarro en el cenicero al centro de la mesa.

Kimberly, la hija de doña Emma, tomó la orden de cada uno para luego llevarla a su madre y que preparara los tacos en el remolque estacionado sobre la calle a un lado de nosotros.

—¿Ya vieron quién está parado en la barra junto a doña Emma? —preguntó Jorge.

—¡*Wey*, deja de estar mirando a la gente! —gritó Nydia.

Volteé sobre mi hombro derecho hacia el remolque. Vi al mismo joven que había atravesado la puerta en mi clase de Cálculo I y al que había analizado de pies a cabeza.

—Se ve que viene solo —dijo Humberto—. Aquí tenemos un espacio disponible, ¿por qué no lo invitamos a sentarse?

—¡Oye! —grité de inmediato—. Miguel, ¿verdad? Aquí hay un lugar libre —. Fue la primera vez que mencioné su nombre.

El joven de gorra azul y cuerpo atlético se acercó a la mesa. Sostenía entre las manos un plato con una orden de tacos. Separó la silla a lado mío y se sentó.

—Gracias por la invitación. Me llamo Miguel.

—Sí, eso ya lo sabemos —interrumpió Humberto encendiendo otro cigarro—. Cuéntanos, ¿qué te trae por aquí?

—Hmmm... tenía hambre.

—¡No! Me refiero a aquí al campus. Estamos a un mes de terminar el semestre, ¿por qué te transferiste?

—¡Ah, eso! La verdad solo quería un cambio y conocer a otra gente —dijo Miguel. Su mirada estaba fija en el cigarro de Humberto—. ¿Fumas mucho?

—¡Demasiado! —aseguró Nydia—. Pero al menos es su único vicio, no le gusta beber mucho.

—¿Y tú? —me preguntó Miguel—, ¿fumas?

—No, no fumo.

—Pero ¿lo has probado o eres de los que les gustan cosas más fuertes?

"¿Fuertes?", pensé sin saber a qué se refería.

—Intenté fumar, pero no funcionó —dije entre risas—. Pero estoy abierto a probar cosas nuevas.

—¿De verdad? —preguntó Miguel—. Es bueno saberlo.

Las órdenes de tacos llegaron a la mesa al igual que la conversación sobre la fiesta en casa de Katia Garza.

—Deberías venir con nosotros, Miguel; todo el mundo estará ahí y es la ocasión perfecta para que conozcas mucha gente —dijo Nydia.

Después de comer, Nydia y Humberto intercambiaron números de teléfono con Miguel para ponerse de acuerdo y verse más tarde en la fiesta, que al parecer fue todo un éxito. Me enteré por fotos de que Jorge fue de los primeros en llegar a casa de Katia y de que los chicos del equipo de futbol americano llevaron dos barriles de cerveza que quedaron vacíos antes de la media noche, la misma hora que marcaba el reloj de mi habitación cuando acomodaba mi cuerpo en la cama, dispuesto a dormir. Estaba cansado luego de haber asistido al entrenamiento y al festejo de mi abuela. Antes de apagar las luces de la habitación, recibí un mensaje en el celular:

Desconocido, 12:01. *Hola, pensé que tú también vendrías a la fiesta. Nydia me pasó tu número. ¿Vas a venir más tarde?*

Cerré el teléfono sin enviar respuesta.

Luego de pasar todo un fin de semana sin salir de casa, llegó el lunes. Estábamos nuevamente en la banca frente la máquina expendedora. Jorge enseñaba el moretón que se había hecho en el brazo derecho al caer borracho de las escaleras en casa de Katia; Nydia y Humberto mostraban fotos desde la cámara digital donde capturaron los acontecimientos de esa noche de viernes. Mientras pulsaba el botón de avanzar, escuché la voz ronca de Miguel, que llegaba a la banca.

—¿Cómo sigues del golpe? —preguntó Miguel a Jorge.

—Todo bien. Moraleja: no mezcles cerveza con tequila si vas a bajar escaleras.

Miguel sacó su horario de clases de la mochila y comparó sus horas libres de la semana con las de los demás. Pasé la mirada sobre el horario. Coincidíamos en dos ocasiones: los viernes a las 10 con el grupo de los tacos y los martes al mediodía, solos él y yo.

—Bueno, supongo que nos veremos mañana —dijo Miguel tocando mi hombro derecho.

—¡Sí! —contesté.

Los tenis deportivos ajustados recorrían a velocidad máxima la pista atlética. Luchaba por reducir mi récord personal en los cien metros planos. Mi mirada se desvió hacia las gradas cercanas del lado derecho.

—¡Más rápido, Alonso! —gritó Nydia.

La práctica de atletismo de los lunes por la tarde había terminado. Sentada en las gradas, Nydia sostenía dos botellas de agua.

—Muy bien hecho, chico —dijo mientras me entregaba una de las botellas.

—Muchas gracias, ¿cuánto tiempo llevas ahí sentada?

—Lo suficiente como para ver porqué Miguel me pidió tu número el viernes en la fiesta en casa de Katia. Esa ropa deportiva te sienta muy bien —comentó Nydia dándome una nalgada.

—¿Qué dices? ¿Él mandó el mensaje? —pregunté sorprendido.

—Sí, y preguntó por ti a todos en la fiesta.

—Me agrada el chico, se nota que se esfuerza por socializar.

—Alonso, por favor. Te conozco perfectamente, no solo te "agrada".

Sentí mi cara sonrojarse.

—¿De qué hablas? —pregunté.

—¿Recuerdas el maestro de inglés que teníamos en primer semestre que decías que te "agradaba" y terminaste confesándome que te gustaba?

—Bueno, ¿a qué viene tanto interés de si me agrada o no Miguel?

—Porque el otro día cuando caminábamos hacia los tacos, era obvio que nos venía siguiendo. Y esa misma tarde en la fiesta de Katia, me pidió tu número de teléfono. Es mucha coincidencia, ¿no crees?

—¿De qué hablas? ¿Miguel nos siguió hasta los tacos?

—¡Alonso, despierta!

Nydia me acompañó hasta la puerta de los vestidores

hablando de los posibles escenarios en los que nos imaginaba a mí y a Miguel juntos. Por un instante, también me imaginé caminando junto a él. Nydia se despidió de mí y se alejó rumbo a la entrada del campus. Empaqué la ropa deportiva en la maleta junto con mis artículos de higiene personal. Faltaba poco para que el ingeniero Rodríguez pasara por mí. Camino al estacionamiento, las palabras de Nydia retumbaban en la cabeza: "¡Alonso, despierta!". ¿Llevaría diecisiete años dormido?

El ingeniero Rodríguez llegó. Luego de atravesar el denso tráfico de Monterrey que se acumula después de las 21:00 horas, llegamos a casa. Alberto estaba en la sala con mi madre viendo una telenovela mexicana. Dejé la maleta deportiva en el suelo y me senté en el sillón junto a ellos. El ingeniero Rodríguez tomó su sitio de siempre en el sofá individual de la sala.

—¿Quién quiere pedir algo para cenar? —preguntó mi madre.

—¡Yo! —respondimos todos a coro.

Las hamburguesas tardaron veinte minutos en llegar después de la llamada al restaurante. Durante la cena compartí mi nuevo récord personal en los cien metros planos de la práctica de ese día y hablé sobre los nuevos horarios de las prácticas que el entrenador estaba proponiendo para las vacaciones de invierno.

Las pláticas con mi familia eran los momentos que más disfrutaba del día. Me encantaba compartir sobre mi vida y escuchar las opiniones de mis padres con respecto a todos los temas. Pero ese día no comenté nada sobre el nuevo chico que se había transferido a nuestro campus. Tampoco les compartí el mensaje que había recibido la noche anterior. No dije nada sobre la teoría de Nydia, en la que supuestamente Miguel nos había seguido hasta el puesto de tacos. A nadie de mi familia expresé los sentimientos que podía tener hacia esa persona. Ellos aún no me conocían al cien por ciento.

Recogimos las bandejas vacías de comida y me dirigí a la habitación. Recostado en la cama esperaba a que el reloj marcará las 22:00 horas para cerrar los ojos y dormir. "Miguel nos siguió a los tacos el otro día, pidió mi número de teléfono a Nydia... ¿estaba interesado en conocerme más?", pensaba, y quería averiguarlo. Tomé el celular, guardé el contacto y contesté el mensaje con más de dos días de retraso:

Alonso, 21:55. *Hola Miguel. Tenemos hora libre juntos mañana. Nos vemos a las 12:00, descansa.*

No pasó ni un minuto antes de que contestara.

Miguel, 21:55. *Espero con ansias.*

Al día siguiente el cielo amaneció despejado y con una temperatura que obligó a todos a utilizar un suéter ligero para no sufrir las frescas brisas del otoño. Me encontraba sentado en nuestra banca. Mi chaqueta de gamuza café hacía perfecto juego con el gorro del mismo color y mi cabello oscuro se asomaba por debajo.

Miguel se acercaba sosteniendo dos vasos con café instantáneo de la cafetería del campus.

—¿Sin azúcar o con azúcar? —preguntó Miguel elevando cada brazo para diferenciar las opciones disponibles.

—Con azúcar —respondí tomando el vaso que sostenía con su mano izquierda—. ¿Cómo supiste que tomaba café?

—Me lo dijo Jorge.

—Obvio —respondí—. ¿Cómo vas con las clases hasta ahora? ¿Te está costando trabajo adaptarte?

—La verdad, no. Solo cambié de campus, pero el programa sigue siendo el mismo. Lo único diferente es la gente. Aquí todos parecen más amigables.

Era mi oportunidad para preguntar y resolver mi duda:

¿por qué había querido el cambio? Pero no lo hice.

—Bueno, al menos no tuviste problemas para socializar, eso está claro —dije.

—Todo fue gracias a ti. Si no me hubieras invitado a sentarme el otro día con ustedes, jamás me habría acercado y no me hubiera enterado de la fiesta de Katia.

Era mi oportunidad para preguntarle si nos había estado siguiendo. Pero no lo hice.

—No fue nada —respondí—. Te vimos muy solo.

Nos quedamos sentados uno al lado del otro viendo cómo un alumno se esforzaba por conseguir un chocolate atorado en la máquina expendedora. El primer sorbo que di al café me quemó la lengua desde la punta hasta la garganta. Traté de no mostrar incomodidad ni dolor para que Miguel no se diera cuenta de mi estupidez, pero fue inútil.

—¿Estás bien? —preguntó entre risas.

—Sí, estoy bien. ¿Cuántos años tienes? —pregunté de inmediato para cambiar la conversación y no concentrarnos en las posibles heridas de mi boca.

—Diecisiete. Cumpliré dieciocho el próximo diciembre.

—Eso es en menos de un mes —dije—. Yo igual tengo diecisiete, cumpliré dieciocho en marzo.

Sostuvimos los cafés esperando a que se enfriaran un poco para evitar otra catástrofe. Estaba nervioso. La incertidumbre nunca me ha sentado bien. Quería saber todo sobre él. ¿Dónde vivía? ¿Tenía familia? ¿Cuál era su película favorita? ¿Tenía novia?

Miguel giró su mirada hacia mi mochila deportiva abierta y tirada en el piso.

—¿Te gusta correr? —preguntó apuntando con el dedo a los viejos tenis deportivos que se asomaban entre el cierre de la mochila.

—Así es, corro casi todos los días.

—Qué bien, yo practicaba box antes de cambiarme de campus.

—Eso explica tu cuerpo atlético.

Después de que mi boca soltara tal comentario, quise que la tierra se abriera y me tragara vivo. No hay nada más vergonzoso que confesar a una persona que has admirado su anatomía sin su consentimiento.

—¡Gracias! Cuando retome mi entrenamiento puedes acompañarme si gustas —contestó Miguel.

Sonreí.

Las horas libres de los martes a las 12 se convirtieron en las citas del café que arde. Durante las siguientes tres semanas, antes de las vacaciones de invierno, Miguel llevaba los cafés a la banca. Nos sentábamos ahí el tiempo que nos lo permitían los timbres de los edificios antes de anunciar el fin del receso. Durante nuestras pláticas pude conocer más sobre él: vivía al sur de Monterrey, cerca de la zona donde los turistas y locales inician su camino para hacer excursionismo en el Cerro de la Silla, con sus padres. No tenía hermanos ni hermanas y su película favorita era *Million dollar baby*. Y no tenía pareja… aún. El último martes antes de que acabara el semestre, Miguel llevó los dos cafés, como ya era costumbre, pero esta vez sobre una caja de cartón negra con la marca Reebok impresa por los lados.

—¿Compraste zapatos nuevos? —pregunté.

—No son para mí, son para ti.

—¿Qué? Pero si ni siquiera sabes mi talla —dije—. Es una broma, ¿verdad?

—¡Tú solo abre el paquete! —dijo Miguel poniéndome la caja en las manos. Dentro había un par de tenis deportivos color naranja con la marca impresa. Eran perfectos para salir a correr por el vecindario en compañía del nuevo perro adoptado por la familia Rodríguez, al que puse por nombre Robbin.

—No sé que decir, ¿cuánto te costaron? No tenías por qué hacer un gasto así, aún puedes devolverlos.

—Alonso, ya cállate —respondió Miguel—. ¡Pruébatelos!

Sonreí una vez más y estrené el calzado. Quedaron un poco grandes, pero eran perfectos para mí.

El periodo de exámenes llegó a su fin la primera semana de diciembre. Para celebrar, Miguel organizó una fiesta en su casa un día antes de su cumpleaños. La mayoría de los alumnos de quinto semestre estábamos en el jardín trasero.

—Deja algo de vodka para los demás —decía Nydia arrebatando la botella apoyada en la boca de Jorge.

—¿Alguien tiene un cigarro que me regale? —preguntaba Humberto a todas las personas que pasaban frente a él.

Había música, comida y bebida: todo lo necesario para que la fiesta fuera un éxito entre los adolescentes.

—¿Cómo convenciste a Miguel de que hiciera la fiesta en su casa? —preguntó Nydia.

—Él fue el de la idea. No sé, creo que ya conoce a casi todo el campus —contesté.

Las ganas de ir al baño me obligaron a moverme. Era la primera vez que iba a casa de Miguel. Desde el jardín pude ver las dimensiones de su casa: sin duda había habitaciones de sobra para que solamente vivieran ahí sus padres y él. Entré a la sala por la puerta corrediza que conectaba con el jardín trasero. Caminé entre los sofás y la habitación sin luz hasta llegar a la cocina. Miguel estaba con cuatro jóvenes formando un círculo alrededor de la mesa e intercambiando objetos. Todos voltearon hacia la puerta.

—Salgan, nos vemos afuera —dijo Miguel a los presentes—. Hola, ¿qué tal? —se acercó a darme un abrazo—, ¿te está gustando la fiesta?

—Sí, está muy bien, pero estoy algo perdido. Tu casa es muy grande y estaba buscando el baño.

—El de aquí abajo tiene fila de gente esperando, ¿por qué no pasas al de mi habitación?

—Muy bien, ¿me llevas? —respondí.

Subimos por las escaleras hasta la segunda planta de la casa, atravesamos el pasillo que conectaba con otras habitaciones hasta que llegamos a su recámara.

—Adelante, te espero aquí —dijo Miguel abriendo la ventana de la habitación después de encender un cigarro.

Estaba de pie frente a la repisa y los cajones del baño y me dio curiosidad conocer cómo vivía Miguel. Limpiaba su boca con un cepillo de dientes rojo y usaba hilo dental; tenía cuatro fragancias diferentes, ya las había olfateado antes; usaba crema hidratante en el cuerpo y protector solar; aplicaba champú y acondicionador a su cabello; consumía hachís, mariguana, cocaína y piedras de varias tonalidades. Salí del baño.

—¿Me puedes explicar qué es todo eso que tienes guardado y por qué no me habías dicho nada sobre tu posible adicción a las drogas?

Miguel abrió los ojos sorprendido y apagó de inmediato la colilla del cigarro en el marco de la ventana.

—Alonso, por favor déjame explicarte —dijo Miguel tomando mis hombros para sentarme en la cama.

—¡Suéltame! No quiero sentarme. ¡Explícame!

Las manos de Miguel temblaron un poco cuando se sentó en la orilla de la cama.

—Para empezar, esto va a ser algo difícil de explicar. Solo te pido que no te alteres, ¿está bien?

—Eso ya lo veremos. ¡Suéltalo!

—Muy bien… Soy traficante.

—¡Uff! Vaya manera de comenzar.

—Alonso, deja termino…

—¿Tu familia son narcotraficantes? ¿Por eso el tamaño estúpidamente grande de tu casa?

—¡No! Mi familia no es narcotraficante.

—Entonces, ¿tú iniciaste el negocio?

—¡Alonso, basta! —alzó la voz Miguel.

Me quedé en silencio, tratando de procesar la información que acababa de escuchar. Traficante.

—Mira, todo comenzó por querer ganar dinero fácil y salirme de casa. En mi otra preparatoria, un conocido me pasó el contacto de una persona que ocupaba repartidores.

La paga era buena y me pareció algo sencillo de realizar. Surtías, vendías y cobrabas. Pero se comenzó a complicar un poco.

—A complicar ¿cómo?

—Los clientes en la otra preparatoria y alrededores dejaron de consumir. Bueno, no dejaron de consumir, más bien le compraban a alguien más. Y si no vendes, hay problemas. No tuve más remedio que buscar por otras partes.

Analicé sus palabras por unos instantes. Las preguntas se iban formulando lentamente.

—¿Es por eso que te cambiaste de campus? —pregunté. La cara de Miguel parecía arrepentida de contar la verdad.

—Otro grupo estaba cubriendo la zona; no me dejaban vender nada y recibía amenazas casi a diario. Necesitaba dar rotación a la mercancía cuanto antes, o vendrían tras de mí para forzarme a pagar todo de mi bolsa o de mi familia.

—¿Quién vendría por ti?

—Entre menos sepas mejor, Alonso —y Miguel se pasó las manos sobre el rostro—. En fin, convencí a mis padres para hacer la transferencia de campus. No les mencioné nada del negocio, obviamente. Los clientes llegaban de uno en uno y me recomendaban. Organicé esta fiesta para terminar de vender todo lo que me resta de mercancía.

—Pero, ¿por qué, Miguel? Mira a tu alrededor, ¿en verdad necesitabas tanto el dinero?

—¡Ya sé que estuve mal, Alonso! —dijo Miguel alzando la voz—. Empecé en esto desde hace un año, fue una pendejada. Estaba enojado con mis padres, siempre ahorrando dinero, pero nunca gastando. Todos tenían mejores celulares, mejores carros... quería llenarme de lujos para presumir. Ya sé que estuvo mal y que es una estupidez. Quería sentirme libre, aunque resultó ser todo lo contrario. Solo quiero que esto acabe. Ya estoy renunciando.

Me senté junto a Miguel al borde de la cama.

—¿Sabías que si te atrapan vendiendo drogas a los

diecisiete años, la legislación de protección a menores obliga a que te dejen libre casi de inmediato?

—¿Qué?

—Las autoridades no pueden aplicar el código penal por ser menor de edad.

—Pero, tú…

—Así es. Mañana cumpliré dieciocho. La pena por tráfico de drogas va de tres a nueve años si me atrapan, por eso es muy importante que guardes el secreto y me dejes terminar con esto.

Mi mente abrió el baúl de los recuerdos.

—Entonces, el día que nos seguiste hasta los tacos, ¿tu intención era vendernos drogas?

Miguel se quedó en silencio por un momento.

—Al principio estaba buscando clientes. Humberto parecía un buen partido. Luego me invitaste a sentarme y dijiste que estabas abierto a probar cosas nuevas. Lo vi como una invitación para acercarme a ti.

—Por eso me enviaste ese mensaje durante la fiesta en casa de Katia Garza, querías ver si estaba dispuesto a comprar.

—Sí, pero… —un silencio—. Después no quise envolverlos en este puto vicio. Y luego, bueno, creo que empecé a sentir algo.

—¿Algo?

—No sé cómo explicarlo. No me había pasado antes con nadie y menos con un hombre.

Me quedé helado.

—¿A que te refieres? —pregunté.

—Me refiero a sentir algo, no sé. A sentirme atraído por ti.

Me quedé mirando hacia la ventana e ignorando las palabras que Miguel había dicho. Sentí su hombro rozando el mío cuando se acercó más a mí. Sus manos se entrelazaron con las mías y nos miramos fijamente por unos segundos hasta que nuestros labios chocaron por un instante, luego segundos, después minutos. Nunca había imaginado cómo sería el primer beso. Nunca creí en la posibilidad de que alguien se acercara y se envolviera en mi aliento. Nunca pensé en experimentar el dolor en los labios cuando las pinzas blancas de la boca ajena presionan con fuerza. Y nunca comprenderé cómo a mis diecisiete años un beso pudo impulsarme a decir "te quiero".

La música de la fiesta se escuchaba desde la ventana; los cuerpos desnudos sobre la cama se acariciaban después de experimentar el dolor y la incomodidad de la primera vez, acompañados del placer envolvente. Nos levantamos para vestirnos tras aquellos veinte minutos ausentes de la realidad. Los tres condones fallidos estaban tirados en el suelo casi como nuevos; el cuarto colgaba de la entrepierna de Miguel.

—Tengo trabajo pendiente por hacer —dijo Miguel separando su cuerpo del mío.

—Está bien —contesté.

Entró al baño para vestirse, empacó algunas drogas en sus bolsillos y se dirigió hacia la puerta.

—¿Nos vamos?

—Sí.

El reloj de la habitación marcó las 00:00 horas.

—Feliz cumpleaños, Miguel —dije.

Nos besamos y salimos de la habitación.

El siguiente enero iniciamos nuestro último semestre en la Preparatoria UDEC Campus Laguna. En la banca de siempre, Nydia presumía su bronceado por haber pasado las vísperas navideñas y Año Nuevo en Playa del Carmen. Jorge mostraba sus fotos impresas del viaje a China organizado por el instituto. Humberto fumaba un cigarro ignorando un año más el letrero de PROHIBIDO FUMAR. Miguel y yo estábamos sentados uno al lado del otro; habíamos pasado casi todas las vacaciones de diciembre juntos. Miguel pasaba por mí a la casa para ir al centro comercial cada vez que su padre le prestaba el auto, caminábamos sin comprar nada o entrábamos al cine a hacer otras cosas en lugar de ver la película. Cuando sus padres no estaban en casa, lo visitaba y pasábamos la tarde viendo películas en su habitación y probando nuevas y torpes posiciones para el sexo. Nuestra relación permanecía oculta entre cuatro paredes. El mundo aún no estaba listo para escuchar lo que yo sentía, pero los oídos de Miguel ya habían escuchado en más de una ocasión lo que necesitaba decir: "Te amo, Miguel".

—¿Irás a las pruebas de atletismo en el Campus Valle? —me preguntó Humberto.

—Así es, son este sábado —respondí.

—No sabía de eso, ¿qué pruebas? —preguntó Miguel.

—Son las pruebas que hacen a principio de año para seleccionar al equipo de atletismo que representará a las preparatorias a nivel distrito en el torneo de verano. Los campus se turnan la sede y organizan el evento.

—Ahí estaremos para apoyarte —finalizó Nydia.

El día de las pruebas me levanté entusiasmado. Empaqué la ropa deportiva en la maleta negra marca Nike, y subí a la camioneta con toda mi familia rumbo a la Preparatoria UDEC, Campus Valle. Llegué a la mesa de registro alrededor de las 10:30 y me proporcionaron mi número de identificación. La primera prueba se efectuaría en menos de una hora. Salí al campo donde estaba la pista olímpica. En las gradas pude ver a mis amigos y familia saludándome, entre ellos estaba Miguel. El sonido de los silbatos chilló constantemente durante las siguientes horas y mi desempeño fue el mejor que pude haber dado en la vida. El sudor me empapaba el cuerpo, la sangre transitaba por mis venas a toda velocidad durante cada prueba. Miles de emociones me recorrían por dentro. Tenía amigos que me apoyaban, una familia que me quería y una persona que amaba, o eso creía. Tenía el presentimiento de que ese año mi vida cambiaría por completo. Y no estaba equivocado.

Tras cuatro horas, las pruebas llegaron a su fin. Los

resultados se darían a conocer el lunes siguiente a primera hora. Me acerqué a las gradas donde estaban mis amigos y familia, abracé a cada quien de modo individual; el abrazo más largo fue para Miguel.

—¡Guau! En verdad te luciste el día de hoy —dijo Jorge.

—¡Estoy súper orgullosa, amor! Felicidades —dijo mi madre con los ojos un poco cristalinos.

—¡Gracias a todos por venir! Dejen voy por mis cosas y podemos ir a celebrar a algún lugar —propuse.

Me dirigí corriendo hacia los vestidores que se encontraban bajo las gradas del gimnasio. Me quité la ropa sudorosa y la puse sobre una banca, quedándome en ropa interior mientras sacaba las cosas para ducharme antes de partir.

—¡Ey! —gritó Miguel detrás de mí, picándome las costillas con los dedos.

Pegué un respingo por el susto.

—¿Qué haces aquí? Me asustaste.

—Quería felicitarte por hoy, ¡lo has hecho increíble!

—Muchas gracias.

Nuestros labios se juntaron.

—¿Tienes hambre? —preguntó Miguel.

—¡Claro que sí! Quemé todas las calorías de mi cuerpo el día de hoy. Muero por una hamburguesa.

—Bueno, tengo algo para calmarte un poco el hambre.

Miguel llevaba una bolsa azul de donde sacó una bola del tamaño de una pelota de golf envuelta en papel aluminio.

—Esto es de lo último que me queda de mercancía. Pude haberlo tirado, pero vi una receta para preparar chocolates con mariguana en internet —dijo Miguel.

—Mmm... —. No me gustaba la idea que aún estuviera transportando drogas—. ¿Y qué tal quedaron?

—No lo sé, la verdad es la primera vez que los hago. Quería que me dieras tu opinión.

—¿Quieres que me lo coma ahora?

—No solo tú, también traje para mí —y sacó otro

chocolate.

—No estoy seguro, nunca he probado la mariguana.

—Anda, no va a pasar nada —insitió Miguel—. Quiero invitar a Jorge, Nydia, Humberto y a ti a casa después. Esta será la sorpresa, pero me daría pena que no les guste.

Confiaba en él, así que engullí casi la mitad de la bola de un mordisco. Mastiqué y tragué, repetí. Miguel sacó una botella de vodka de la misma bolsa azul.

—Ahora dale tragos al vodka para que se digiera más rápido, o se quedará pegado en el estómago —dijo.

Mi cuerpo estaba tan sediento después de las pruebas, que sin darme cuenta bebí un gran trago del líquido transparente.

—¡Ahh! ¡Está demasiado fuerte! —exclamé, sintiendo un poco de náuseas. En el estómago solo tenía chocolate, mariguana y vodka. Nos quedamos platicando por algunos minutos, tomé otro chocolate y bebí más vodka. Miguel no tocó la botella.

Después de unos minutos sentí un mareo y no pude mantener el equilibrio, un jalón desde la espalda me obligó a caer al suelo. Giré la cabeza sobre el piso buscando ayuda; mis sentidos se nublaron y solo veía sombras alrededor. Miguel estaba sobre mí junto con alguien más, una sombra, algo. Después, no pude ver nada más.

Abrí los ojos, ¿me había dormido? No lo sabía, pudieron haber pasado segundos, minutos u horas. La cabeza me dolía y no tenía control sobre mi cuerpo, todo me pesaba, no lograba reaccionar. Llegaron muchas personas y sombras, no reconocí a nadie. Miguel no estaba conmigo. Llegaron un lobo y una serpiente a rescatarme. Con sus brazos me subieron en una nube blanca para sacarme de los vestidores y me llevaron a otro país. Todo daba vueltas; la serpiente tocaba mi cara mientras el lobo tomaba mi mano. La nube se movía entre los pasillos blancos del país. Yo estaba ahí, acostado, viendo el cielo blanco y brillante.

Con el paso del tiempo pude ir dando forma a algunas de

las cosas que me rodeaban: la nube que me transportaba era una camilla, el país donde me encontraba era un hospital. La serpiente era una enfermera que revisaba mis síntomas y el lobo era el ingeniero Rodríguez, sentado a mi lado.

El reloj del hospital marcaba las 18:43 horas; la serpiente apuntó a mis ojos con una luz.

—Ya despertó —dijo a alguien que esperaba al otro lado de la puerta.

Un señor alto y robusto con una placa en el pecho entró a la habitación con mi maleta deportiva negra entre manos.

—Joven, ¿esta maleta le pertenece? —preguntó el oficial.

—Sí, es mía —respondí.

—¿Me puede explicar por qué porta usted medio kilo de mariguana?

No contesté. Cuando tienes diecisiete años, las autoridades no aplican las sanciones del código penal de tres a nueve años en prisión por ser menor de edad, como me lo había explicado Miguel la noche que tuvimos sexo por primera vez en su recámara.

Mi puntaje en las pruebas de atletismo me caificaba perfectamente para ser parte del equipo representativo, pero no se me permitió ingresar por el resultado de las pruebas antidoping que se realizaron en los días posteriores al evento. No me dolía perder la oportunidad de entrar al equipo; me dolía haber conocido por primera vez el sabor de la traición y haber confiado en una persona a la que amé y que creía era un sentimiento recíproco. Me dolió ver la cara de decepción de mis padres. La actitud del ingeniero Rodríguez y mi madre hacia mis futuros logros se volvió fría y siempre a la expectativa de ver cómo lo echaría todo a perder tarde o temprano.

—No pensé que fueras a caer tan bajo, hijo —dijo el ingeniero Rodríguez al salir del hospital. Nunca quise terminar así.

Se me permitió concluir mis estudios en la preparatoria,

aunque habría preferido no hacerlo. Era conocido por todos como el traficante de la UDEC. Nydia, Humberto y Jorge fueron los únicos a los que les conté la verdad acerca de lo ocurrido y todo acerca de Miguel, al igual que a mi hermano Alberto cuando cumplió diecisiete años. No se lo confesé a mis padres, ni siquiera cuando me preguntaron mil veces por qué la droga estaba en mi maleta.

No volví a ver a Miguel desde ese día. No lo incriminé. No lo denuncié. Me quedé callado.

Lo amaba.

Miguel, mi primer ~~amor~~ error.

5
¿DESTINO O CASUALIDAD?

Me quedé viendo fijamente la fotografía de Miguel en su perfil de Facebook. Su rostro era igual a como lo recordaba de hacía ocho años; lo único diferente era la barba en forma de candado que rodeaba sus labios. Esos labios que besé por primera vez en su habitación. Dejé el celular sobre la mesa de la sala de juntas sin aceptar o declinar la solicitud de amistad. El dolor de la traición volvió como un golpe en el estómago. Cerré los puños con fuerza e inhalé profundo.

Lo odiaba. Lo odiaba tanto. Tanto que podría matarlo.

"Voy a matarlo".

Abrí la computadora portátil. El cursor de texto parpadeaba sobre el buscador de Google. Mis dedos teclearon *Cómo matar a alguien legalmente*. Antes de dar clic, la bandeja de entrada de mi e-mail personal lanzó una notificación en la esquina superior de la pantalla. Era un correo de Daniel con el asunto *Anillo de Compromiso*:

Hola, Alonso,
¡No vayas a decir nada por favor! Ricardo me envió este correo.
¡Enhorabuena!, ¿no crees?
Saludos.

La foto de un anillo de compromiso Tiffany & Co. apareció en la pantalla. El e-mail reenviado era de Ricardo:

Buen día Daniel.
¿Qué te parece el anillo? Está decidido. ¡Me caso con Anna!

Cerré con más fuerza los puños, hasta sentir mis uñas incrustándose en las palmas, e inhalé profundo hasta que el aire dejó de entrar. Miguel, el primer chico con el que había tenido sexo aparecía nuevamente en mi vida y Ricardo, el último, quería casarse con alguien más.

"Voy a matarlos. Los mataré a ambos".

Miré hacia los vidrios que separaban la sala de juntas y los ordenadores Mac. Mis pensamientos se trasladaron a un año atrás, cuando consideré que Ricardo podía ser el indicado. Cuando a mis veinticinco años la idea de tener una relación volvió en forma de un beso con sabor a whisky en lo alto de un balcón. Todo comenzó con una invitación que recibí fuera de la sala de juntas.

Las invitaciones para la boda de Gracia habían llegado a la oficina cinco meses antes del gran día. La *bride to be* salió del ascensor sosteniendo una pequeña canasta con sobres sellados y los repartió por los escritorios de sus amigos en la agencia. La sonrisa de Gracia se asomaba entre sus labios al ver las iniciales *G&R* impresas en el cartón magenta. Parado frente a la cafetera de la cocina, yo esperaba a que el agua se filtrara. Gracia se acercó tendiéndome uno de los sobres.

—Qué lástima que no puedas ser mi dama de honor, serías perfecto —se burló Gracia, y se retiró a su lugar.

Tenía finalmente la invitación en mis manos: *Sr. Alonso Rodríguez* estaba grabado en la esquina inferior derecha del sobre. Lo abrí y estiré el papel que estaba dentro. Ignoré por completo la información que no consideré relevante en el momento. Miré el número de invitados escrito en la parte inferior. *Dos invitados*. ¿Quién sería mi invitado para la boda? No lo tenía contemplado, esperaba que la invitación fuera dirigida solamente a mí; eso me habría ahorrado la labor de buscar entre la lista de contactos y preguntar quién estaba disponible para ser mi pareja por unas cuantas horas.

En el cubículo compartido, Gracia me contó con lujo de detalle cómo iba avanzando con cada preparativo. El salón seleccionado en el municipio de Santiago tenía uno de los jardines más exclusivos de la zona. Lo habían apartado a un precio muy reducido gracias a una cancelación imprevista por parte de otra pareja que le temía a los cambios repentinos de clima y a las lluvias de abril. En una ocasión acompañé a Gracia a ver el espacio. Imaginé cómo se veía el lugar decorado bajo el crepúsculo con luces y manteles color malva, resaltando los toques blancos de las flores y los cristales colgados. La idea fue transmitida a la novia al final de la visita.

—¡Me gusta! Ese será el color de la decoración —había dicho Gracia, entusiasmada.

Al final del día de la entrega de invitaciones, Gracia fue a mi casa para hablar sobre temas que no tuvieran relación con el trabajo ni con la planeación de la boda. Una copa, la bocina en el patio trasero y disfrutar la fría y nublada tarde de viernes, nada más. Saliendo de la oficina nos dirigimos al supermercado y compramos tres botellas de vino rosado. El clima era perfecto para estar bajo la luz del farol que iluminaba la mayor parte del patio trasero. Nos sentamos en los sillones exteriores, servimos las primeras copas, y brindamos.

—No puedo creer que falten solo unos meses antes del gran día —había dicho ella.

—Disfruta de estos momentos sin Raúl, porque después no te lo quitarás de encima.

El celular de Gracia sobre sus piernas recibió un mensaje de su futuro esposo preguntando por la ubicación de su prometida. Escribió la dirección de mi casa y envió el mensaje. En menos de veinte minutos, Raúl llamó a la puerta. Traía seis cervezas bajo el brazo y una bolsa de frituras en la mano.

—Perdón por interrumpir su cita —había dicho entre risas, tomando asiento en el sillón junto a Gracia. Minutos después, yo había recibido un WhatsApp de Daniel.

Daniel, 20:20. *¿Qué planes tienes para hoy?*

Alonso, 20:21. *Llega a mi casa y trae alcohol.*

Quince minutos después, Daniel y Karen atravesaron la puerta corrediza de cristal camino al patio. Era la primera vez que las parejas se conocían. Karen tomó una de las botellas de vino rosado y llenó una copa hasta el tope. Daniel sacó una cerveza de la hielera térmica que colgaba de su hombro.

La afición por el Club de Fútbol Monterrey estuvo presente cuando Raúl y Daniel hablaron sobre el próximo juego en el estadio BBVA.

—Tengo abonos disponibles para ir al próximo juego, podemos ir si gustas —propuso Daniel a Raúl—. Alonso solo me acompaña porque le compro la cerveza en vasos de litro.

—Culpable —respondí.

El club de lectura que dirigía Gracia con dos compañeras de la oficina y una amiga de su clase de yoga, también entró en la conversación. Las reuniones estaban programadas los jueves por la tarde. Leían los *best sellers* actuales y pasaban la tarde discutiendo sobre ellos y chismeando sobre sus parejas.

—Deberías venir a nuestra próxima reunión —le dijo Gracia a Karen—. Alonso solo viene porque pongo vino rosado a las chicas.

—Culpable —repetí.

La química entre ambas parejas era tan buena que no parecía que tuvieran menos de una hora de conocerse. En la bocina se escuchaba *Stress out,* de Twenty One Pilots. Aún era muy temprano para reproducir *Let it go* de la película *Frozen.* Antes de terminar la canción, una llamada entró al celular de Karen.

—*Hello!* ¿A qué se debe este milagro, amiga? —contestó.

Se quedó atenta escuchando a la persona al otro lado, segundos después se levantó y se retiró del círculo para evitar que escucháramos la conversación. Caminaba en círculos sobre el jardín y se pasaba la mano por el cabello rizado.

Hablaba sobre regresar y volver con alguien, pero la conversación no era clara. Al terminar la llamada, regresó al círculo y se sentó.

—¿Está todo bien? —preguntó Daniel.

—Sí, todo bien, no es nada.

—Tu cara dice todo lo contrario, Karen —dije.

—¿Pasó algo? —preguntó Gracia—. ¿En qué te podemos ayudar?

—No. Yo estoy bien, no es un problema mío —Karen tomó la copa de vino—. Es sobre una amiga, acaba de terminar con su novio. No me contó muchos detalles, pero al parecer ahora sí es definitivo.

—Oh, ya veo —intenté sonar interesado en el tema—. ¿Llevaban mucho tiempo juntos?

—Seis años —respondió Karen.

—Ya sé de quién hablas —dijo Daniel—. ¿Quieres ir a verla? Puedo llevarte a su casa si quieres.

—Deja mando un mensaje para ver de qué ánimo está. Tal vez quiere estar sola por el momento —Karen sacó el celular.

Sentí cómo el ambiente se apagaba bajo el farol encendido. Raúl y Gracia dejaron las bebidas sobre la mesita a su lado. Karen lanzó una mirada a Daniel indicando que tomara sus cosas para poder irse. Decidí frenar la situación. No había planeado pasar la noche del viernes solo.

—¿Por qué no la invitas aquí? Mis padres no van a llegar hasta más tarde y tenemos vino de sobra para una persona más.

—¿En serio? —preguntó Karen extrañada.

—¡Claro! No pierdes nada con invitarla —dije.

—Le voy a preguntar, pero no creo que esté de humor.

—¡Inténtalo! Tal vez lo que necesita es distraerse un poco —dije.

Karen marcó a su amiga para extender la invitación de una manera más formal.

—Te envío la ubicación por mensaje —concluyó.

En cuestión de segundos, Karen recibió respuesta: *Me visto y salgo para allá.*

El timbre de la casa se escuchó desde el interior. Me levanté y fui a abrir. Ahí estaba la amiga de Karen: el cabello largo, liso y rubio le llegaba hasta el pecho. El delineado negro perfecto le cubría los párpados sobre los ojos verdes. Su sonrisa se asomó entre el labial oscuro.

—*Hello!* Soy Anna, mucho gusto.

—¡Hola! Alonso, el gusto es mío.

Nuestras mejillas se juntaron por primera vez.

—Adelante, estás en tu casa —dije.

Recorrimos el pasillo hasta llegar al patio trasero. Karen se levantó para abrazar a Anna.

—¿Estás bien, amiga?

—Sí, *take it easy.* Ya pasó una semana pero no se lo había dicho a nadie de mis amigos, solo a mis papás, y ya no quiero quedarme en casa para hablar del tema con ellos.

—Pero, ¿por qué terminaron? ¿Qué pasó? —preguntó Karen.

—¿Quieres que lo cuente enfrente de todos? Pues ya qué. ¡Que todos se enteren!

—¡Anna! Perdón, es que estoy muy sorprendida, pero si quieres lo hablamos luego en privado.

—¡No pasa nada! Yo ya estaba medio harta, ¿me entiendes? Alejandro no tenía planes a futuro o intenciones de dar el siguiente paso. Era muy indeciso, no sabía si casarnos o no. Ya teníamos varios meses discutiendo hasta que dije ¡basta!, y terminé con él.

—¿Qué me dices de los papás de Alejandro? ¿No te dijeron nada por haberlo dejado? —preguntó Karen.

—¡Ay! La verdad ni me importa; quiero mucho a mi exsuegra pero no puedo estar con un niño toda la vida. Luego te cuento los detalles —. La mirada de Anna paseó por todo el jardín—. Tienes una casa súper bonita, Alonso.

—¡Gracias! Es de mis padres —respondí—. ¿Quieres una copa de vino?

—*Yes, please!*

El timbre de la casa volvió a sonar, pero esta vez en lugar traer alcohol o drama trajo sushi en dos bolsas de papel. Terminamos la cena y el alcohol en las botellas sobre la mesa del jardín. La reunión concluyó con el intercambio de números telefónicos entre todos. Daniel y Raúl quedaron de verse al día siguiente para ir juntos al estadio. Gracia y Karen planearon dónde conseguir el libro que se discutiría en la siguiente sesión del *book club*. Yo recibí un mensaje de WhatsApp.

Anna, 00:21. *Gracias por recibirme en tu casa, la próxima me toca a mí organizar algo.*

Estacioné el Mini afuera de casa de Anna. Karen y Daniel estaban conmigo dentro del auto.

—Por favor no mencionen nada de Alejandro si ella no saca el tema a conversación, ¿de acuerdo? —rogó Karen.

—Sí, ya sabemos, haces mucho drama con ese tema, amor —contestó Daniel.

Entramos a casa de Anna en compañía del vino rosado y canapés. Nos sentamos en la sala principal. Un enorme candelabro colgaba sobre nuestras cabezas desde la cúpula que cubría el techo. Los grandes ventanales tenían vista hacia el jardín de la entrada principal.

Karen nos contó todos los detalles del rompimiento entre Anna y Alejandro en el trayecto hacia su casa en San Pedro. Habían terminado porque el joven que conoció en la preparatoria se rehusaba a darle un anillo de compromiso. Anna había renunciado a su puesto de trabajo en el corporativo PepsiCo pensando que ese sería el año en donde por fin compartiría su foto en redes sociales con la descripción: *A thousand times yes #Bridetobe* y mostrando su anillo de compromiso.

—¿Saben qué es lo que más me molestó? Que me convenciera de irnos a vivir a la Ciudad de México porque él había conseguido trabajo. Y yo, de pendeja, renuncié al mío.

—Pero, ¿por qué renunciaste? —pregunté.

—Porque pensé que me daría anillo y nos casaríamos antes de irnos y resultó que no. Quería que me fuera a vivir con él sin compromiso ni nada fijo. Como les dije, sin planes a futuro.

—¿Y nunca le preguntaste a él si quería casase antes de renunciar?

—¡Alonso, *please*! Era obvio que si llevábamos tanto tiempo juntos, el siguiente paso era la boda.

—Estoy segura de que fue lo mejor, Anna, ya encontrarás a alguien que sepa lo que quiere —dijo Karen—. Además, ¡tienes veinticuatro años! No necesitas casarte ahora.

—Lo que necesito ahora es un trabajo —dijo Anna—. Qué vergüenza regresar al corporativo a rogar por mi antiguo puesto.

Di un trago a la copa de vino y recordé.

—Tal vez yo pueda ayudarte —dije.

Entre pláticas y tragos, introduje en la conversación al nuevo *brand manager* de Grupo Clossy que contactó a la agencia Almendra Publicidad. Tenía toda la información en la cabeza sobre el nuevo cliente. Su nombre era Ricardo Lozada, recién llegado de la Ciudad de México. Quería comenzar una nueva campaña publicitaria para cambiar el posicionamiento de la marca en el norte del país. Gracia estuvo todo el tiempo en contacto con él mientras se realizaban los *pitches* para elegir cuál agencia se quedaría con el cliente. Luego de un mes de entrevistas, por fin agregamos a nuestra cartera de clientes a Grupo Clossy. Entre las negociaciones, Ricardo comentó a Gracia que tenía un puesto vacante en la compañía. Necesitaba una persona encargada de dar seguimiento a las campañas digitales. Alguien que fuera el contacto directo con la agencia.

Anna sintió interés por el puesto. Le pedí algunos datos personales y prometí que se los daría a Gracia para que pudiera pasar la información. Unas semanas después recibí un e-mail de Anna.

¡Buen día Alonso!
Me quedé con el puesto en Grupo Clossy. ¡Muchas gracias por todo!
Te debo mil.

Faltaban cuatro meses para la boda de Gracia y Raúl. El señor Carlos, jefe de la agencia, mandó llamar a Gracia a su oficina. Luego de quince minutos en conferencia, ella salió y se sentó en el escritorio compartido conmigo.

—¿Y? ¿Qué te dijo? —pregunté.

—Pues me pidió un favor.

—¿Qué clase de favor? No me digas que es de esos que se bajan la bragueta y te piden favores especiales.

—Ja, ja. ¡Estúpido! Claro que no.

—Entonces, ¿qué te pidió?

—Me pidió que si me sobraban espacios para la boda, invitara por lo menos a uno de nuestros clientes.

—¿Y eso por qué? Es tu boda, no deberías mezclar el evento con el trabajo.

—Ya lo sé, pero el señor Carlos cree que es un buen momento para que la agencia pueda mejorar su relación con algún cliente.

—¿Y tienes pensado invitar a alguien en especial?

—Pues el señor Carlos me pidió que eligiera a Ricardo.

Grupo Clossy era el cliente más reciente que la agencia había adquirido y era una buena oportunidad para conocerse mejor en persona. A Gracia no le importó; tenía lugares de sobra gracias al descuento en el precio del banquete por la cancelación de último minuto. La entrega de la invitación para nuestro cliente se efectuaría en la próxima junta en las oficinas de Grupo Clossy. Ajustando los horarios en la agenda, acordamos que sería yo la persona que cubriría la cita. Era la primera vez que asistiría a las oficinas.

Llegué al corporativo de Grupo Clossy después de pasar por la tienda de jugos naturales que me había recomendado Anna, sobre la avenida Gómez Morín. El precio por cada botella de verduras y frutas orgánicas seleccionadas y licuadas era de ciento cincuenta pesos. Anna decía que era el mejor complemento que podía incluir cada día en la dieta: rico en antioxidantes y ayudaba al metabolismo a bajar de peso. Ideal para tener un abdomen plano y firme.

Las puertas del ascensor se abrieron. La recepcionista me llevó directo a la sala de juntas para proyectar la presentación que tenía preparada en el portátil. Anna pasó caminando por el pasillo junto a la puerta de cristal que nos separaba, y me saludó levantando el brazo mientras sostenía un jugo de la misma tienda donde yo había comprado mi batido de kiwi, pepino y jengibre. Luego de un rato, nuestro cliente entró en la sala. El cabello negro y corto hacía juego con la barba delineada y recortada sobre la piel blanca. Vestía una camisa blanca con rayas color gris con el botón superior suelto, dejando al descubierto la línea que divide los pectorales. Me saludó extendiendo el brazo para estrechar mi mano.

—Tú debes ser Alonso.

—¡Así es! Mucho gusto —dije mirando fijamente a sus ojos café oscuro.

—El placer es mío. Ricardo Lozada, para servirte.

Nos sentamos en la mesa ovalada de madera uno frente al otro; debajo, nuestras piernas quedaron casi juntas. Comencé introduciendo al equipo de trabajo que estaba dando seguimiento a los diseños y a la creación de contenido. Expliqué el calendario que habíamos preparado. De repente, la punta del zapato de Ricardo chocó con mi pantorrilla.

—Perdóname, no me fijé —dijo Ricardo.

—No hay problema —y seguí con el planteamiento de las nuevas campañas que se llevarían a cabo durante el año, dependiendo de la temporada y los días festivos. La temperatura de la habitación estaba perfecta, pero el cliente insistió en que nos moviéramos a su oficina donde había mejor ventilación.

—No me gusta que esta sala no tenga ventanas —dijo—. Además, la oficina está mejor climatizada.

Desconecté los cables del portátil al proyector, tomé la maleta y lo seguí por el pasillo hasta la puerta negra de madera, que se cerró a nuestras espaldas cuando entramos a su oficina. El reloj en la pared marcaba las 12:01. La ventana de la oficina tenía vista hacia la Colonia del Valle. Nos sentamos en un sillón frente a una botella de whisky que estaba en la mesa de cristal. Ricardo tomó dos vasos y los llenó a un cuarto de su capacidad.

—Ya pasó el medio día, es válido, ¿no crees?

—¡Por supuesto! —contesté.

Chocamos los cristales. Coloqué la computadora junto la botella, sobre la mesa, y comencé con la exposición de los diseños y planes para el inicio de la campaña *In Every Room*, que daría inicio al final del mes. Cuando explicaba el concepto y la estrategia sobre cómo transmitir al consumidor que Grupo Clossy puede estar en cada rincón de su casa con solo una visita a las sucursales, el hombro izquierdo de Ricardo se posicionó junto al mío y las yemas de sus dedos rozaron mi pierna derecha.

—Muy interesante, Alonso, se ve que tienen todo cubierto como lo discutimos en las primeras juntas con Gracia.

—Hacemos lo que podemos.

Ricardo dio un sorbo al whisky.

—Háblame de ti. ¿Cuánto tiempo llevas trabajando en la agencia?

—Cuatro años, prácticamente desde que me gradué. Se podría decir que he crecido junto con la agencia.

—Ya veo. Anna me contó sobre ti. Quería darte las gracias por pasarnos su contacto, ha sido una buena adquisición para la empresa y nos sacaste de un apuro. Nos urgía cubrir el puesto.

—No fue nada, sabía que tenían una vacante y Anna estaba disponible. Fue pura casualidad.

—Así que eres de los que creen que las cosas pasan por casualidad.

—Pues en base a este ejemplo, sí. Creo que las circunstancias dieron paso a que los dos sucesos coincidieran.

—Bueno, yo soy más de los que creen que todo está destinado a pasar.

—¿Entonces Anna estaba destinada a quedarse con el puesto?

—Así es. Y que estuvieras aquí hoy en la oficina a esta hora tomando whisky también. Cosas del destino.

—¡Pues salud por el destino!

Ricardo dio un sorbo también.

—Pero, ya hablando en serio. Quisiera compensártelo —dijo Ricardo terminando su whisky—. Me gustaría invitarte a cenar.

Abrí los ojos sorprendido por la invitación tan repentina. Tuve que vaciar el vaso de whisky antes de contestar.

—Suena muy bien, pero no tienes que hacerlo. No fue nada, de verdad.

—Sí, ya sé, fue "casualidad". Pero te repito: yo creo que fue el destino. Dame el privilegio de que al menos sean unos tragos, ahí podemos continuar con el resto de la junta. Velo como una reunión de trabajo.

Dejé el vaso sobre la mesa de cristal.

—*OK*, me parece perfecto.

—Muy bien, mi Alonso. Nos vemos entonces hoy después de las 19:00 horas en el restaurante Los Reyes, en Fashion Drive.

Al salir de las oficinas de Grupo Clossy, me dirigí directo a la agencia.

—¿Le entregaste la invitación a Ricardo? —preguntó Gracia. No quise decirle que lo había olvidado por completo, así que le expliqué que lo vería más tarde.

—¿Te invitó a cenar? —preguntó Gracia.

—No es una cena, me va a invitar unos tragos como agradecimiento por contactar con Anna.

—Bueno, pero no olvides entregarle la invitación. El señor Carlos ya cuenta con que Ricardo está enterado.

—Sí, no te preocupes.

Salí de la oficina, sentía la necesidad de cambiar mi atuendo de empleado por algo un poco más casual. Tenis blancos, pantalón café claro hasta los tobillos, camisa Polo café con mangas negras.

El auto se quedó en el cajón 232 del estacionamiento del centro comercial Fashion Drive. Las escaleras automáticas me llevaron hasta el tercer piso. El lugar estaba repleto de familias y adolescentes. Olfateé la loción que había rociado en mi saco negro antes de salir de casa. El reloj del celular marcaba las 18:59. Un minuto antes de lo acordado. Después de atravesar las tiendas de ropa y el salón de videojuegos, salí a la terraza donde están los restaurantes. La vista hacia el Cerro de La Silla era perfecta para una fotografía, el atardecer pintaba el cielo con matices anaranjados y violetas. Me acerqué a la puerta del restaurante mexicano Los Reyes. Pregunté por la reservación a nombre de Ricardo Lozada. La chica del mostrador me llevó hasta la mesa. Ahí estaba Ricardo; llevaba puesta la misma camisa, pero ahora los dos botones superiores estaban sueltos. El vello del pecho se asomaba por las extremidades del cuello en forma de V.

—Llegaste a tiempo, mi Alonso. ¿Cómo estás?

Ricardo se levantó y me dio un abrazo golpeándome la espalda tres veces.

—Estoy bien. ¡Gracias a Dios es viernes!

—¿Qué te tomas, mi Alonso?

—Una copa de vino tinto está bien.

—Disculpe, nos podría traer una botella de vino tinto —dijo Ricardo a la mesera que pasó a un lado—. ¿De cuál te gusta, mi Alonso?

—El que tengan disponible, no importa cuál sea.

—Muy bien —Ricardo volteó de nuevo con la mesera—. Traiga el vino de la casa, por favor.

El lugar tenía decoraciones mexicanas colgadas en las paredes: sombreros charros, papel picado y alebrijes en los estantes.

—Me está dando hambre, ¿no quieres ver el menú? —preguntó Ricardo—. Te recomiendo todo tipo de carne, aquí la preparan de una manera muy especial. Si gustas podemos compartir un *roast beef*. Hará buen maridaje con el vino tinto.

—No se diga más —contesté.

La botella llegó a la mesa junto con dos copas de cristal. Ricardo platicaba acerca de su llegada a la ciudad de Monterrey por su transferencia de puesto. Aún estaba buscando apartamento. Compartía uno con un amigo en el centro de la ciudad, pero quería moverse a un edificio cercano a la oficina.

—En la Ciudad de México tenía un apartamento para mí solo, era grande y, sin sonar presumido, muy lujoso. Estoy buscando algo similar.

—¿En serio? ¿Por qué zona vivías?

—Era en Santa Fe, el corporativo de Grupo Clossy está por esa zona también.

El corte de carne llegó a la mesa. La decoración del platillo junto a las dos copas de vino se veía espectacular. Se suponía que eso era una reunión de trabajo, pero parecía más bien una primera cita. Terminamos la botella de vino. La mesera retiró el plato de comida vacío y trajo después una segunda botella. La carta de postres llegó a la mesa. Ricardo pidió un *brownie* de chocolate con helado para compartir. No me entraba un bocado más, decidí esperar y terminar el líquido de la copa. La segunda botella de vino quedó vacía sobre la mesa. El mareo de las últimas copas estaba haciendo efecto en nuestro organismo. Decidimos pedir un café antes de partir.

—¿Qué planes tienes para hoy, mi Alonso? —preguntó Ricardo.

—La verdad no tengo planes, los viernes prefiero dormir en lugar de organizar algo. Entonces estoy libre.

—¡Qué bien! Mi compañero de cuarto va a tener una reunión en el apartamento. ¿No quieres venir un rato? —y colocó su mano sobre mi hombro—. No conozco a mucha gente en Monterrey y no me gusta invitar a personas de la oficina; aún no les tengo tanta confianza.

—Pero a mí me acabas de conocer, ¿me tienes confianza?

—A ti y a mí nos juntó el destino, mi Alonso, ya te lo dije.

Por absurdo que parezca, el contexto de la respuesta terminó de convencerme para aceptar acompañarlo.

El Mini convertible siguió al Mustang con placas de la Ciudad de México hasta la Torre Benetton en el centro de Monterrey. Los autos quedaron estacionados uno al lado del otro, al igual que nuestros cuerpos en el ascensor hacia el decimosegundo piso. Entramos al apartamento. En la sala había nueve personas. Ricardo me presentó a su compañero de cuarto, Manuel, y él nos presentó al resto del grupo.

—Tomen lo que gusten, bebidas hay de sobra —dijo Manuel.

Nos sentamos en los sillones de la sala.

—Como ustedes van llegando, tienen que organizar el próximo juego —dijo una de las chicas presentes con su ropa de oficina aún puesta.

—¡Muy bien! Empecemos con "Yo nunca, nunca" —dije a todos.

—¡No! Tenemos que estar más borrachos para jugar a eso —contestó Manuel.

Ricardo me entregó un vaso con whisky y agua mineral. Estuvimos por más de tres horas entreteniéndonos con juegos y bebiendo. Un mensaje de mi madre llegó al celular recordándome que no bebiera si iba a manejar de regreso a casa.

Los invitados comenzaron a salir del apartamento. En la sala quedábamos Manuel, Ricardo y yo, después de que Manuel cargara a su novia Fabiola para acostarla en la recámara.

—Mi novia siempre pierde en estos juegos, por eso se desconecta a estas horas —dijo Manuel sirviendo más whisky en nuestros vasos.

—Yo estoy a nada de caer dormido también —dije—. Este es mi último vaso. Pediré un taxi para ir a casa y pasaré por mi carro mañana durante el día.

—¡Por supuesto que no! —dijo Ricardo—. Quédate a dormir, hay un sillón en mi recámara, ya mañana te vas en tu carro.

—¡Sí! No hay problema —agregó Manuel—. Yo ya me retiro, terminen la botella por mí.

Manuel se metió a la habitación y cerró la puerta. Nos quedamos Ricardo y yo.

—Bien, mi Alonso, ya estamos solos —dijo Ricardo.

—Sí. Estoy un poco mareado —dije. "Estoy ebrio hasta los pies", pensé.

—¿Me acompañas a fumar un cigarro en el balcón? El aire fresco nos hará bien —dijo Ricardo.

Desde el balcón se apreciaba lo alto que estábamos. Las luces navideñas decorando las casas se veían a la distancia. El clima fresco de diciembre me golpeaba con suavidad las mejillas. Ricardo encendió un cigarro y me ofreció un toque. Tomé el cigarro e inhalé. Tenía más de un año sin fumar, el humo inundó los pulmones limpios y comencé a toser sin control. Ricardo me dio unas palmadas en la espalda hasta que recuperé el aliento, y dejó su mano ahí. Unos segundos después, su mano se arrastró hacia mi cadera. Rodeó mi cintura con su brazo y acercó mi pecho al suyo. Podía oler su loción y el sudor de la camisa blanca a rayas. Las miradas se encontraron por unos instantes. "No lo hagas Alonso, estás ebrio". Cerré los ojos. Ricardo juntó sus labios con los míos. El sabor a whisky y tabaco estaban en mi boca. Apreté su espalda con mis manos. La lengua de Ricardo se peleaba con la mía. La barba raspaba cuando sus labios recorrían mi cuello.

El sonido de una puerta abriendo nos obligó a separar los cuerpos. Fabiola se paseaba en el interior de la sala con la mirada perdida, golpeándose con los muebles y buscando algo sobre ellos. Manuel salió detrás de ella para devolverla a la recámara. Ambos cayeron al suelo antes de entrar.

—Creo que es hora de que hagamos lo mismo y vayamos a la recámara —dije a Ricardo.

—Sí, vamos adentro —contestó.

Pasamos por la sala y luego a la recámara. Acomodé el cuerpo en la cama junto al de Ricardo. Nuestros labios se juntaron de nuevo y paseamos las manos por los cuerpos. Después de unos minutos, Ricardo dejó de moverse. Saqué la mano de su entrepierna. Busqué su rostro en la oscuridad, pero sus ojos ya estaban cerrados y roncaba con la boca abierta.

Mi cuerpo estaba erizado de emociones. Mi boca con sabor a humo y whisky. La lámpara de la habitación se apagó, pero mis pensamientos no.

El siguiente lunes por la mañana, admiraba las montañas desde la oficina de la agencia. La taza de café se enfriaba entre mis manos. Deseaba que cada sorbo tuviera sabor a whisky. Gracia se me acercó por detrás y alzó la voz.

—Dime que ahora sí entregaste la invitación.

Entre el vino, la cena, el café, el whisky, el humo, el beso y la erección en mi mano, lo había olvidado.

—¡Discúlpame, Gracia! Se me olvidó otra vez. Voy de inmediato a entregarla si quieres.

—¿Qué te está pasando, Alonso? Tú no eres de olvidar cosas.

—Ya sé, ya sé. No sé porqué mi mente lo pone en segundo plano.

—Bueno, ya que irás otra vez a Grupo Clossy, entrega a

Ricardo o a Anna la presentación que te voy a mandar por e-mail. Necesitamos que aprueben unos diseños, pero ninguno me contesta en la oficina.

—Enterado.

Atravesé la avenida Lázaro Cárdenas hacia San Pedro. Las oficinas de Grupo Clossy estaban cada vez más cerca, al igual que Ricardo. Mi corazón palpitaba cada vez más acelerado y mis manos mojaban el volante de sudor. Me estacioné. Subí por el ascensor hasta llegar a las oficinas. Mandaron llamar a Anna cuando llegue a la recepción.

—*Hello*! Alonso.

—¡Hola, Anna! Disculpa las molestias. Vengo a exponer una presentación para que nos aprueben unos diseños y aparte tengo que entregarle algo a Ricardo.

—Si quieres pasa, creo que está en su oficina.

Llamé a la puerta. Ricardo me invitó a pasar. Sentí un escalofrío por las manos antes de girar la perilla. Ahí estaba él, al fondo de la oficina, sentado detrás del escritorio. Lanzó una sonrisa al aire y su boca pronunció mi nombre. Me invitó a sentarme en el sillón. De nuevo los vasos de whisky estaban en la mesa de cristal frente a nosotros. Coloqué el portátil sobre mis piernas y abrí la presentación que me había mandado Gracia. Los diseños para las campañas en redes sociales y panorámicos en la ciudad estaban listos, esperando aprobación. Ricardo colocó la nariz sobre mi cuello, inhalando y exhalando, seguí exponiendo; su mano sobre mi hombro apretando con sus dedos, seguí exponiendo; la otra mano en mi pierna, seguí exponiendo; sus labios en mi cuello, seguí; sus labios en mi mejilla, seguí; sus labios en mi boca, dejé de exponer.

Sus manos acariciaban mis brazos bajando por las costillas hasta llegar a mi pantalón negro.

—Shhhh —dijo Ricardo con su dedo sobre mi boca.

Estirando con fuerza la tela sobre mi piel, dejó mis piernas descubiertas. Me deshice de los zapatos. Abrazados, cargando mi cuerpo, me llevó hasta el escritorio de madera.

—Shhhh —dijo, con su mano sobre mi boca.

Con su brazo derecho dejó libre el espacio donde mi cuerpo se recostó. Mis Calvin Klein encontraron un lugar en el suelo. El condón salió del cajón de madera. El sabor a whisky entró en mi boca otra vez. Con la saliva en sus dedos masajeó mi orificio después de que su lengua lo recorriera repetidamente. Se quitó la camisa que ocultaba su pecho y brazos. Su musculoso torso quedó al descubierto. Alzó mis piernas sobre sus hombros y acercó su erección pronunciada, frotándola entre mis piernas repetidas veces hasta que por fin entró en mi cuerpo. Todo sin decir palabras, sin emitir ningún sonido.

Ricardo abotonaba su camisa de arriba hacia abajo frente al reflejo del cuadro enmarcado en la pared de la oficina. Yo ataba las agujetas de mis zapatos viendo la mirada de Ricardo sobre el cristal. Hurgué en mis pensamientos para recorrer la lista de personas con las que había compartido intimidad, una lista que había jurado no hacer más larga desde que llegué al número cinco. Ricardo se había convertido en el número once.

Creo que sintió la mirada acechante, pues sus pupilas encontraron las mías sobre el reflejo del cristal y giró la cabeza hacia el sillón.

—¿Todo bien?

—Sí, todo perfecto —dije. Tenía dudas que quería resolver—. ¿Te ha gustado?

Ricardo se terminó de acomodar la camisa y abrochó la hebilla del cinturón sobre su cadera. Se acercó a mí. Puso sus dedos sobre mi barbilla levantando mi cabeza hasta tener cerca mis labios.

—Me encantó —dijo. El beso selló la conversación.

Ricardo roció el lugar con un aromatizante que tenía guardado y dejó la ventana abierta para ventilar cualquier olor que pudiera delatarnos. El maletín en el suelo estaba abierto. Saqué la invitación para la boda de Gracia. Casi olvidaba entregarla una vez más. Nos dirigimos a la puerta y se la entregué a Ricardo.

—Mándame un e-mail con la presentación que me ibas a exponer. Le haré llegar a Anna una copia para que trabaje en eso —dijo Ricardo—. Agradece a Gracia de mi parte por la invitación, espero poder acompañarlos.

—Espero puedas asistir.

Antes de salir Ricardo me tomó del brazo.

—¿Sabes? Aún no tengo tu número de teléfono, ¿me lo podrías pasar? —dijo Ricardo con el iPhone en sus manos.

El problema de los celulares es que llegas a depender mucho de ellos, tanto, que memorizar números ya no es importante. Tenía que consultar la agenda para recordar el mío. Metí la mano en el bolsillo derecho del pantalón, pero mi celular no estaba ahí. Busqué en el izquierdo, nada. Tampoco estaba en mi maletín.

—Creo que lo dejé en mi auto, deja voy a buscarlo y regreso.

—Tengo una mejor idea —Ricardo se acercó al escritorio, arrancó un pedazo de papel de una libreta y escribió algo con un marcador negro antes de doblar el papel y dármelo—. Aquí tienes. ¡Nos vemos luego!

Salí de las oficinas y me dirigí al auto. Sentado en el asiento, abrí la hoja y leí el mensaje, *Llámame*, seguido por un número telefónico. Volví a doblar el papel y lo guardé en mi cartera.

Manejando camino hacia la agencia, me imaginaba marcando el número y escuchando la voz de Ricardo al otro lado de la línea. Me imaginé compartiendo con él mis pláticas de oficina, oyéndolo prepararse para ir al gimnasio a tonificar sus brazos y espalda, su ancha espalda. Y finalmente imaginé que me invitaba a la boda de Gracia y que ese evento significaba el inicio de una relación. Ya estaba en edad de formalizar una.

La realidad me obligó a salir de la fantasía. No podía hacerlo. Ricardo, hombre soltero, excelente empresario y sobre todo guapo, era el candidato perfecto para una nueva temporada de *The Bachelor*, y estaba convirtiéndose en un cliente importante para la agencia. Preferí actuar de modo profesional y abstenerme de marcar el número anotado de su puño y letra en el papel. Pensé que tal vez en el futuro podríamos coincidir y estar juntos en otras circunstancias. Lo que había pasado en las oficinas de Grupo Clossy ese día no podía volver a repetirse. ¿O sí?

Los días y semanas pasaron en la oficina. La única comunicación que tenía con Ricardo era a través del correo electrónico en donde hablábamos sobre temas de trabajo y siempre incluyendo a Gracia y Anna en las conversaciones. Nunca hablé con Gracia sobre lo sucedido en la oficina de Ricardo; no quería poner en riesgo mi puesto en la agencia, mucho menos ahora que el nuevo chico que habían contratado para la vacante en el equipo de creativos, mostraba potencial. Su nombre era Sebastián, exempleado de otra agencia de publicidad de la ciudad.

Fue hasta que Grupo Clossy organizó una venta nocturna estilo *cocktail* en una de sus tiendas, que volví a ver a Ricardo. El Chino, como apodábamos al fotógrafo de la agencia por los largos cabellos rizados, cubría el evento tomando fotografías a invitados y clientes. Detrás del estrado, sobre la tarima, estaba Ricardo, dando unas palabras y agradeciendo a todos por asistir. Ambos vestíamos trajes negros, pero sin duda él lucía mucho mejor porte. Después del brindis me acerqué para saludarlo, pero Anna interrumpió mi camino.

—¡Qué bueno que te encuentro! ¿Podrías conseguir un fotógrafo más guapo la próxima vez? Siento que su cabello espanta a los clientes.

—¡Anna! —dije picando su costilla bajo el hermoso vestido verde que llevaba puesto.

—Bueno, te dejo. Tengo que seguir coordinando el evento.

Me quedé solo en medio de la multitud. Sentí un pequeño empujón en mi espalda. Giré y me di cuenta de que era

Ricardo sosteniendo dos vasos de whisky.

—¿Cómo estás, mi Alonso? No he recibido mensajes tuyos. ¿Está todo bien? No quiero que te sientas incómodo.

—Sí. Todo está perfecto —dije tomando uno de los vasos—. Es solo que quería ir más despacio. Debemos cuidar nuestros puestos de trabajo, ¿no crees?

—Puede que tengas razón, mi Alonso. Pero ahora que te tengo de frente debo decirte que esta noche no te me escapas.

El evento terminó. En el estacionamiento, El Chino recogió todo su equipo de iluminación y me despedí de él cuando subió al taxi. Anna se había ido en su auto tras despedir al último cliente. Cuando pensaba que estaba solo en el estacionamiento, Ricardo paso frente a mí en su Mustang y me invitó a subir. Condujo hacia su departamento compartido con Manuel, pero esa noche Manuel no estaba, y teníamos el apartamento para nosotros. Terminamos juntos en cada rincón y nos quedamos abrazados sobre su cama hasta el amanecer. Disfruté cada momento de la noche, pero no era correcto que las personas del trabajo lo supieran, ¿o sí? Tal vez ya era hora de que dejáramos de lado el escondite y saliéramos como una pareja formal. No tenía planeado decírselo a Ricardo, pero esa noche solo existíamos él y yo. Creí que era el momento.

—Ricardo —dije a su oído cuando estábamos en la cama.

—Dime, mi Alonso.

—Sé que es muy rápido, pero creo que me estoy enamorando.

Besó mi cuello, luego mi boca y volvimos a ser uno.

Gracia llegó a la oficina con el plano de los lugares que los invitados ocuparían el día de su boda. Faltaba un mes para el gran día. Cada una de las mesas tenía diez sillas disponibles. La lista de la mesa número siete aún tenía un lugar libre: el de mi pareja. Tenía pensado decirle a algún amigo o amiga que me acompañara, pero nadie estaba disponible. Necesitaba más amigos. Por otro lado, tenía la lista de las once personas con las que había compartido intimidad y que habían sido consideradas para ser una pareja a largo plazo. Las opciones uno y once fueron las primeras descartadas. Miguel y Ricardo.

Salí de la oficina y Daniel y yo fuimos al centro comercial para conseguir trajes para la boda. No tardamos más de treinta minutos en buscar, elegir y comprar el conjunto indicado para la ocasión. Ocupamos el tiempo de sobra para ir a tomar unas cervezas en las terrazas de los pubs sobre la entrada principal del centro comercial. El mesero se acercaba con las pintas de cerveza clara. Daniel quería saber a quién invitaría a la boda. Quería ir con Ricardo, pero era imposible: nadie debía enterarse de que nos revolcamos en su escritorio y en cada rincón de su apartamento. Además, él no había confirmado su asistencia.

—Es complicado —contesté.

Daniel y yo hicimos un repaso de algunas posibles exparejas que podrían acompañarme: Felipe, el instructor de CrossFit, no bebía alcohol y los platillos de las bodas no entraban en su dieta, tendría que comerme ambos postres, no hablaba de nada que no fuera CrossFit. Siguiente. Bryan, el maestro de inglés: su obsesión por tener el control sobrepasaba los límites. No intentes salir con él si tus pantalones no hacen juego con su atuendo; tendría que cambiar por completo el traje que ya había comprado. Siguiente. El de la Noche de Graduación: lo llamaba así por que había sido algo de una sola noche; no estaba casado, pero tenía un hijo con su novia del momento. Si yo me pudiera embarazar, ¿podría también retener a un hombre? Siguiente.

El día de la boda llegó por fin. Me encontraba en mi casa, vestido frente al espejo con el traje color negro y sin expresión en el rostro. En las historias de Instagram veía el proceso de peinado y maquillaje de Gracia. Me senté sobre la cama con la invitación en mis manos. *Dos personas*. Estaba solo, sin nadie más. No había conseguido pareja porque la única persona con la que quería asistir no me había invitado ni yo a ella.

Alberto pasó caminando por el pasillo. Tenía la cámara fotográfica colgando del cuello y su equipo de iluminación bajo el brazo. No sé por qué no lo había considerado antes. Me levanté de la cama y me acerqué a su habitación.

—Oye, ¿tienes planes para esta noche?

Alberto no pudo resistirse a la propuesta de cena y whisky gratis, además de que yo no bebería para poder manejar de regreso a casa. Entró al vestidor y salió vistiendo el mismo traje azul oscuro que llevaba a cada celebración formal.

Montados en el Ford Fiesta platino de Alberto, llegamos al estacionamiento del recinto. La ceremonia civil se celebró en el quiosco al fondo del jardín, donde solo los familiares cercanos tenían sillas disponibles. El lugar estaba adornado con luces y manteles color malva; las flores blancas y los cristales colgando de los adornos de mesa resaltaban al pasar la vista. Al llegar a la puerta del salón, una chica vestida de negro nos indicó la mesa que ocuparían el señor Alonso Rodríguez y su acompañante. Luego de atravesar la pista de baile, encontramos a Daniel y Karen sentados bajo el candelabro con luz tenue que iluminaba la mesa número siete. Momentos mas tarde, el señor Carlos llegó de la mano de su esposa. No recuerdo su nombre, pero Alberto y yo le apodamos Úrsula por el parecido a la bruja del mar de *La Sirenita*, debido sobre todo al exceso de maquillaje. Sebastián y su novia llegaron detrás de ellos. Quedaban dos lugares vacíos en la mesa. Las luces del recinto se apagaron y los reflectores del escenario apuntaron hacia Gracia y Raúl, que entraban por un costado de la pista de baile. Alberto pedía al mesero un vaso de whisky tras otro. El vals de los esposos continuó, seguido del sonido de aplausos alrededor de la pista. Una lágrima corrió sobre mi mejilla al ver a mi amiga recorrer la pista feliz, al lado de su esposo.

Esperábamos la cena, Alberto pidió más whisky. Antes de

que pusieran los platillos frente a nosotros, vi a Ricardo entrar al salón y acercarse a la mesa. El traje negro le daba elegancia y buen porte, la barba recortada era el mejor adorno. Escoltaba a una dama rubia vestida de rojo mostrando un escote pronunciado, que dejaba a la vista la curvatura de sus pechos y sus brazos desnudos. Altos tacones y cabello recogido. Era hermosa. Era Anna.

Mis uñas arrugaron la tela del pantalón sobre mis rodillas, bajo la mesa. Mi mandíbula apretaba los dientes con fuerza y mi respiración se aceleraba. Tenía a Ricardo de frente, al otro lado de la mesa, junto con otra persona. Anna se disculpó con todos por llegar tarde y se sentó a su lado. Yo deseaba que nunca hubieran llegado. ¿Por qué había invitado a Anna?

El mesero comenzó a servir la sopa, seguida por el plato fuerte y el postre. Tenía un nudo en el estómago, no pude dar más de tres bocados a cada platillo; sentía que me ahogaba cada vez que algo pasaba por mi garganta. Lo único que pude digerir fue el trago de whisky que Alberto dejó sobre la mesa cuando se fue al baño.

Pedí un whisky al mesero.

Durante el postre, Anna limpió su boca con la servilleta de tela, miró el maquillaje de su cara con la cámara frontal de su celular y volvió su mirada hacia Ricardo para pedirle un cigarro.

—¿Me acompañan? —dijo Anna a todos en la mesa; Karen y yo nos levantamos y caminamos hacia afuera del salón.

Karen acercó la llama del encendedor al cigarro de Anna.

—Les tengo una noticia y quiero que me den su opinión —dijo Anna compartiéndome el cigarro en su mano—. Fui a cenar con Ricardo antes de venir y durante la cena me preguntó si quería ser su novia.

El humo se quedó atorado en mi garganta provocando una tos imparable por segundos. Karen y Anna rieron al ver mi reacción desatada por la noticia.

—*Really?* No es para tanto, Alonso —dijo Anna entre risas.

Recuperé el aliento.

—No sabía que estaban saliendo —dijo Karen—. Estoy feliz por ti, amiga, pero ¿no es un poco pronto para tener otra relación? Digo, fueron muchos años los que pasaste junto a tu exnovio, ¿ya lo superaste?

—*Wey*, yo no volteo al pasado, me distrae del presente —dijo Anna. Volvió a inhalar de su cigarro—. Además, ¡ya nos besamos!

"¡¿Qué?!", pensé.

—¡¿Qué?! —se sorprendió Karen—. Eso no me lo esperaba. ¿Qué tal besa?

Quería decir que el sabor a whisky en su boca era lo mejor que había probado en mi vida.

—Nada mal —dijo Anna—. Solo espero no estropearlo por temas de trabajo. ¿Tú qué opinas, Alonso?

"Opino que la única razón por la que Ricardo te preguntó si quieres ser su novia y te besó, es porque yo jamás lo llamo después de tener sexo. Una vez lo hicimos justo cuando estabas sentada en tu escritorio, al otro lado de la puerta en su oficina. Está contigo por despecho, no hay otra explicación. Tú, una mujer proporcionada de busto y culo, pero sin un miembro colgando entre las piernas, no eres lo que a Ricardo le gusta. ¿Me entiendes? No eres lo que Ricardo quiere; eres lo que tiene a su alcance porque nunca lo llamé por miedo. Miedo a perder mi trabajo. Por imaginar la idea de una relación en lugar de luchar por tener una. ¿Quieres saber qué más opino? ¡Opino que eres una zorra!".

—Si eres feliz no tengo nada que opinar —dije.

Luego de depositar la colilla en el cenicero, regresamos al salón.

El vaso de whisky estaba en la mesa, lo tomé entre las manos y lo bebí rápidamente hasta que quedó vacío. Alberto hizo un gesto de desaprobación: estaba rompiendo la promesa de mantenerme sobrio durante la noche, pero no me importó. Cada vez que daba un trago recordaba el sabor de los labios de Ricardo, whisky; lo miraba sentado frente a mí, whisky; sus manos sobre el hombro de Anna, whisky; besando su mejilla y acercando su cabeza hacia su pecho, whisky.

Me levanté de la mesa mareado y me dirigí hacia el baño con el vaso de cristal en la mano. Mi cuerpo se balanceaba lado a lado. Los bocados de la cena ya no estaban en mi cuerpo, solo el whisky en las venas. Dejé el vaso sobre una repisa y mojé mis manos en el lavabo. La puerta del baño se abrió detrás de mí. Ricardo entró y se puso frente al mingitorio. Lo veía de perfil en el reflejo del espejo. No me dirigió ni una sola palabra.

—Anna se ve muy bien con ese vestido, ¿no? —pregunté.

Ricardo me ignoró por completo. Subió la bragueta del pantalón y caminó hacia los lavabos. Ahora estaba al lado mío. Nuestras miradas se encontraron en el mismo reflejo.

—¿Hay algo que me quieras decir? —pregunté. Ricardo volteó a verme. Nuestros ojos se miraron fijamente.

—No tengo nada que hablar contigo. Tú y yo somos menos que nada.

Nada. Palabra corta, pero con claro contexto.

Ricardo salió del baño. Tomé el vaso de whisky sobre la repisa y terminé el líquido. Estaba sediento. Mi corazón palpitaba, acelerado. Lancé el vaso de vidrio contra la pared. Los cristales cayeron al suelo junto con la sobriedad. Salí del baño tratando de encontrar a Alberto, que estaba en el centro de la pista.

—¡Vámonos! —dije a mi hermano, que bebía un *shot* de tequila junto a Daniel. Tomé uno también. Escuché a alguien advertirme al oído que no condujera, pero lo ignoré.

Alberto y yo salimos. En la maceta afuera del salón principal Alberto depositó el tequila que salía de su boca. El mareo en mi cabeza era intenso; no lo suficiente para hacerme vomitar, pero sí para que perdiera el equilibrio caminando.

El auto llegó frente a mí. Subimos y aceleré. Manejaba por la Carretera Nacional rumbo a la colonia Sierra Alta con Alberto dormido en el asiento del copiloto y con las venas inundadas de coraje. Mi pie derecho pisaba el acelerador con fuerza.

Nunca le marqué, no le dije que quería seguir viéndolo, mis prioridades fueron otras y ahora me arrepentía de no haberlas cambiado antes. No quería que eso acabara así; debía encontrar la manera de arreglarlo, de volver a estar con él, de repetir lo que se suponía nunca debió pasar, de ser yo la persona escoltada de su brazo. Había perdido mi oportunidad, pero sabía que habría una segunda.

Mi pie pisó más profundo el acelerador, mis manos giraban el volante atravesando las curvas que subían al vecindario. Mis ojos nublados por las lágrimas y el alcohol en mi cabeza interrumpieron la visibilidad en el camino.

¿Destino o casualidad? ¿Era mi destino no estar con él?

El pie en el acelerador. La vista nublada. Todo negro por un instante.

El golpe retumbó en mis oídos como el sonido de mil corchos saliendo de botellas de champán. La sangre de mi frente se esparcía como el vino tinto cuando la copa cae y choca contra el suelo. El cristal me arañó las manos y los brazos. Las luces exteriores apuntaban a mis ojos. El dolor me hizo darme cuenta de que estaba vivo. No sabía si Alberto también lo estaba. El Ford Fiesta platino había quedado estampado en la caseta de vigilancia de la colonia Sierra Alta.

¿Destino o casualidad?

6
EL ANILLO

Recuerdo el golpe en mi pecho cuando mi cuerpo se abalanzó contra el volante y el sonido del cristal quebrándose. El mismo dolor en mi pecho volvió cuando vi el correo de Ricardo en la bandeja de entrada. Mis dedos y manos se entumieron sobre el teclado del portátil. Miré las líneas escritas sobre la pantalla una y otra vez esperando encontrar algún error en la estructura del mensaje: *Está decidido. ¡Me caso con Anna!* No había error, el mensaje era claro, conciso y directo. Un correo que no estaba destinado a ser visto por mis ojos, pero la vida es tan cabrona que utiliza todos sus recursos para burlarse.

¿Cómo había llegado Ricardo a tomar esa decisión? A sus treinta y dos años, podía entender que quisiera dar un giro en el rumbo de su vida, pero había muchas otras maneras de hacerlo. ¿Por qué casarse con alguien con quien llevaba seis meses de relación nada más? Seis meses desde la boda de Gracia. Seis meses del accidente de auto al que Alberto y yo habíamos sobrevivido. Seis meses con la cicatriz en la frente oculta bajo el cabello negro.

Tomé el portátil y salí de la sala de juntas. La envidia corroía todo mi cuerpo. Quería lanzar la máquina contra la pared y ver cómo las letras del correo se desmoronaban frente a mí. Quería que el mundo escuchara la furia interna que gritaba descontrolada dentro de mi cabeza. Me imaginé lanzando la maceta que adornaba el piso hacia la ventana, la vi atravesando el cristal y saliendo disparada a la ciudad.

Todos en la oficina tecleaban sin parar; el sonido de las personas trabajando fue la bofetada que me regresó a tocar el suelo. No era momento de perder la cordura. Concéntrate, Alonso.

Regresé al cubículo compartido con Gracia y dimos seguimiento a la agenda de trabajo programada para ese día. La Plaza Comercial Sendero necesitaba los nuevos artes promocionales para la semana de rebajas que iniciaba en noviembre. La junta con el equipo de diseñadores se alargó dos horas, trabajábamos en la imagen del cartel para el festival de música *Electric North*. El equipo de redactores revisó el contenido programado para ser publicado en las redes sociales de nuestros clientes. Junto con el equipo de creativos, ajustamos y terminamos el guión para el video promocional de nuestra página web. La jornada laboral que debía terminar a las 19:00 horas, se extendió una hora más. Gracia y yo fuimos los últimos en entrar por el ascensor para descender del decimotercer piso al estacionamiento.

—¿Qué te parece si vamos a cenar? —preguntó Gracia—. No tengo humor para cocinar.

Llegamos al restaurante favorito de mi compañera al sur de la ciudad, no muy lejos de los vecindarios donde ambos vivíamos. El kilo de alitas bañado en salsa picante llegó en menos de quince minutos, junto con dos cervezas. Las yemas de los dedos de Gracia se manchaban de salsa cada vez que cogía una porción del plato. El brillo del anillo de compromiso junto con la argolla de matrimonio me jaló la vista. Era similar al que Ricardo había comprado para la zorra de Anna.

Quería escuchar a Gracia.

—Y dime, ¿cómo está tu esposo? —pregunté—. Tengo tiempo de no verlo.

—Muy bien, ahora está en Miami en un congreso, regresa a Monterrey el domingo en la tarde.

—Qué bien. No puedo creer que ya llevan seis meses de casados —. El mismo tiempo que Ricardo y Anna llevaban siendo pareja. Di un trago a la cerveza—. Sé que es una pregunta un poco fuera de contexto, pero ¿cuánto tiempo estuvieron juntos Raúl y tú antes de comprometerse?

—Teníamos cinco años juntos. Cuando cumplimos veintiocho supimos que era tiempo de dar el siguiente paso en la relación.

—Pero, ¿por qué dar el siguiente paso significa casarse? —pregunté alzando un poco el tono de voz—. ¿No crees que el ritual del matrimonio en la actualidad está impuesto como una obligación más que una elección?

—¿Disculpa? —preguntó Gracia.

—Me refiero a una obligación que a todas las parejas se les demanda cumplir para no sufrir la presión y críticas de la sociedad. No estoy en contra, pero como yo lo veo, el matrimonio es visto como un trámite que los involucrados deben solicitar una vez que cumplieron ciertas normas —. Levanté mi mano izquierda alzando los dedos uno por uno—. Primero debes conseguir pareja para no quedarte solo. Después comienza la misión de obtener el famoso anillo, pero no puede ser cualquier anillo: hay que invertir una buena suma de dinero. Luego empieza la competencia por tener la mejor boda, o al menos no ser la última pareja en casarse. Y al final, presumir las fotos que "todo el mundo" desea tener. El inicio de la vida perfecta. Evitar a como dé lugar la desgracia de crecer sin pareja.

Gracia sonrió lanzando una pequeña risa al aire y dio un trago a la cerveza.

—Te entiendo. He visto cómo parejas creen que el matrimonio es algo que *debe* pasar en la vida, algo así como morir. Sin importar con quién sea, pero muy importante el cuándo. Si la mujer tiene más de veinticinco años, el foco rojo se enciende, marcando señal de alerta.

Anna cumplía veinticinco ese año, su foco estaba ardiendo.

—Pero —continuó Gracia—, a diferencia de esas parejas, desde que Raúl y yo nos conocimos respetamos nuestros ideales. Nunca haríamos algo que afectara el crecimiento del otro a nivel personal ni profesional. Por ejemplo, la primera propuesta laboral que Raúl obtuvo fue en Guadalajara, cuando recién cumplíamos dos años de noviazgo. Pude pedirle que se quedara y buscara trabajo aquí en Monterrey, pero ¿para qué? Personalmente, quería vivir mi independencia, salir de casa de mis padres, trabajar, hacer algo. No complacer a nadie más que a mí.

—¿Entonces no estaba en tus planes casarte? —pregunté.

—Ahora mismo no puedo imaginar cómo serían las cosas si el matrimonio hubiera estado planeado con fecha y hora, como si fuera una junta importante a la que debíamos asistir. Decidimos primero crecer como profesionales y sobre todo conocernos como individuos. Durante el cuarto año de novios, Raúl regresó a Monterrey. Nunca terminamos nuestra relación a distancia. Y al quinto año juntos, en la terraza de su casa, me entregó este anillo —Gracia alzó su mano—. Fue su forma de decir que me quería tener por siempre en su vida. Eso para mí simbolizó el final de una etapa. La soltería había quedado atrás y el trabajo ya no era el motor de la vida. Sabía perfectamente quién era yo y quién era él. El matrimonio fue el inicio de nuestra nueva vida juntos. El siguiente paso —terminó Gracia antes de morder su alita con salsa y chuparse los dedos como toda una dama.

Cásate cuando conozcas a la persona y puedas ser tú mismo.

Terminamos la cena sin importarnos la cantidad de calorías que habíamos consumido. Nos despedimos en el estacionamiento del restaurante sabiendo que nos volveríamos a ver el día siguiente para continuar con el trabajo pendiente en la oficina.

Las luces de las calles alumbraban el camino a casa después del largo día de trabajo. Sentía el cuerpo cansado, más que cuando terminaba de correr detrás de Robbin por las colinas. El portón eléctrico se abrió frente a mi auto.

La casa tenía un olor peculiar; un recuerdo de mi infancia se proyectó en segundos. Era yo bajando con Alberto por las escaleras un domingo en la mañana, aún en pijama.

Sentados en el sillón de la sala, prendíamos el televisor para ver películas de Disney en el reproductor VHS. Mi madre nos llevaba un vaso de leche con chocolate a cada uno y un plato con *hotcakes*. El olor que venía desde la cocina era de *hotcakes*.

Mi hermano Alberto estaba vertiendo la mezcla sobre el sartén con mantequilla y acomodando una pieza sobre otra. Separé una silla de la mesa en el centro de la cocina y me senté.

—Te faltó la leche con chocolate —dije.

Alberto volteó sobre su hombro.

—Tengo algo mejor —contestó.

Limpió sus manos y dejó a fuego lento la mecha de la estufa. De la repisa superior frente a él tomó dos copas de cristal, y sacó del refrigerador la botella de vino tinto abierta el día anterior. Al terminar de verter el líquido en las copas, brindamos.

—¿Por qué brindamos? —pregunté.

—Pues por el aniversario de nuestros padres, obvio.

—¿En serio es hoy?

—¿No viste las publicaciones de mamá en Facebook? Andan en Cancún, los señores —dijo Alberto mientras daba vuelta a un *hotcake* en el sartén.

Veintisiete años de casados, veintisiete años siendo marido y mujer, veintisiete años desde que yo estuve en el vientre de mi madre sin que ellos estuvieran casados o comprometidos. Veintisiete sería mi próxima edad.

Clavé la mirada en la copa de vino frente a mí. Me pregunté si mis padres aún estarían juntos después de todo ese tiempo si yo no los hubiera obligado a casarse. Tal vez mi madre habría elegido un camino distinto y el ingeniero Rodríguez podría haberse alejado de ella sin problema. Incluso antes de nacer, ya era una carga y decepción para sus vidas.

—¿Qué pasa ahí adentro? —preguntó Alberto.

Mi mirada regresó a conectarse con la de mi hermano.

—Perdón, hoy fue un día muy pesado en la oficina, creo que debería irme a descansar.

—Al menos prueba algo de lo que preparé.

Alberto se sentó en la silla frente a mí y arrastró el plato con *hotcakes* hacia mis manos sobre la mesa.

Varias preguntas se formularon en el interior de mi cabeza como si tuviera ahí una libreta y estuviera apuntándolas en forma de lista. Solo había una persona que podía responderlas. Subí a la habitación después de terminar el desayuno nocturno y la copa de vino. Me senté en la mesa de estudio y tomé mi celular para hacer una llamada.

—¿Hola? —contestó mi madre.

—Hola, me dijo Alberto sobre su aniversario el día de hoy y quería felicitarlos.

—¡Gracias! Sí, salimos desde el fin de semana, tu padre me preparó la sorpresa y por eso salimos sin avisar. ¿Cómo estás?

"Ricardo, el hombre con el que he compartido intimidad meses atrás, quiere casarse con otra persona. Para ser honesto, creo que fue mi culpa por no haber actuado rápido. Tuvimos sexo y jamás volví a llamarlo. Creo que se cansó de esperar. El pasado fin de semana, cuando estaba totalmente ebrio, decidí llamarlo y tuvimos sexo otra vez. ¡Ah! Pero hay un pequeño detalle que no te conté: él ya tenía novia. ¡Así es! Me metí con el novio de Anna. Hoy, justo cuando pensaba que las cosas no podían ir peor, me enteré por un correo de que quiere casarse con ella. Pensarás que es la primera vez que me rompen el corazón, pero no es así. El chico que me enamoró hace ocho años y me engañó drogándome y tirándome en el suelo, me acaba de contactar. No estoy bien, madre. No estoy bien".

—Estoy bien, voy llegando a casa. Perdón por interrumpirlos en su festejo —. Respiré profundo — ¿Puedo preguntarte algo?

—Sí, claro, ¿qué pasa?

Un gemido de llanto se escapó de mi garganta.

—¿Por qué te casaste?

—¿Perdón? —preguntó mi madre extrañada—. ¿Estás bien, Alonso?

—Si no hubiera llegado yo, ¿te habrías casado?

Del otro lado del teléfono se hizo una pausa. Aún escuchaba la respiración de mi madre y luego de un rato respondió.

—Si tu padre y yo decidimos casarnos, no fue porque estuviera embarazada, si esa es la pregunta.

—Pero mi papá nunca te dio un anillo de compromiso, no sé si ustedes querían estar juntos desde un principio —y las lágrimas en mis ojos comenzaron a brotar.

—Alonso, ¿estás bien? —hizo una pausa—. Sí, claro, estabas en mi vientre, y sí, tu padre no me dio un anillo de compromiso porque no teníamos planes de protagonizar una boda en esa etapa de nuestro noviazgo.

—Entonces, ¿por qué decidieron seguir? —interrumpí.

—Se me hace muy absurdo que me llames para preguntar estas cosas después de tantos años.

Nos quedamos callados por un minuto.

—Perdóname, tienes razón, es absurdo —contesté.

—Alonso, si tu padre y yo decidimos casarnos, fue porque queríamos compartir el amor que te tenemos, no porque las circunstancias nos lo exigieron.

Coloqué el teléfono en mi pecho, apreté los labios y miré al techo. Respiré profundo.

—Muy bien —respondí.

—Descansa, hablamos luego, ¿está bien?

Colgué el teléfono.

Cásate porque amas a tu pareja, no por obligación.

Lancé mi cuerpo sobre la cama, el reloj en la mesa marcaba las 23:17. Programé la alarma para despertar a tiempo al día siguiente y conducir de nueva cuenta hacia la oficina. Me quité las prendas acostado. La junta con Anna y Ricardo estaba programada para las 15:00 horas.

Las conversaciones de ese día me ayudaron a formular las

preguntas para la reunión. Anna y Ricardo: ¿por qué quieren casarse? El tiempo que llevan juntos, ¿fue suficiente para conocerse? Anna, ¿es esto lo que necesitas para crecer como persona? Ricardo, ¿te sientes obligado a casarte? ¿Ambos se aman de verdad?

Dormí.

En el sueño caminaba por el pasillo de la oficina con la canción *Like a virgin* de Madonna sonando al fondo. Personas vestidas con trajes negros y antifaces blancos sostenían ramos de flores con ambas manos. No podía reconocer a nadie. El pasillo lo adornaba una larga alfombra blanca, acompañada de dos hileras de flores a cada lado, hasta el fondo del lugar. Ricardo estaba parado al final con las manos entrelazadas sobre su pelvis, mirando a donde yo estaba. Del lado izquierdo un brazo se entrelazó con el mío jalándome hacia Ricardo. Era Anna vestida de novia y yo la escoltaba.

Desperté.

El reloj marcaba las 7:00. La noche había durado tres minutos para mí. Me levanté de la cama y me preparé para salir a la oficina. Me alisté con el conjunto que ya tenía preparado desde hacía días y salí de la habitación.

—¡Gaaaaay! —gritó Alberto cuando pasé frente a la puerta. Levanté el dedo medio y se lo mostré al mismo tiempo que tiraba una carcajada.

Al llegar a la oficina me senté con Gracia en el cubículo compartido. Mis manos comenzaban a sudar cada que miraba el reloj acercándose más a la hora del juicio final. Saqué un pañuelo del cajón izquierdo y lo pasé por mis manos hasta que quedó empapado. No tenía correos pendientes por revisar. Solo tenía que preocuparme por supervisar el trabajo de los diseñadores. Faltaba mandar los artes en formato digital a los clientes, pero sobre todo, debía prepararme mentalmente para la junta en Grupo Clossy.

El celular comenzó a vibrar en mi bolsillo derecho del pantalón; la que llamaba era Nydia, mi excompañera de la preparatoria UDEC. Contesté.

—¡Hola Nydia! ¿Cómo estás? Tenía mucho sin hablar contigo.

—¡Cállate! Hablamos hace menos de una semana, ¿qué planes tienes para el día de hoy por la tarde? ¡Hazme feliz y dime que estás libre!

—Pues quiero ir al gimnasio hoy después del trabajo.

—¡Cancélalo! Humberto y yo pasaremos por ti a tu casa a las ocho de la noche.

—Entonces es oficial: mi plan queda cancelado.

—¡Perfecto! Prepararé la reservación para hoy.

Nydia colgó el teléfono, no tenía idea de lo que planeaba. Esperaría a que me sorprendiera.

Gracia asomó la cabeza sobre mi escritorio.

—Alonso, vamos a la cocina, hoy celebramos el cumpleaños de Sebastián.

En el comedor de la oficina todos estaban rodeando un pequeño pastel adornado con dos velas que juntas formaban el número veintinueve. Sebastián, tres años mayor que yo.

El señor Carlos llegó por detrás y se colocó a mi lado.

—Sin duda, el equipo está mejor formado que hace cuatro años —dijo.

—Sí, Sebastián ha aportado mejores ideas que yo desde que ingresó. Gracia sabe elegir muy bien.

—Pues no se equivocó contigo, prácticamente tú armaste todo esto.

—Pero, ¿no cree que a mi edad me queda muy grande el puesto?

—¿Tú sientes que te queda muy grande el puesto? Porque si es así, podemos encontrar un remplazo de inmediato —dijo el señor Carlos apuntando a Sebastián.

—No, para nada, lo siento justo y a la medida—dije entre risas.

Mi jefe dio dos palmadas a mi hombro y se acercó con los demás empleados de la agencia para alcanzar una rebanada del pastel. Yo me dirigí hacia el escritorio para tomar el maletín y salir rumbo las oficinas de Grupo Clossy, y entonces recibí un WhatsApp de Anna:

Anna, 14:35. *Hi, bitch! ¿Puedes pasar al Starbucks por un café moka blanco, con leche light deslactosada y sin crema batida? Aquí te lo pago.*

Durante el camino pasé por el autoservicio de Starbucks para ordenar dos bebidas con las mismas indicaciones del mensaje: una para para Anna y otra para mí. Las coloqué en el portavasos del auto y continué mi camino. Subiendo por la avenida Gómez Morín pude ver el edificio negro con vitrales donde estaban las oficinas de Grupo Clossy. Llegué al tercer piso. El mismo número de piso que el apartamento de Ricardo. Las puertas se abrieron. Anna estaba del otro lado, esperándome.

—*Hello!* Ven, pasa, tengo la sala de juntas lista para nosotros —saludó, arrebatándome uno de los cafés de las manos—. Hablé ya con las personas encargadas de los eventos y quieren darnos un espacio como expositores en algunos congresos, entonces tenemos que ver cómo podemos sacar provecho y dar publicidad a nuestro equipo como conferencistas.

Anna continuaba hablando mientras nos dirigíamos a la sala. Una vez dentro, me senté en el mismo lugar que ocupé la primera vez que visité las oficinas. Enfrente de mí, Anna proyectó la pantalla de su computadora y comenzó a explicar todo el plan y las ideas que tenía para los eventos y exposiciones programadas. En los espacios vacíos de la agenda en físico apuntaba todo lo que decía. Ricardo no apareció durante toda la sesión. Tampoco pregunté por él.

Al finalizar cerramos las computadoras y nos quedamos platicando unos minutos en la sala.

—Perfecto, con esto parece que tengo material suficiente para ponernos en marcha —dije guardando la agenda en mi maletín.

—Eso espero, estoy un poco estresada, estamos

cambiando algunos proveedores de materiales y eso nos cambia toda la logística.

Anna dio los últimos sorbos al café frío. Su labial quedó estampado en la cubierta superior del vaso.

—Estoy seguro de que todo saldrá bien, eres muy persistente cuando te propones algo, Anna —comenté entre risas.

—Pues sí, pero parece que debo persistir aún más en algunas otras cosas —dijo Anna levantando su mano izquierda y moviendo los dedos para enfatizar la falta de anillo.

—Anna, ¿por qué insistes en eso? Si está destinado para ti, va a llegar sin que lo pidas o busques —dije, aunque ya sabía que Ricardo tarde o temprano se lo daría sin pedirme opinión ni permiso.

—¡Ay! Alonso, todas mis amigas ya hasta tienen fecha y lugar para la boda, no es que lo esté forzando a dármelo, pero así es cómo funciona en Monterrey. Ya sabes, la cultura.

"¿La cultura en Monterrey? Más bien la cultura en tu grupo de amigas que se presionan entre ustedes para obtener el anillo cuanto antes, sin importarles si su futuro esposo es mujeriego, soberbio, gay, adicto, violento, bisexual, irrespetuoso, elitista, gay, ¿ya dije gay?"

—Sí, tienes razón.

Salimos de la sala. Anna caminaba frente a mí; veía cómo sus altos tacones avanzaban uno detrás de otro. Pegué la punta del mocasín de terciopelo en el talón para que su pie saliera del calzado.

—¡Ay! Lo siento, no me fijé —mentí.

Anna se reacomodaba el zapato cuando de la puerta a un lado de nosotros salió Ricardo.

—¡Mi Alonso! ¿Cómo has estado? ¿Terminaron ya la junta?

—Sí, justo acabamos de terminar. Acompañaba a Alonso a la puerta —interrumpió Anna.

—Espera, antes de que te vayas quisiera revisar unos temas contigo, mi Alonso. Gracia no me contesta los mensajes. ¿Puedes pasar a mi oficina?

Mis manos comenzaron a sudar de nuevo.

—Sí, claro —contesté.

—Muy bien, yo voy al comedor por agua, ¿quieren que les traiga algo? —preguntó Anna.

—No, estamos bien. No tardaremos —respondió Ricardo.

Anna se retiró hacia la cocina. Ricardo puso su espalda contra la puerta y extendió su mano invitándome a ingresar a su oficina, que no había pisado en largos meses. Una vez los dos adentro, la puerta se cerró.

—¿De qué es lo que quieres hablar? Puedo marcarle a Gracia si lo necesitas —dije.

Ricardo pasó las manos por mis costillas y me atrajo a su cuerpo mientras intentaba morder mi cuello. Mi espalda chocó contra la pared. Entrelacé mi pierna derecha sobre sus pantorrillas. Nos besamos. Nuestras entrepiernas se juntaron.

Abrí los ojos, no pude más. Empujé su cuerpo colocando mis manos sobre sus pectorales.

—¿Qué estamos haciendo? —pregunté.

—Lo mismo que el fin de semana, divirtiéndonos —respondió.

—¡No! Me refiero a qué estamos haciendo con todo esto. Tú estás con Anna y me queda claro que quieres seguir con ella —alejé más a Ricardo empujando su pecho—. Lo del fin de semana fue un error, estábamos ebrios y nunca debí haberte marcado al celular.

—Eso no paso por casualidad, eso fue el…

—¡Destino! Ya lo sé. Pero no, no fue el destino, amigo, fue una estúpida decisión.

"Una ebria decisión", pensé.

—¡Mi Alonso! ¿Ya olvidaste cómo la pasamos muy bien aquí en mi oficina la última vez? ¿No quieres volver a repetirlo ahora?

—Eso fue diferente. Tú… tú y Anna no estaban juntos.

—Mi Alonso —Ricardo me tomó de los hombros y me sentó en el sillón junto a nosotros—. Anna me está ayudando mucho a que todas las cosas en la oficina estén en orden. Si estoy en una relación con ella es para mantenerla motivada.

—¿Motivación? —repetí. No podía creer lo que estaba escuchando—. Pues no quiero saber a quién más de tus empleados motivas —dije mientras me levantaba del sillón.

—Mi Alonso, ¿qué haces? Ven, siéntate —y señaló el sillón a su lado—. Vamos a platicar.

Obedecí.

—¿Qué es lo que te molesta de mi relación con Anna?

—No me molesta. Bueno… creía que íbamos a empezar algo tú y yo, algo duradero, pero… —miré las manos de Ricardo mientras bajaban su bragueta y sacaban la erección entre sus piernas—. ¡No puede ser! —dije y me levanté—. Creí que en verdad te interesaba estar conmigo y escuchar, pero me estoy dando cuenta de que lo que te interesa a ti es buscar un agujero disponible para meter la lombriz peluda.

Ricardo se levantó del sillón y se acercó bruscamente a mí.

—¿Qué dijiste, imbécil?

Me jaló del cuello de la camisa, levantándome centímetros del suelo. Comencé a temblar un poco. El rostro de Ricardo se tornó rojo. De un empujón soltó la camisa y mis pies tocaron el suelo.

—Perdón —dijo. Se sentó en el sillón. Tomó el whisky sobre la mesa y dio un trago directo de la botella—. Lo que quería decir es que lo mío con Anna pronto terminará y podré concentrarme en buscar un reemplazo para su puesto. Fue estúpido comenzar una relación con ella, no sé en qué estaba pensando. Anna me insistió mucho en que estuviéramos juntos y como nunca tuve noticias tuyas, aproveché que Anna estaba disponible. Pero ahora que ya me has vuelto a hablar, dame tiempo para terminar esto bien. Por favor.

¿Me estaba diciendo lo que quería escuchar? Estaba un poco confundido por su reacción. Nunca lo había visto tan agresivo. Además, sabía que mentía al decir que quería terminar su relación con Anna; yo mismo había visto el correo con el anillo de compromiso que estaba decidido a darle. ¿En verdad era capaz de mentir con tal de revolcarse una vez más en su escritorio? Habría que comprobarlo.

—¿Entonces no tienes planes de casarte con Anna?

—¡Por supuesto que no! ¿Quién te dijo eso?

La mentira salió a la luz.

—No, nadie me lo dijo.

—Ven, acércate —dijo Ricardo.

Me senté a su lado. Su mano pasó por mi cuello, acercó su boca a la mía. Por primera vez sentí repulsión al sabor del whisky en su boca. Confirmado: era capaz de mentir con tal de tener lo que quería.

—Tengo que irme —dije.

—No, por favor, no me dejes así —susurró, tomando mi mano y poniéndola en su entrepierna. Estaba más duro que un mástil.

—De verdad, tengo que regresar a la agencia.

—Está bien. Lo dejamos para después.

Tomé mis cosas y salí de la oficina. No vi a Anna en el camino hacia el ascensor. Subí al auto y conduje directo al gimnasio. Marqué a Gracia para decirle que la junta se había alargado y que terminaría todos los pendientes del día desde las oficinas del Grupo Clossy.

Llegué al estacionamiento del gimnasio y saqué una mochila con ropa deportiva y unos guantes de box. Dentro, vestido para la ocasión y con los guantes puestos, me acerqué al saco de boxeo. *Jab, jab, uppercut, jab, swing.* El saco giraba. *Jab, right cross, jab, hook.* Pensamientos y enojo. *Uppercut, jab, jab, right cross.* Ricardo frente a mí. *Jab, right cross, jab, jab, uppercut, jab, right cross, jab, hook, swinguppercut, jabrightcrossjab, hookswingjabjabjab... KO.*

Mi frente y los guantes terminaron apoyados sobre el costal. Podía ver el sudor cayendo en el piso junto con unas lágrimas casi tocando mis pies. Levanté la cabeza, respiré profundo y continué.

Después del colapso y terminar la rutina de cuerpo completo por parte del entrenador, tomé mis cosas y me dirigí a casa. Mi ropa sudada empapó todo el asiento delantero que ya necesitaba lavarse con urgencia. Mi respiración y latidos del corazón regresaron a trabajar a su velocidad promedio. Los dedos me dolían por los golpes, pero podían hacer sus funciones habituales.

Al llegar a casa entré directo a la regadera, no quería hablar ni ver a nadie. El estrés y enojo se fueron por el desagüe entre mis pies, junto con el sudor. Tomé la toalla colgada a mi lado y salí. Me tumbé desnudo en la cama, cubriendo mi cuerpo con la toalla. Estaba dispuesto a tomar una siesta hasta que una llamada entrante me despertó.

—¿Hola?

—Ya estamos afuera. ¡Muévete! —dijo Nydia antes de colgar.

Había olvidado por completo la reunión a la que me habían invitado. Mi curiosidad despertó, ¿qué quería decirme Nydia? Entré al vestidor, tomé el primer conjunto de jeans oscuros y playera que mejor combinara con mis zapatos cafés. Llaves, cartera y celular. Todo listo.

Humberto manipulaba el volante con su mano derecha y con la izquierda sostenía el cigarro asomado hacia la ventana. Nydia acomodaba su diadema viéndose en el espejo retrovisor. En el asiento trasero íbamos Jorge y yo. Luego de veinte minutos, llegamos al restaurante Moritas en el centro de Monterrey. El sitio era la opción perfecta para salir a beber un martes por la tarde después del trabajo. Las mesas estaban llenas de personas vistiendo ropa formal de oficina. La reservación a nombre de Nydia estaba en la cuarta línea de la libreta. Atravesamos el lugar hasta llegar al patio y nos sentamos en una mesa circular de madera.

—Estoy feliz de que hayan podido acompañarnos hoy —comenzó Nydia.

—Bueno, prácticamente nos obligaste —contestó Jorge.

—Es verdad, ya suéltalo, ¿qué nos quieres decir? —pregunté.

—Primero lo primero —dijo Humberto llamando al mesero—. Como ya teníamos tiempo sin verte, Alonso, vamos a pedir un vino tinto. ¿De cuál te gusta?

—Mmm, el que tenga alcohol —respondí.

Humberto señaló un vino de la carta y esperamos a que el mesero llegara con la botella y cuatro copas. Sirvió vino en cada una.

—Ahora sí, ¿por qué nos juntamos? —pregunté antes de dar un trago al vino.

Nydia estiró su brazo izquierdo sobre la mesa mostrando los dedos.

—¡Nos casamos! —gritó, enseñando el anillo.

—¡¿Qué?! —grité con una sonrisa en el rostro.

—¡Felicidades! Eso ni yo lo veía venir —dijo Jorge el chismoso—. ¿Cómo fue? ¡Cuéntenos!

—Le di el anillo ayer —dijo Humberto—. Sacamos a pasear a nuestro perro al parque que íbamos siempre al salir de clase desde preparatoria y...

—Yo ya sabía, pero quise hacerla de emoción —interrumpió Nydia.

—¡Shhh! —Humberto retomó la plática—. Estábamos los dos solos, luego subimos hasta el mirador donde el mariachi estaba esperándonos y en la tercera canción me hinqué y le pregunté si quería casarse conmigo.

—Y yo dije que sí —terminó Nydia.

—¿Y por qué no subiste ninguna foto a Instagram? —preguntó Jorge.

—No iba tan arreglada, luego subo otra donde esté más producida para anunciarlo a todos, pero quería que fueran los primeros en saberlo.

La plática continuó con el vino en nuestras manos. La

cena se alargó por más de tres horas recordando viejas anécdotas de la preparatoria hasta los años de carrera que cursamos separados. Estaba feliz por Humberto y Nydia; los conocía desde que teníamos dieciséis años. Esos niños con los que tomé las primeras cervezas a escondidas de mis padres. Aquellos niños que se estacionaban a dos calles de mi casa para pasar por mí cuando mentía a mi madre diciendo que saldría a correr. Los mismos niños que me pidieron ver la prueba de embarazo y dar el veredicto final, ¿positivo o negativo?, resultando negativo. Los niños que me detuvieron en mi intento de suicidio luego de que todo el instituto me llamara "el camello de la UDEC". Aquellos que me apoyaron para seguir adelante y olvidar a Miguel cuando les confesé que me arrepentía de haber abierto mis sentimientos con la persona equivocada. Los amigos que hoy estaban comprometidos.

Cásate con tu mejor amigo.

El sacacorchos estaba enterrándose en la punta de la cuarta botella de vino tinto. En la mesa, tres caras conocidas y coloradas sonreían al escuchar el tono de mi voz. Bajo las luces amarillas de la terraza del restaurante Moritas del centro de Monterrey, la música de los noventa flotaba entre las mesas. La cena ligera y el alcohol pesado provocaron una sensación de confianza. Podía hacer y decir lo que quisiera y nadie podría reprocharme nada, porque yo tenía la razón.

—Si ya decidió casarse, entonces es hora de que al menos me dé una explicación de porqué juega conmigo —dije al grupo sin dar nombres o detalles del protagonista de mi historia.

—¡Eso! Así se habla —la audiencia respondió entre aplausos.

—¡A la mierda los hombres! —dije levantando la copa para brindar una vez más.

Tomé el celular entre mis manos, abrí WhatsApp y comencé a escribir el ultimátum que cambiaría el siguiente capítulo de mi vida.

En el camino de regreso a casa, Humberto manejaba el volante con la mano derecha y con la izquierda sostenía otro cigarrillo; había dejado de beber tras la primera botella. Nydia puso música: *I write sins not tragedies* de Panic! at the disco. Jorge sacaba la mano, que danzaba con el aire. La pantalla de mi celular se quedó negra y sin batería luego de mandar el mensaje que las cuatro botellas de vino me habían animado a escribir con toda la verdad. Ebrio. Quería llegar a casa para conectar el aparato a la carga de corriente y ver la respuesta. Esperaba que Ricardo no tardara en contestar.

Humberto se estacionó fuera del portón y me despedí de todos. Sobre la calle, mi cuerpo se tambaleaba. Subí por las escaleras hasta la entrada principal, mareado y desorientado. Saqué mis llaves de la bolsa del pantalón y entré a casa golpeando mi hombro con la puerta. En la habitación todo daba vueltas, yo daba vueltas. Me deshice de los zapatos y de mis jeans. Caí al suelo por un instante al perder el equilibrio. Conecté el celular al cargador y lo puse sobre la mesa de estudio. El reloj marcaba la 1:35. Antes de llegar a la cama caí al suelo. El suelo se sentía cómodo.

El golpe en la puerta me despertó junto con los gritos de Alberto. El reloj marcaba las 9:02. Ya estaba una hora demorado para ir a trabajar. Tomé el celular y lo encendí. Nydia había mandado las fotos tomadas en el restaurante y tenía un correo sobre una extensión de crédito en mi tarjeta platino. Entre los recuerdos de la noche pensé en el mensaje que había mandado a Ricardo. "¡No otra vez!", pensé al recordar mis malas experiencias con el *drunk texting*, y busqué el mensaje para leerlo.

Alonso, 00:26. *Así como me mientes a mí, espero que tengas la capacidad para seguir mintiéndole a Anna. Ojalá que jamás se entere sobre nuestra noche especial el sábado pasado en tu apartamento. Pero* *sobre todo, espero que Anna nunca sepa de cómo nos divertíamos en tu oficina y en cada rincón de tu apartamento cada vez que teníamos oportunidad, antes de que estuvieras con ella, cuando solo me veías como tu juguete sexual.*

El mensaje estaba justo debajo de otro que decía: *Hi, bitch! ¿Puedes pasar al Starbucks por un café moka blanco, con leche light deslactosada y sin crema batida? Aquí te lo pago.*
Mensaje enviado al chat incorrecto.
Mensaje recibido y leído por Anna.

7
CULPABLE

La manecilla del reloj colgado en la pared de la habitación daba vueltas mientras yo andaba de un lado al otro mirando el suelo de madera, con mis manos jalando los cortos cabellos sobre mis sienes. Mis latidos retumbaban en mi pecho uno tras otro. Vestido de arrepentimiento, sosteniendo con mi mano el celular y mirando la pantalla, deseaba regresar el mensaje a mis pensamientos y jamás verlo reflejado en palabras. Solo había salido a tomar unas copas, ¿no pude detenerme en la tercera botella? Si hubiera estado sobrio, jamás habría mandado ese mensaje, o al menos lo habría mandado a la conversación correcta.

Volví a tomar el celular; no tenía respuesta de Anna. Escribí otro mensaje tratando de explicar que todo había sido una broma de mal gusto.

Alonso, 9:10. *¡BROMA! Ja ja ja ¡Anna! Ricardo y yo planeamos un romance falso para jugar contigo. Ya sabes, por que siempre te pones histérica por lo del anillo. Perdón si fue de mal gusto, pero podemos reírnos todos de esto en la próxima reunión. ¿Te parece si hacemos algo en mi casa?*

Al mandar el nuevo texto noté que el mensaje no llegaba al destinatario. Traté de localizar su Instagram para mandar un mensaje directo con el mismo texto, pero no lo encontré; lo mismo pasó con Twitter y Facebook. Nada. Me había bloqueado en todas las redes, bloqueado de su vida. Así es como te das cuenta de que tus acciones, por más pequeñas e insignificantes que parezcan, son las que dan forma al camino de tu vida. Puedes ignorarlas, pero eso no significa que nunca pasaron.

Preparé mis cosas para salir a la oficina. El volante se encontraba mojado por el sudor en mis manos nerviosas y mi frente destilaba la resaca de la noche anterior. En mi cabeza creaba posibles escenarios que se podrían materializar si el secreto salía del celular de Anna. En todos, yo era el único que terminaba perjudicado. Pero algo dentro de mí creía que tal vez aquel era el escalón que debía saltar para poder acercarme a Ricardo, esta vez sin tapujos ni secretos. Que todo el mundo supiera de nosotros.

Llegué a la oficina antes de las 10, Gracia estaba sentada en su escritorio revisando correos y leyendo un blog sobre cómo preparar pizza casera.

—Pff, hueles a alcohol —dijo.

Envolverme en el ritmo del trabajo ayudó a despejarme la mente y las ideas. Continué con los pendientes usando la agenda como guía para las actividades del día. Me reuní con Sebastián para afinar los últimos detalles para el video promocional de la página web y pasarlo a nuestro equipo de producción para el desarrollo audiovisual. El equipo de diseñadores trabajaba con los audífonos puestos. Yohana caminaba hacia el baño cada hora. Me puse a revisar la bandeja de correos entrantes en mi computadora.

El señor Carlos llegó a nuestro cubículo y me indicó con una seña del brazo y levantando el dedo índice, que lo acompañara. Con un pequeño empujón de cadera, la silla con ruedas se deslizó detrás mío y salí del cubículo. En el cristal se reflejaba mi rostro cansado por no haber dormido como es debido.

Mi jefe me invitó a pasar a su oficina y sentarme en el asiento del escritorio frente a él. Giró la pantalla de su computadora pidiéndome que leyera el correo que había recibido esa misma mañana por parte de uno de nuestros clientes.

Muy buen día, señor Carlos.

El motivo de mi correo es comentarle sobre un incidente que acaba de ocurrir con uno de sus empleados, y que espero podamos resolver como profesionales. Los asuntos personales no deben de interferir o afectar en nuestra relación cliente-proveedor, y creo que en este caso debemos tomar medidas que nos beneficien a ambas partes por igual. En lo que va del año, hemos tenido una muy buena relación laboral con todo el equipo de Almendra Publicidad, y con los próximos eventos que tenemos programados se viene mucho trabajo para ambas partes, por lo que no quisiéramos que por este incidente nos viéramos perjudicados.

Por tal motivo pido, a su consideración, que se realice el despido inmediato del Sr. Alonso Rodríguez por falta de profesionalismo y por no acatar las normas estipuladas en nuestro código de ética. Sin más por el momento quedo atenta al seguimiento de esta solicitud. En el archivo anexo encontrará una imagen con los detalles. Se le ruega discreción.

Atentamente: Anna García.

El archivo anexo era una captura de pantalla con la conversación, clara, explícita y resaltando la frase *cómo nos divertíamos en tu oficina y en cada rincón de tu apartamento cada vez que teníamos oportunidad.*

La pantalla volvió a girar hacia el señor Carlos. Nunca lo había visto mover su labio inferior tan rápido ni había visto temblar sus manos como si sufriera la enfermedad de Parkinson. No recuerdo cuáles fueron sus palabras ni el orden, pero sí recuerdo la última frase antes de salir por la puerta: "¡Y no quiero volver a ver tu pinche cara en este edificio!". Esperaba que no le durara el enojo todo el día, no quería que su esposa tuviera que lidiar con la furia del señor Carlos al llegar a casa. En menos de cinco minutos, toda la relación laboral y de amistad que habíamos construido durante años, se desmoronó frente a mis ojos. Todo por instantes de placer. Una noche ebrio.

Salí de la oficina de mí ahora exjefe. Las cabezas de todos se asomaban por encima de las pantallas. Los murmullos se escuchaban entre los pasillos; los tacones de Yohana volviendo a su sitio eran el sonido de fondo. Caminé hacia el cubículo compartido con Gracia y me senté frente a ella. Colocó su mano sobre mi hombro y apretó en señal de apoyo.

Cubrí mi cara con mis manos, las pasé por la cabeza hasta llegar a mi nuca. Me quedé observando la pantalla en el escritorio. Era la última vez que contemplaría ese espacio después de cuatro años trabajando ahí. En una caja vacía puse los objetos personales que tenía sobre la mesa y en los cajones. Las fotografías en el escritorio fueron cayendo una por una dentro de la caja. Yo y Gracia en su boda. La fiesta de disfraces con Nydia vestidos de personajes de Disney. Daniel, Karen y yo celebrando la independencia de México usando enormes sombreros.

Me levanté sosteniendo la caja con ambas manos, sabía que Gracia se aseguraría de realizar los trámites de mi despido justificado y me daría detalles del seguimiento. No tenía nada que reclamar. Había cavado el pozo de mi propia tumba. Sabía que no tendrían problema en reemplazarme; Sebastián había demostrado ser el candidato indicado para el puesto. Ahora él podría disfrutar de mi antiguo sueldo después de impuestos.

Subí al auto y coloqué la caja con las pertenencias en el asiento del copiloto, salí del estacionamiento de la Torre M y arranqué camino a la carretera al sur de Monterrey. Abrí el techo del Mini convertible; quería que mi cabello volara junto a mis pensamientos. ¿Qué había hecho? ¿Por qué lo había hecho? Repasemos los hechos. Sentiste atracción por un cliente, fuiste a su oficina, con el sabor del whisky en la boca, ebrios tuvieron sexo. No volviste a llamarlo y se consiguió a alguien más, te molestaste, ebrio condujiste un auto y chocaste. Esperaste meses para volver a llamarlo, ebrio fuiste a su apartamento aunque él ya estaba con otra persona. Te obsesionaste con él para darte cuenta de que nunca te quiso, fuiste solo una diversión, ebrio mandaste un mensaje y te costó tu trabajo.

Decisiones, todas tienen algo en común. Ebrias decisiones.

La brisa golpeaba cada vez más fuerte mi cara al subir la velocidad sobre los ochenta kilómetros por hora. Giré un poco la mirada hacia la caja sobre el asiento copiloto. Del interior salió volando la fotografía con Daniel y Karen. ¿Qué pasaría con nosotros? Anna y Karen eran amigas desde hacía tiempo, si Karen se enteraba de lo ocurrido, comenzaría a odiarme y, al igual que la fotografía, Daniel y Karen se esfumarían de mi vida.

Recordé cuatro veranos atrás. Felipe, el instructor de CrossFit, y yo, estábamos en un catamarán sobre las aguas de Presa La Boca en el municipio de Santiago. Teníamos tres meses saliendo. Me había invitado como su acompañante al festejo de un amigo del gimnasio. Al llegar al barco motorizado, subimos al segundo piso donde toda la gente estaba reunida. La música sonaba en todo el lugar y la gente bailaba en medio de la pista, solo había un pequeño detalle: nadie estaba bebiendo alcohol. Los asistentes tenían una apuesta en el gimnasio: el que lograra subir más porcentaje de masa muscular en tres meses, se llevaba el premio mayor, que consistía en un año gratis de suscripción para el gimnasio. Nadie bebía, excepto la pareja que estaba sentada a un lado de la bocina en compañía de una hielera azul hasta el tope de cerveza y hielo. Daniel y Karen. Luego de que Felipe me presentara a todas las personas en el lugar, me acerqué a la pareja que parecía ser la única que no estaba inscrita al concurso de incremento de masa muscular. No había estado equivocado. Al terminar el tiempo de la renta del barco y desembarcar en el puerto, Daniel me invitó a su casa para continuar con la fiesta; Karen insistió enseguida persuadiéndome con la botella de vino rosado que nos esperaba en el auto. Al recibir un rotundo "no" por parte de Felipe cuando lo invité a unirse al plan, me despedí de él y me fui con mis nuevos amigos. El inicio de una amistad verdadera, una amistad que podría llegar a su fin en tan solo instantes.

Conduje kilómetros por la carretera nacional, el auto se dirigía rumbo al municipio de Santiago. Encendí el estéreo del auto y la canción *Blow me (one last kiss)* de Pink comenzó a reproducirse. Levantando mi mano, con los lentes de sol puestos y el cabello moviéndose, coreaba la frase de la canción que quedaba perfecta con el momento: *Just when it can't get worse I've had a shit day*. Del lado izquierdo de la carretera pude ver el agua de Presa La Boca. Busqué la salida más próxima para acercarme un poco más. Necesitaba estar alejado de todo el mundo. Estacioné el auto de reversa a las orillas del lago. Abrí la cajuela para meter la caja con las pertenencias del trabajo. Me senté en el borde de la cajuela mirando hacia el paisaje. Se podían ver lanchas paseando a los turistas sobre el agua, los restaurantes no estaban al tope de su capacidad.

Mirando los catamaranes estacionados en la orilla, me puse a pensar. "Si ese día no me hubiera ido de fiesta con Daniel y Karen, nada de esto habría pasado. No habría ido nunca a su casa para seguir bebiendo y acabar dormidos en la sala a las cinco de la mañana. Karen nunca me habría presentado a Anna y yo jamás le habría pasado el contacto de Ricardo para que trabajara en Grupo Clossy; nunca habría ido al cumpleaños de Daniel y nunca me habría acostado con Ricardo. Pero, ¿qué estaría haciendo entonces? Si hubiera regresado ese día con Felipe, sin duda me habría dejado temprano en mi casa porque tendría que irse a escalar alguna montaña al día siguiente. No me habría llevado a la ruta del queso y vino en Querétaro porque no come queso y no bebe vino. Nunca habría tenido la amistad que tengo ahora con Daniel y Karen. Con Felipe nunca hubiera sido feliz".

Cada relación que he tenido pasa siempre por el mismo proceso. Conozco a alguien en alguna reunión, gimnasio, o por medio de la aplicación Tinder. Durante la primera cita platicamos sobre temas sin interés, porque lo que más nos interesa saber es si la persona quiere acostarse ese mismo día o prefiere esperar a la segunda cita, o tercera, o nunca. Luego comienzas a ver sus intereses profesionales, si es empleado, tiene su propio negocio, o no trabaja; si tiene algún hobby como entrenar algún deporte, tocar algún instrumento, o ver series todo el día. Después de un tiempo empiezas a conocer cómo es la persona en realidad en base a sus hábitos, comportamiento y relación con su familia y amigos. Yo en lo personal me mantengo en la parte de los intereses y me quedo atascado ahí.

Cuando salí con Orlando, un músico que tocaba el violín en el teatro de la ciudad, me mostró los videos de sus presentaciones y de sus ensayos en la habitación de su casa. Cada video duraba veinte minutos.

—¿Qué clase de música te gusta a ti? —me preguntó Orlando.

—No tengo ningún genero preferido, me gusta de todo.

—Eso no es posible —contestó.

Luego de ver más videos, terminó la cita.

Iván, el director de Hollywood frustrado, me invitó al cine en la primera cita. Parados frente a la cartelera me preguntó qué película quería ver.

—*Horrible Bosses 2,* me encanta Jennifer Anniston y sale Chris Pine.

—Vayamos por una que tenga mejor dirección y guión por favor —e Iván se acercó a la taquilla—. Dos boletos para *The Imitation Game,* por favor.

Después de la película regresé a casa.

Me arrepiento de que esas no hayan sido las últimas citas que tuve con ellos y con otros de los chicos de mi lista. Después de que Orlando no creyera mis diversos gustos musicales, me dispuse a borrar todas las listas de reproducción guardadas en el celular y me concentré en elegir un género, uno que él aprobara. Cuando salí con Iván me volví un pésimo crítico de cine y me perdí los estrenos de otras películas que no eran lo suficientemente buenas para el ojo de un cineasta. En cada relación siempre intenté complacer a otros compartiendo sus mismos gustos, aunque eso significara negar quién era yo en realidad. Solo hay dos personas en mi vida con las que no he tenido ese problema, dos personas con las que pude ser yo y no traté aparentar ser alguien más. Dos personas que no quiero volver a ver y que terminaron jodiéndome la vida. Miguel y Ricardo.

Sequé las pocas lágrimas en mis mejillas con el cuello de la camisa, me levanté, cerré la cajuela y caminé hacia uno de los restaurantes a la orilla de la Presa La Boca. Sentado en el restaurante Playa Azul, pedí una cerveza y un plato de mariscos, el reloj del celular marcaba las 17:35. El tiempo había volado tan rápido, que no me di cuenta de que la hora de la comida ya había pasado. Una pareja al lado mío discutía. La mujer no había pagado a tiempo a la compañía de telefonía móvil y se encontraban sin servicio de internet. Estuvieron discutiendo por lo mismo diez minutos, luego continuaron hablando de otra cosa, felices juntaron sus labios y siguieron comiendo. Si yo hubiera sido el responsable de que mi novio no tuviera señal en su celular, me habría parado de la mesa y hubiera ignorado que yo fui el culpable o por el contrario habría hecho un drama más grande. No todas mis relaciones fueron tan malas, pero a la mínima señal de conflicto, mi mecanismo de defensa entraba en acción.

Jonás, que era además mi compañero de carrera, me había invitado a tomar un café afuera del campus.

—Quiero que platiquemos sobre la otra noche, no me pareció correcto que mencionaras mis temas familiares a todos en la reunión —dijo tomando mi mano.

—Pues si no quieres que se entere nadie, mejor no me los cuentes y se acabó el problema —le contesté.

—Alonso, te lo digo porque quiero que esto funcione.

Después de esa plática, no funcionó.

Damián, el jugador del equipo de fútbol americano, me reclamó por nunca ir a verlo jugar.

—Me gustaría que vinieras a apoyarme por lo menos una vez.

—¿Y ver cómo todas las chicas te gritan cuando sales a la cancha? Sí, claro, seguro eso te gustaría.

No volvimos a salir.

Tenía miedo de abrirme con las personas, de mostrar lo vulnerable que puedo ser al estar expuesto a situaciones que desconozco, miedo a ser juzgado por mis acciones, a no ser lo suficientemente bueno o capaz. Solo con dos personas abrí mis sentimientos, solo con dos creí sentir amor y en ambas ocasiones el que terminó sufriendo fui yo. Miguel y Ricardo.

Terminé la cerveza y dejé el plato limpio de mariscos. Pagué la cuenta con mi sueldo de desempleado y regresé al auto. Encendí el motor y arranqué camino de vuelta a Monterrey, el techo del Mini convertible ahora estaba sobre mi cabeza. El cielo despejado comenzó a nublarse de la nada, el clima de Monterrey es como yo: inestable y especialista en arruinarle el día a todos. Llegué a casa poco después de las 18:00, mis padres ya habían regresado de su viaje de aniversario y estaban sentados en la sala viendo sus celulares.

—¡Hola! Qué bueno que ya llegaste. ¿Cómo te fue en el trabajo? —preguntó mi madre.

—Me despidieron —contesté.

El ingeniero Rodríguez alzó la vista del teléfono y preguntó:

—¿Y ahora qué hiciste?

—No quiero hablar de eso.

—Era cuestión de tiempo —terminó diciendo el ingeniero Rodríguez antes de volver a sus mensajes.

—Alonso, siéntate y dinos lo que pasó —insistió mi madre mientras tocaba con la palma de su mano el espacio libre junto a ella en el sillón.

—¡No quiero hablar de eso con ustedes!

Salí de la sala y subí directo a mi habitación. Hablar con ellos sobre el tema no implicaba explicar nada más el desliz con Ricardo, que fue la causa de mi despido, implicaba empezar desde cero: contar cada detalle de mi vida que ellos aún no conocían, desde cómo Miguel y yo mantuvimos una relación en la preparatoria, hasta que Felipe, Orlando, Iván, Jonás, Damián y otros chicos que visitaron la casa no eran precisamente mis amigos, sino mis parejas sentimentales del momento. Y por fin contarles que su hijo de veintiséis años que siempre los decepciona en todo, era gay.

Cerré la puerta de la habitación y me metí en la cama, no quería ver ni hablar con nadie, tenía la cabeza hecha un desastre. Los ladridos de Robbin entraban por la ventana y eran el último sonido que quería escuchar. De la repisa con *souvenirs* tomé una botella de vino vacía, abrí la ventana y la arrojé al patio.

—¡Cállate! —grité.

Los trozos de cristal rozaron el pelo del can al chocar con fuerza en el piso. Robbin buscó refugio en su casa de madera en la esquina del jardín. Vi a mi madre salir al patio después de la explosión. Cerré las cortinas. De nuevo en la cama, mirando hacia el techo, las lágrimas inundaron mis mejillas. Traté de pararlas, pero era inútil, llevaban escondiéndose desde que el señor Carlos había levantado la voz, que retumbó por todo el piso. "Pinche nalgas prontas" fue otra frase que me dijo durante el regaño durante el despido oficial. Comprendía su enojo.

Alguien tocó la puerta tres veces. No contesté. Luego de un par de segundos se volvieron a escuchar los golpes en la madera.

—¿Qué es lo que quieren? ¡No quiero hablar con nadie ahora!

—¿Ni siquiera con una copa de vino? —respondió Alberto del otro lado.

"Una copa me vendría muy bien ahora mismo", pensé.

Abrí la puerta y asomé la cabeza. Alberto sostenía una copa de vino tinto. Lo invité a pasar y ambos nos sentamos en la cama. Saqué un pañuelo desechable del cajón al lado de la cama y expulsé los mocos de mi nariz que dificultaban mi respiración. Después de depositar el papel en el cesto de basura, Alberto se atrevió a preguntar.

—Ahora sí dime qué te pasa. Y quiero saber detalles.

Tomé la copa de vino y la acerqué a mis labios. El sabor seco de los frutos fermentados en la boca era la droga que calmaba mis sentidos. Cerré los ojos y esperé unos segundos antes de soltar el más reciente episodio de la historia de mi vida. Alberto conocía cada detalle: en su momento quiso buscar a Miguel para golpearlo cuando se enteró de lo que me había hecho, pero en ese entonces Alberto solo tenía dieciséis años. Él me presentó a Iván cuando estaban cursando juntos la carrera de comunicación y fue él quien me ayudó a poner fin a esa relación. Le había mostrado fotografías de Ricardo después de haber tenido nuestro primer encuentro. Era momento de que supiera la siguiente parte de la historia.

—No mames. Ahora sí que la cagaste en serio —contestó Alberto antes de terminar de beber el vino en la copa—. ¿Qué piensas hacer ahora? No puedes esconderte aquí en la habitación y lanzar tus problemas por la ventana. Literalmente.

—No sé, aún no he hablando con Anna, me bloqueó de todas partes, no puedo contactarla para disculparme.

—¿Has hablado con Ricardo?

—No —mis manos temblaron un poco—. No creo que vaya a estar muy contento cuando se entere, él es algo… —me detuve.

—¿Él es algo…? —preguntó Alberto.

—Ayer en su oficina tuvimos un percance, pero no pasó nada. Pero al parecer Ricardo es algo temperamental.

—Alonso, ¿qué fue lo que te hizo?

—No pasó nada, me jaló de la ropa y gritó, pero fueron solo un par de segundos. No me lastimó.

—¿Qué? Estás de acuerdo en que solo bastan unos segundos para cometer una estupidez, ¿verdad?

Lo sabía, toda mi vida había cambiado en un par de segundos.

—No pasó nada, en serio. Yo no debí ir a su apartamento en primer lugar.

Alberto salió de la habitación para regresar con una botella y verter más vino en la copa. El sol se escondía entre los cerros que se apreciaban desde la ventana. Sentía el cuerpo cansado. Estaba acostumbrado a meterme en la cama cuando el sol se iba, programar la alarma y levantarme al día siguiente para ir a trabajar. Ya no tenía que volver a ir a trabajar. Era el desempleado del mes.

—¡Párate! —ordenó Alberto.

—¿Qué?

—Párate y arréglate, vamos a salir hoy.

—No estoy de humor, de verdad ha sido un día muy largo, lo que menos quiero es hablar con gente.

—¡Me vale verga! Pido el Uber en media hora.

Alberto salió de la habitación y cerró la puerta. Terminé el líquido de la copa en mi mano y me dirigí al armario.

La Rambla es un bar pequeño comparado con las dimensiones de otros sitios a lo que acostumbro ir. La capacidad máxima del lugar siempre sobrepasa su límite los fines de semana, llegando a albergar a más de cien personas, la mayoría estudiantes universitarios. Los pocos lugares de estacionamiento obligan a las personas a buscar sitio en los alrededores de la colonia Tecnológico y caminar por un minuto desde sus autos hasta la puerta. Cada miércoles hay noche de karaoke y promociones dos por uno en *shots*, todo eso lo supe gracias a Alberto justo antes de bajar del Uber que se estacionaba enfrente del bar. Descendimos del vehículo y nos acercamos a la entrada.

Las luces color rojo y azul alumbraban las diez mesas en el centro del lugar y los cuatro sillones en las esquinas. Los jóvenes en la barra de bebidas saludaron a Alberto justo después de cruzar la puerta. Nos sentamos en una de las mesas mientras mi hermano pedía una cubeta con seis cervezas. Aún tenía el sabor del vino tinto en mi paladar. El mesero destapó dos botellas y las colocó frente a nosotros. Después de dar el primer trago, los amigos de Alberto entraron por la puerta y se sentaron con nosotros.

—¿Con cuál canción van a inaugurar la noche los hermanos Rodríguez? —preguntó un amigo de Alberto.

—Hoy le toca elegir a Alonso —respondió Alberto.

El volumen de la música comenzó a subir en La Rambla. Las primeras en tomar el micrófono fueron dos chicas sentadas en la mesa a mis espaldas, interpretando *The sweet escape* de Gwen Stefani. Yo también, como Gwen, quería escapar y recrear mi propio mundo en ese momento. Tomé la cerveza y salí por la puerta principal hacia la terraza para fumar un cigarro.

Sentía el humo pasar por mis pulmones y la cerveza fría en mi mano. El clima fresco de octubre estaba presente en la ciudad, similar a la noche en que Daniel cumplió años. Las memorias regresaron como escenas en mi cabeza. Ricardo, Anna, el choque, desempleado, gay. Di tragos y fumé. Necesitaba olvidar. Un grupo de personas pasó a mi lado y entró al bar, seguido por una pareja de extranjeros hablando en su idioma nativo, alemán. El cigarro en la mano se apagó. Regresé a la mesa con la botella vacía. Tomé otra cerveza de la cubeta. El DJ elevó el volumen de la música. Más personas entraban por la puerta del bar, nadie salía. Tomé otra cerveza de la cubeta. Cuando la voz de Justin Bieber salió de las bocinas cantando *Sorry*, las pantallas en las esquinas anunciaron la primera promoción dos por uno de *shots* de perla negra. Al igual que la canción, ya había cometido errores una o dos veces, esperaba no cometerlos esa noche; solo quería que todos me perdonaran. *I'm sorry*. Los vasos con el líquido azul que ordenó Alberto estuvieron pronto sobre la mesa. Todos tomaron un vaso, todos excepto yo. Estaba un poco mareado por el efecto de la cerveza, pero no lo suficiente para saber que debía parar. Tomé otra botella de la cubeta.

El *shot* de perla negra estaba en la mesa, solo. Nadie lo había elegido. Así como nadie me elegía a mí. Tomé el vaso, conté hasta tres, y bebí.

Alberto y sus amigos se levantaron y me jalaron entre la multitud que se encontraba bailando a un lado de nosotros. Con la botella en la mano y girando la cadera alejaba los problemas, los recuerdos y la culpa. La culpa era mía. Todo lo que había pasado era culpa mía. Ahora en la mano tenía un litro de cerveza, Alberto lo había conseguido para mí sin preguntarme. Creo que ya estaba ebrio, sí, ya estaba ebrio, la culpa era mía.

Los alemanes me rodeaban. "Quiero besar a uno". El más alto estaba cerca. "Voy a besarlo". Me acerqué lo más que pude a su rostro y besé su mejilla. Retiró mi cuerpo de un empujón y gritó algo en su idioma. "¿O fue en español?". Ya no entendía. Todas las caras a mi alrededor eran desconocidas, menos la de Alberto y la del hombre entrando por la puerta del bar.

El litro de cerveza en mi mano cayó al piso. Se formó un círculo de personas alrededor del líquido derramado sobre el suelo. Me quedé solo en medio del lugar, con la mirada hacia la puerta. Los ojos del hombre se encontraron con los míos. Nuestros cuerpos se acercaron desde la distancia. Colocando mis manos sobre sus mejillas acerqué su rostro y lo pegué contra el mío juntando nuestros labios. Era la misma cara que había visto en la fotografía del perfil en Facebook. La boca ahora adornada por la barba de candado, la misma boca que había besado ocho años atrás. Los labios de Miguel en mis labios.

Culpable.

8
LO SIENTO

La taza de café estaba sobre la mesa. Nervioso, esperaba la llegada de Miguel al restaurante. Nuestro repentino encuentro la noche anterior había sido lo último que me esperaba. Después de que Alberto lo reconoció, me jaló del brazo para separarme de él e intentó golpearlo. Los meseros de La Rambla se interpusieron para evitar la trifulca. Miguel se alejó de nosotros y se acercó a un grupo de personas que estaba entrando al lugar, asumí que eran sus amigos. Cuando Alberto se calmó, bebió un *shot* de tequila y pidió que no me acercara a Miguel en toda la noche. No tenía por qué hacerlo. Saqué mi celular y entré a Facebook para buscar las notificaciones de los días anteriores. Pasé varias veces mi dedo por encima de la pantalla hasta llegar a la notificación indicada: *Miguel Ramírez te ha enviado una solicitud de amistad*. La acepté. Ahora éramos "amigos". Regresé la mirada hacia Miguel, tenía el celular en su mano. El mensaje *Quedemos mañana para vernos, quiero hablar contigo*, llegó al Messenger minutos después.

La reunión estaba programada a las 11:00 horas en el restaurante Toks de la avenida Garza Sada. Era uno de los restaurantes favoritos de mis padres. El noventa por ciento de los clientes frecuentes no podría reconocer a Ariana Grande en una fotografía. Me di cuenta de que los señores Rodríguez no la reconocerían tampoco, se han vuelto viejos. Yo me estoy haciendo viejo.

Al dar el segundo sorbo al café caliente, Miguel entró por la puerta principal. Llevaba puesta una camisa blanca de mangas largas y pantalón de vestir color gris. Sostenía un maletín negro bajo su brazo izquierdo, adornado con un reloj plateado sobre la muñeca. Conservaba su cuerpo atlético. La noche anterior en el bar tuve que levantar un poco las puntas de mis pies para alcanzar sus labios.

Desde la recepción del restaurante, la mirada de Miguel encontró la mía y se acercó. Mi cuerpo se quedó suspendido entre la silla y la mesa ante la duda de levantarme o quedarme sentado. Miguel estiró su mano hacia mi hombro presionando hacia abajo y obligándome a sentarme.

Ahí estábamos, uno frente al otro de nuevo tras ocho años sin dirigirnos la palabra. Mi cuerpo guardaba un globo de emociones a punto de explotar. Estaba feliz de verlo de frente porque el recuerdo de nuestras conversaciones cuando teníamos diecisiete años se me repetía en la cabeza. Furioso al recordar la razón de nuestro distanciamiento, que injustamente había sufrido solo yo. Triste de saber que no podía regresar el tiempo y cambiar el pasado y escribir una nueva historia. Temeroso a que el encuentro elevara más el daño emocional que sufría por mis estúpidas decisiones. Mis ebrias decisiones.

Después de que la mesera llegara con un café para Miguel, por fin habló.

—Te ves igual a como te recuerdo.

No supe si lo dijo porque los años no habían pasado por mi cara de niño o porque llevaba ropa deportiva para hacer ejercicio después de la reunión, ropa similar a la que había usado antes de que me dejara tirado en los vestidores. Ahora que estaba desempleado podía darme el lujo de trotar en el parque por las mañanas mientras las personas que se dirigían a sus oficinas me admirabann desde sus autos.

El café pasó por mi garganta.

—Tú tienes algo diferente en la cara —dije rodeando mi mentón con los dedos.

—Sí. La barba es nueva, la dejé crecer este año.

Había muchas cosas que quería saber. Comencé por descubrir su presente, en qué clase de persona se había convertido. Esperaba que no fuera un desastre como yo.

—¿A qué te dedicas? Por tu ropa formal deduzco que deberías estar en tu oficina en este momento.

—Así es. Estoy administrando el negocio de la familia. ¿Lo recuerdas?

En alguna ocasión Miguel mencionó que sus padres eran dueños de algunos salones para eventos en la zona metropolitana de Monterrey. Éramos unos niños, no indagamos mucho en el tema en ese entonces.

—El negocio de los salones de eventos, ¿verdad?

—Así es, me encargo de toda la parte administrativa y financiera de la empresa. Ha crecido mucho, acabo de adquirir un recinto en el municipio de Apodaca.

—Se podría decir que eres tu propio jefe, entonces.

—Algo por ese estilo, sigo pidiendo autorización a mi padre antes de hacer algún movimiento.

Ahora sí, era el momento de la verdad y esperaba no estropearlo.

—¿Por qué decidiste contactarme hasta ahora? Me refiero a después de todos estos años. ¿Por qué me buscaste por Facebook?

El mesero interrumpió a Miguel al traer una cesta con pan. La mano temblorosa del niño frente a mí tomó la taza de café y dio un sorbo antes de contestar.

—Al decidir volver a Monterrey después de ocho años sabía que debía reparar los daños que cometí de joven, empezando por mi familia. No fuiste el único al que hice daño, ¿sabes?

—Espera —dije sorprendido—, ¿no estuviste en Monterrey todos estos años?

—No —dijo en un suspiro Miguel—. Luego de terminar la preparatoria mis padres me mandaron a cursar la universidad en San Antonio, Texas. No sé si sepas, pero tengo nacionalidad americana.

No, no lo sabía. Seguí escuchando.

—Terminé la carrera de *Business Management.* Regresé al

país a postularme en mi primer trabajo en la Ciudad de México. Trabajé en la industria hotelera por unos tres años y después decidí regresar para hacerme cargo del negocio familiar. Ha sido un largo camino para volver a casa.

—Pareciera que tus padres no querían tenerte cerca —dije.

—Todo lo contrario, me querían cerca, pero también querían que me mantuviera alejado de los problemas. Después de lo que pasó aquel día en los vestidores, nada fue fácil para mí.

Era inevitable que levantara mi voz después de tal comentario.

—¡¿Fácil para ti?! ¡No supiste todo lo que tuve que pasar yo...!

—Shhhh, por favor no levantes la voz.

—Es que —y bajé la voz— me parece absurdo que actúes tan normal después de que me dejaste en el piso, ebrio y drogado. ¿Qué esperabas? ¿Que reaccionara calmado y te hablara con sutileza asintiendo con la cabeza?

—Alonso, escucha.

—¡No! ¡Tú escucha! ¿Dónde estabas cuando la gente me encontró tirado en el suelo o cuando la policía habló con mis padres por llevar drogas en la maleta...?

—Alonso.

—Tú no fuiste el que sufrió el *bullying* en los pasillos de la preparatoria. Tener que aguantar los gritos a mis espaldas llamándome "¡Camello!". A eso súmale mi esfuerzo al entrenar día y noche todo el año para ser parte del equipo de atletismo y que en tan solo unos minutos todo se hubiera desmoronado. Ver el rostro de mis padres decepcionados. Y tú... lejos de donde me dejaste abandonado.

—¡Alonso! —interrumpió Miguel—. Yo nunca me fui de los vestidores.

Sus palabras cortaron el cable entre mis pensamientos y las palabras. Me quedé sin decir nada. Esperé unos segundos.

—¿Qué?

—Estuve todo el tiempo en los vestidores cuando caíste al suelo.

—Pero, ¿cómo? ¿Dónde? Podrías…

—Luego de que caíste intenté levantarte, no pensé que te quedarías inconsciente. Te di unas palmadas en la cara y te agité los hombros. No reaccionabas. Escuché voces acercándose hacia los vestidores. Tenía una bolsa con mariguana.

—¡Medio kilo de mariguana! —interrumpí.

—¡Déjame terminar por favor! —dijo Miguel—. Tenía medio kilo de mariguana, los chocolates preparados a un lado, la botella de vodka abierta, el alcohol en el aliento y a un menor de edad tirado en el suelo. ¿Te das cuenta de la gravedad del problema en el que me había metido?

No contesté, desvíe la mirada hacia la ventana con vista al estacionamiento. Miguel continuó.

—Metí todo en la maleta negra que estaba a tu lado lo más rápido que pude. Corrí hacia la puerta para salir, pero alguien la empujaba del otro lado. Regresé y vi un casillero abierto. Por mi tamaño, no pude meter todo el cuerpo, pero la puerta del casillero cubrió mi brazo y mi pierna, que quedaron fuera. Las rendijas sobre la lámina me permitieron ver todo. Vi cómo llegaron por ti. Vi a tu padre cargarte hasta la salida. Vi llegar a los guardias de seguridad y cómo se llevaron tu maleta y tus pertenencias. Me quedé por más de una hora ahí dentro. Tenía miedo. Miedo de que alguien me encontrara. Miedo a que me interrogaran sobre qué estaba haciendo ahí. Miedo a hablar con la policía. Miedo a ir a la cárcel siendo un niño de dieciocho años.

Cuando somos adolescentes, vivimos con el deseo de aventurarnos a lo desconocido preguntándonos: ¿qué pasaría si…?, provocando que actuemos sin medir las consecuencias de nuestras acciones. No nos importa si afectamos a alguien con nuestras decisiones, porque "somos jóvenes" y un error a esa edad es aceptable. Creemos que cuando seamos mayores las cosas serán diferentes y seremos capaces de resolver los problemas de mejor manera. Pero la aventura a lo desconocido y el "qué pasaría si…" siempre nos acompañará y jamás tendremos una respuesta certera. Descubriremos que la única forma de aprender es equivocándonos una y otra vez. Eso fue lo que pasó conmigo y con Miguel. Cometimos nuestro primer error. El error que marcó el inicio de muchos más errores en la vida y de los cuales seguimos aprendiendo.

Terminé el café en la taza y miré al fondo de ella. ¿Qué habría hecho yo si me hubiera encontrado en la misma situación que Miguel? Algo similar o peor, seguro. Si los resultados de mis ebrias decisiones no son precisamente buenos ahora, dudo mucho que habrían sido mejores en ese entonces.

—¿Qué hiciste después de que saliste de los vestidores? —pregunté sin mirarlo.

—Salí directo hacia la entrada principal de la preparatoria. Pedí un taxi en la caseta de vigilancia y regresé a casa. Cuando llegué, la culpa me consumía por dentro, tanto que mi cuerpo no dejaba de temblar. Mis padres me encontraron llorando en el piso de mi habitación. No dejaban de preguntar qué era lo que me había pasado. Tuve que contarles todo, de principio a fin. Desde cómo inicié vendiendo drogas, la verdad sobre la solicitud de transferencia de campus, las fiestas donde repartía la mercancía, hasta llegar a ese día. El día que te lastimé y huí. Durante los siguientes meses, mis padres utilizaron los contactos necesarios para mandarme lejos de la ciudad y que empezara una nueva vida desde cero.

La mesera regresó para rellenar nuestras tazas vacías de café.

—¿Por qué nunca volviste a llamar para decirme todo esto? —pregunté.

—¿Me habrías contestado?

Me quedé callado, la respuesta era tan obvia que no

necesitaba responderla en voz alta. Lo odiaba. Lo odiaba tanto. Tanto que dolía, pero no quería odiarlo. ¿Amor?

—Mira, no te busqué con la intención de que me perdones. Quería que conocieras mi historia, la que nunca compartí contigo. Éramos unos niños en ese entonces y ahora que he vuelto a Monterrey, no quería comenzar sin ajustar los clavos que dejé sueltos.

No sabía qué decir. Tenía preparado todo un discurso con una salida triunfal. Arrojaría un billete de quinientos pesos sobre la mesa y me alejaría de Miguel hacia la puerta del restaurante sin escuchar explicaciones. Todo fue diferente. No hubo discurso, ni billete, ni salida.

Me quedé sentado y callado. Miguel agregó crema al café.

—Bueno —dijo cortando el silencio—. Ahora háblame de ti, ¿cómo has estado?

—Muy bien —dije, y mi conciencia se reía a carcajadas al escuchar la mentira salir por mi boca.

La vida de Miguel en Monterrey parecía estar iniciando por buen camino, no quería abrumarlo con mis problemas actuales: sin trabajo, camino a quedarme sin amigos, alejado de mis padres por no poder contarles nada sobre mi vida y en una relación tóxica con el alcohol.

—Estoy tomándome un año sabático para aclarar mis ideas antes de dar el siguiente paso —dije. No era mala idea, no lo había pensado antes. Tal vez eso era lo que necesitaba. Un año sabático.

El mesero llegó con la cuenta después de que terminamos el café. No ordenamos nada más. Miguel debía llegar al trabajo para iniciar una junta con su equipo. Antes de que sacara el billete de mi cartera Miguel detuvo mi brazo y se apresuró a poner su tarjeta de crédito sobre la mesa. Salimos del restaurante. Caminamos por el estacionamiento hacia mi auto e hicimos una pequeña pausa antes de abrir la puerta.

—Me gusta el color azul de tu auto, ¿cuándo vamos a dar una vuelta? —preguntó Miguel apuntando al Mini convertible.

—Dejémoslo como un plan pendiente en la lista.

Nos quedamos en silencio un momento.

—Alonso, sobre lo de anoche, lo del beso…

—¡No! —dije levantando mi mano—. No hablemos de eso, ya había bebido demasiado, no era mi intención incomodarte, fue un error.

—Sí, claro. Lo mismo pensé —dijo Miguel rascando su cabeza. Tragó saliva—. Y… ¿estás saliendo con alguien?

Creo que mi cara se sonrojó un poco al escuchar la pregunta.

—No, no estoy saliendo con nadie. Bueno —hice una pausa al pensar en Ricardo—. Es complicado.

—Entiendo, no te preocupes. En fin, qué bueno que estás bien y si hay algo en lo que te pueda ayudar, no dudes en contactarme.

—Perfecto, muchas gracias.

Subí a mi auto y encendí el motor. Vi a Miguel alejarse del otro lado del cristal. Bajé los vidrios delanteros. No tenía planes para el resto del día y no quería regresar a casa aún. Arranqué con dirección al Parque Fundidora. Monterrey no cuenta con un parque de dimensiones inmensas como Central Park en Nueva York, pero sí con uno de más de cien años de historia. Ese día era perfecto para pensar en la dirección a la que iría la mía.

Estacioné el auto cerca de la Arena Monterrey, el recinto donde grandes artistas han cancelado innumerables conciertos. Salí del auto y me acerqué a la pista de asfalto. Ajusté las agujetas de los tenis deportivos. Con el sujetador del celular atado al brazo y los audífonos inalámbricos en cada oído, comencé a caminar.

El reencuentro con Miguel me había quitado un enorme peso de encima. Con cada paso que daba me sentía más libre de aquél desafortunado evento del pasado, un evento que se había quedado estancado en mi cabeza y que me impedía vivir tranquilo en el presente. Recordaba el instante en que había caído al piso, golpeándome la cabeza sin poder moverme. Recordaba las sombras alrededor de mí, tocándome. Recordaba el abandono de la persona responsable. Recordaba los sentimientos de culpa, arrepentimiento y odio. Pero él nunca se fue, Miguel no quiso irse. Ahora sé que, aunque me cueste aceptarlo, no puedo juzgar los hechos desde mi propia perspectiva. Debo conocer qué hay del otro lado, ponerme en los zapatos de las otras personas y entender cómo mis decisiones afectan la vida de los demás. Mis ebrias decisiones. Si yo no hubiera accedido a comer el chocolate y beber el vodka, Miguel no se habría escondido, no habría sentido miedo, no habría confesado nada a sus padres, no se habría ido de Monterrey. No se habría alejado de mí.

Lo siento, Miguel.

¿A quién más le había hecho daño?

Caminé por más de treinta minutos. La playera tenía apenas unas gotas de sudor. Tumbé el cuerpo boca arriba sobre el césped y me quedé observando el cielo. El parque me traía demasiados recuerdos. El ingeniero Rodríguez nos llevaba a Alberto y a mí cada tarde de sábado después del trabajo para enseñarnos a andar en bicicleta. Una vez que me aferré a aprender, no paré hasta conseguirlo. Creo que ese era mi problema. Me aferraba tanto a dominar lo que no podía controlar, quería siempre las cosas a mi manera. Me aferré a que todas mis relaciones fueran exacto como las planteaba en mi cabeza, sin problemas ni discusiones. Necesitaba tener el control.

Después de que Miguel me dejara en el piso ebrio, cambié mi forma de interactuar con la gente. No me abría de la misma manera si no me inspiraban confianza. Cuando alguien tenía una opinión sobre algún aspecto de mi vida, evadía el tema y los ignoraba por completo. Sentía que querían controlarme o que iban a lastimarme y no estaba dispuesto a darles oportunidad. Nadie puede entender hasta el día de hoy lo que estoy viviendo excepto yo. Los que afirman que la adolescencia es la etapa donde sientes que nadie te comprende, les diría que han hablado mucho y han vivido poco.

Me levanté del césped y caminé con dirección al auto. En los audífonos escuché el sonido de notificaciones entrantes. Tomé el celular y vi una nota de voz de Nydia. Esperé a subir al auto para conectar el celular a las bocinas y escuchar el mensaje de treinta y dos segundos de duración.

—Hola, Alonso, ¿cómo estás? Oye, me mandó un mensaje Alberto esta mañana diciendo que se habían encontrado a Miguel el día de ayer en un bar. Me contó todo. Desde el beso hasta la trifulca que se iba a armar. No quiero que te enojes con Alberto por decirme, pero sí quiero que tengas cuidado. No creo que sea buena idea que veas a Miguel. Recuerda todo lo que hizo, no me parece buena compañía para ti. Te lo digo porque te quiero. Espero que tengas un buen día en el trabajo. Nos vemos luego.

Nydia opinando donde nadie pidió opinión. Alberto contando algo que no debía de contar. Otra vez no tenía el control.

Tomé el celular y escribí un corto mensaje: *Muy bien*. Arranqué el auto para salir del Parque Fundidora y dirigirme a casa. Nydia contestó con otro mensaje de voz, esta vez más corto.

—Te conozco. Sé que no te gusta escuchar mi opinión. Solo piénsalo.

Me conocía bien.

Llegué a casa, nadie se encontraba ahí. Mis padres seguramente estaban en la oficina. Son dueños de una empresa maquiladora de papel al norte de la ciudad. El plan inicial después de graduarme de la universidad era que diera seguimiento al negocio. No me preguntaron si quería ser parte, lo asumieron. Luego de charlas y algunas discusiones, acordamos que no entraría al negocio a menos que fuera por voluntad propia. No consideraba que mi decisión fuera egoísta; a fin de cuentas era yo el que debía elegir qué camino tomar. Nadie controlaba mis decisiones. Aunque viendo todo mi historial, tal vez no estaba tomando las decisiones correctas.

En la cocina preparé lo que había disponible en el refrigerador. El pollo a la plancha con espinacas y brócoli nunca ha sido ni será mi platillo favorito, pero tenía que aguantar el impulso de ordenar comida. Al menos mientras estaba desempleado. Sentado en el comedor de la cocina daba bocados al platillo. Abrí el portátil sobre la mesa y abrí el perfil de LinkedIn que tenía más de cuatro años sin actualizarse. Tenía un gran número de notificaciones: desconocidos felicitándome por antiguos aniversarios de trabajo, propuestas de empleo de seis meses atrás e invitaciones para ampliar mi red de contactos. ¿Seré el único que piensa que esa plataforma es confusa? Actualicé todos los datos personales. Tardé un poco más en actualizar la foto de perfil: es imposible poner la misma fotografía de Instagram o Facebook. No es profesional mostrarse en traje de baño o bebiendo vino. En cada red social mostramos solo una rebanada de nuestra vida, no el pastel entero. Leí la descripción de algunas vacantes disponibles en mercadotecnia y publicidad y apliqué a dos. Cerré el portátil. No esperaba respuesta inmediata.

Me preguntaba cómo estaban las cosas en la oficina ahora que no estaba en mi lugar trabajando. Tenía todas las campañas publicitarias en mi cabeza y daba continuidad a pesar de ya no ser necesario. Había dejado a Gracia con un desborde de trabajo mucho mayor; solíamos repartirnos el peso de la carga de forma equitativa y ahora tendría que resolver todos los compromisos ella sola y capacitar a mi nuevo remplazo.

Lo siento, Gracia.

Salí al patio. Robbin estaba dentro de su casa, recostado. No me había disculpado con él desde que le lancé la botella de vino por la ventana. Me acerqué al lugar. No había rastros del percance. Mi madre los había limpiado.

Lo siento, madre.

Con un chasquido de los dedos y un silbido, llamé a Robbin. Emocionado, salió corriendo hacia mis piernas. Nos encontramos en el césped junto a la piscina. Si la botella hubiera golpeado la cabeza de Robbin...

Lo siento, Robbin.

Lamía mi cara y movía su cola, feliz. No me guardaba rencor por mis actos. Ojalá Anna fuera como Robbin y pudiera perdonarme en tan solo un día. Pero estaba seguro que no lo haría. Yo tampoco perdonaría una traición así de fácil. Me había acostado con su novio. Imaginé a Anna en la oficina, viendo a Ricardo entrar por la puerta sabiendo lo que habíamos hecho.

Lo siento, Anna.

Otra vez no había medido la gravedad de mis acciones y cómo afectan a otras personas. Todo por no resistir a los malditos impulsos. Esos que se intensifican cuando estoy ebrio, provocando que tome decisiones. Ebrias decisiones. Las mismas que me han arrastrado a mi actual presente cambiando por completo la visión que tenía del futuro.

Una llamada entrante al celular se escuchó en el interior de la casa. Besé la cabeza de Robbin y caminamos juntos hacia la cocina. El nombre de Daniel apareció en la pantalla.

—¿Hola?

—¡Alonso! ¿Cómo te va?

—Bien, estoy en casa terminando de comer.

—Ya veo. No estás en la oficina. ¿Hay algo que me quieras contar, amigo?

"Ya lo sabe. Todos lo saben".

—Pues, creo que ya lo sabes, ¿no?

—Solo lo que nos dijo Anna por el grupo de WhatsApp. ¡Maldita chismosa!

—¿Qué fue lo que dijo exactamente? —pregunté.

—Nos dijo que tenías muchos problemas con tu jefe desde hace varios meses y por esa razón te despidió el día de ayer. ¿No has intentado hablar con él? Nunca me habías comentado nada de eso. Pensaba que se llevaban muy bien en la oficina.

—Sí, bueno —y tragué saliva. Por alguna razón Anna no les había contado la verdad, y supe de inmediato que la mejor táctica era seguir su juego—. Es algo que tenía que resolver por cuenta propia, ya no me sentía cómodo trabajando ahí.

—¡Ánimo! Te conozco muy bien y sé que encontrarás algo mucho mejor. Eres demasiado bueno en lo que haces.

—Gracias, eso espero. De todas formas, ya comencé a enviar solicitudes.

Me sentí mejor. Daniel y Karen no sabían nada de lo ocurrido. Pero la incertidumbre al no saber si Anna había confrontado a Ricardo aún me consumía por dentro.

—Cambiando de tema, Ricardo mandó otro mensaje invitándonos a la terraza del edificio de su apartamento. Dice que quiere preparar algo especial. ¿No te ha dicho nada?

¿Ricardo? Me sentí completamente extrañado.

—No, no me he enterado de nada.

—Bueno, pues invita a alguien porque el próximo sábado nos juntaremos ahí. Ricardo dice que él pondrá todo lo necesario. Lleva algo para tomar si gustas.

—Luego te confirmo —dije y terminé la llamada.

Dejé el celular sobre la mesa. Robbin estaba sentado al lado mío viéndome con sus profundos ojos entendiendo todo lo que estaba pasando.

—No soy perfecto, ¿de acuerdo? —dije acariciando su cabeza.

Robbin giró el cuerpo y se alejó hacia su casa de madera en el patio trasero.

Luego de estar en la ducha y ponerme ropa cómoda, me senté en el sillón de la sala y encendí el televisor. Tenía mucho sin ver el noticiero local del canal doce. Mi pelo mojado estaba sobre los grandes cojines, mis piernas se acomodaban a lo largo del sillón y mis ojos se cerraban. El sonido de la puerta principal azotándose me despertó.

Alberto caminaba por el pasillo frente a la sala. El televisor seguía encendido y una de mis piernas estaba dormida. Mientras me golpeaba el muslo para reactivar la circulación, mi celular parpadeó. Era un mensaje de Anna. Me había desbloqueado. Suspiré y abrí el mensaje.

Anna, 17:30. *Hola, Alonso. El próximo sábado Ricardo está organizando una reunión con compañeros de la oficina y amigos en la terraza de su edificio. Me dijo que invitara a mis amigos más cercanos. Tal vez te sorprendas con lo que te voy a decir: estás invitado. ¡No faltes! Estoy lista para vernos de frente, la pregunta es: ¿tú lo estás?*

9
TEQUILA

—¿Vino, whisky o tequila? —me preguntaba Daniel por videollamada mientras, en compañía de Karen, recorría el supermercado el sábado por la mañana—. Estamos pensando en comprar una botella de Buchanan's para llevar a la reunión con Ricardo, ¿qué opinas?

—No estoy seguro de si voy a ir, tengo algunos pendientes que terminar aquí en casa —contesté. Sabía que esa mentira no me salvaría.

—Estás pendejo. ¡Es sábado, cabrón! Vamos a comprar lo que consideremos necesario para la reunión y te veremos hoy en la terraza de Ricardo.

—¡Chao! ¡Nos vemos más tarde! —dijo Karen antes de terminar la llamada.

El pan saltó de la tostadora justo cuando dejé mi celular en la mesa del comedor. El olor a naranja invadía la cocina por el jugo recién exprimido del ingeniero Rodríguez. Alberto depositó una pastilla efervescente en agua para recuperarse de la resaca de la noche anterior. Estábamos los tres sentados en la cocina. Presentí que el ingeniero Rodríguez lanzaría una indirecta en cualquier momento. No estaba equivocado.

—¿Qué es lo que van a hacer durante el resto del día? En la oficina tenemos mucho trabajo. Nos acaba de llegar una nueva máquina desde Alemania que imprime a casi el doble de velocidad comparada con la anterior que teníamos.

—Mira qué interesante —dijo Alberto con sarcasmo, sabiendo que nuestro padre no lo notaría.

—¡Sí! —dijo el ingeniero Rodríguez, emocionado—.

Ahora podremos cubrir la demanda de papel para envoltura de comida rápida en más restaurantes de la ciudad. ¿No quieren ir a verla?

El desempleo era la ocasión perfecta para que mi padre me introdujera al negocio familiar. El comercio de imprenta de papel inició como una idea sin plan a largo plazo. La inversión en la primera máquina se llevó casi todos los ahorros que mis padres tenían guardados en el banco, con riesgo de perderlo todo. Comenzaron literalmente a tocar puertas para adquirir nuevos clientes en la zona metropolitana de la ciudad. Con altos costos de materia prima y bajo presupuesto, el ingeniero Rodríguez y mi madre alzaron el negocio con tan solo tres clientes. Tras recuperar la inversión inicial y contar con el capital necesario, decidieron rentar un almacén con el espacio suficiente para adquirir otra máquina y aumentar la producción. Al día de hoy, la empresa maquila, imprime y distribuye papel para envoltura de comida a más de cincuenta clientes distribuidos en la zona metropolitana de Monterrey y el sur de Texas.

Alberto bebió el vaso de agua en dos tragos y se levantó de la mesa.

—Yo tengo que cubrir una sesión fotográfica para una empresa aseguradora en San Pedro. No sé cuánto tiempo tardaré, pero estoy seguro de que Alonso puede ir, no tiene planes para todo el día.

—Por mí está bien, solo necesito cambiar de ropa —dije antes de patear la pierna de Alberto por debajo de la mesa.

—¡Excelente! No te tardes. Voy a esperar en la camioneta.

El ingeniero Rodríguez salió hacia la cochera. Subí a mi habitación y cambié mis prendas holgadas por una camisa de vestir negra y unos jeans grises ajustados. No sabía cuál era el código de vestimenta en la oficina. Después de ajustarme los tenis Lacoste blancos, salí.

—¡Qué te diviertas en tu primer día de trabajo! —gritó

Alberto desde la puerta de la cochera cuando mi padre y yo partimos en la Suburban.

El ingeniero Rodríguez acercó la camioneta a un lado de la entrada principal de las oficinas; el cajón de estacionamiento estaba asignado con el apellido escrito en la pared. Entramos en la recepción donde Julia, la secretaria, estaba al pendiente del teléfono.

—Buenos días, ingeniero —saludó Julia a mi padre—. ¿Alonso? ¡Cuánto tiempo de no verte! Buenos días.

Julia no fue la única sorprendida de verme en la oficina; cuando pasé frente a sus ordenadores, Óscar y Natalia, los dos agentes de ventas, no me reconocieron. Uno de ellos me llamó "Alfonso".

Atravesé la oficina con olor a comida por los tacos mañaneros en los escritorios. Llegué hasta la puerta de lámina que divide la oficina y el almacén. Cuatro operadores, los mismos que desde hace diez años trabajan en el negocio, mantenían las máquinas de imprenta en funcionamiento. Entre los enormes rollos de papel *kraft* y el ruido aumentado por el eco del almacén, saludé a todos. El fuerte abrazo de Eliseo, el cincuentón de los trabajadores, me dejó casi sin respiración.

—¡Ya estás muy grande! Tenía mucho de no verte. ¿Cuántos años tienes?

—Veintiséis —respondí.

Caminamos hacia la nueva máquina traída desde Alemania. El aparato aún se encontraba dentro de su empaque original. Eliseo se encargó de desenvolverla y echarle un vistazo. El instructivo para la instalación estaba redactado en alemán e inglés. En ese momento comprendí que lo que necesitaban era un traductor. Yo era el candidato perfecto para el trabajo.

En una esquina del almacén, el ingeniero Rodríguez tenía preparado el espacio para la instalación. Con el instructivo en las manos y los trabajadores frente a mí, comenzamos a ensamblar las piezas. Tardamos alrededor de dos horas en dejar la máquina lista para trabajar. Después de la exitosa prueba para comprobar el funcionamiento, el ingeniero sacó una botella de champán para celebrar.

Me sentí útil al ayudar a todos con la instalación, pero no me apasionaba el hecho de ir al almacén a ver las máquinas imprimir y distribuir papel. No era para lo que me había preparado. Quería el ritmo de trabajo que tenía en la agencia.

Después del pequeño festejo y de terminarme la copa de champán, volví a la oficina. Los agentes de ventas estaban frente a los ordenadores, tecleando sin apartar la vista. Me paré detrás de ellos y frente a sus pantallas.

—¿A quiénes envían tantos correos? —pregunté.

—Estamos enviando información a cada cliente sobre los nuevos servicios que vamos a ofrecer con la nueva máquina que se acaba de instalar. Tenemos una larga lista por cubrir —contestó Natalia.

—¿Y por qué no envían un solo correo para que llegue a todos en la base de datos?

—Pues la verdad es que no tenemos base de datos. Copiamos y pegamos los correos desde la agenda física que tenemos —dijo Óscar levantando la libreta sobre la mesa.

A pesar de que el negocio se mantenía rentable, aún se necesitaba actualizar la forma de operar en la oficina. Me senté con los dos y les pedí que me mostraran su manera de trabajar. Las ideas que se podían implementar en el negocio me llegaron a la cabeza en minutos: programas CRM, diseño en página web, interacción en redes sociales, campañas digitales. Pero el negocio era de la familia y mi jefe sería el ingeniero Rodríguez. No estaba seguro de si podría mantener un contrato a largo plazo.

Óscar terminó de explicarme el proceso de compra y seguimiento de las entregas a los clientes. El reloj sobre la pared marcó las 13:00, la hora de salida los sábados. El ingeniero y yo subimos a la camioneta de regreso a casa.

—Todos en la oficina se alegraron de verte, siempre

preguntan por ti y por tu hermano, ¿sabes?

—Sí, me di cuenta. Eliseo se alegró mucho al verme.

—¡Pues claro! Te conoce desde muy joven—. El ingeniero Rodríguez hizo una pausa y bajó el volumen de la radio—. No quiero que pienses que te estoy persuadiendo para que entres al negocio ni que dejes de buscar trabajo en otras partes, pero te propongo lo siguiente: mientras encuentras algo más, ¿no te gustaría trabajar de tiempo completo en la oficina? El tema del sueldo lo podemos discutir después. Velo como una oportunidad de aprendizaje.

Era verdad: tenía tiempo libre de sobra y seguir disfrutando de un sueldo fijo no me caería nada mal.

—Supongo que podría consultarlo con la almohada el día de hoy.

—¡Muy bien! Espero que sea un sí —terminó el ingeniero y subió el volumen de la música.

Seguimos el resto del camino sin hablar. Coloqué mi mano sobre el cristal para sentir el clima frío chocando contra el auto. El sol alumbraba los techos de las casas y negocios sobre las avenidas. Un pequeño suspiro escapó de mi pecho al recordar la invitación de Anna a la reunión en la terraza de Ricardo. No estaba seguro de si era el mejor momento para vernos o incluso entablar una conversación.

Miré hacia abajo, donde los Lacoste blancos chocaban con el tapete del piso. Recordé la primera vez que vi aquel par en un aparador de El Palacio de Hierro. Aquel día Anna me pidió que la acompañara para ver qué prendas podía sustituir de su antiguo guardarropa. Caminamos por casi todos los departamentos eligiendo ropa al azar hasta llegar a los probadores, de donde Anna salió con una blusa. *Una* blusa. Era irritante ver todo mi tiempo mal gastado solo por cumplir el capricho de una niña que no tenía nada más que hacer que probarse ropa y no comprarla. No tenía mucho de conocerla y aunque pasamos más de cuatro horas platicando, no sabía nada sobre su vida. Las marcas adornando su piel eran el único tema de conversación. Le daba demasiado protagonismo a su bufanda Louis Vuitton, que había comprado con la tarjeta de su papá en un viaje a París el invierno pasado. Recuerdo su mirada despectiva a mi calzado económico de H&M y sus palabras con tono hiriente:

—¿No quieres que te preste dinero? No puedo creer que te atrevas a salir con eso.

Su comentario me enfureció por dentro. En el fondo sabía que Anna no tenía dinero para prestarme que no fuera el de su familia. Yo no acostumbraba comprar ropa que costara más que el salario promedio de un mexicano, pero tuve muchas ganas de demostrarle que no necesitaba su caridad y, sobre todo, que era capaz de sustentarme lujos por mi cuenta. Atravesamos los pasillos hasta llegar al aparador donde los tenis *Challenge* de Lacoste estaban en exhibición. Pedí un par en talla cuarenta y sin probármelos me dirigí a la caja y pasé la tarjeta de crédito con mi nombre grabado. Anna se sorprendió al escuchar mi respuesta cuando la señorita encargada preguntó si quería diferir los pagos o pagar de contado.

—De contado y también me los llevaré en negro.

Salimos al estacionamiento para dirigirnos a los autos. Anna llevaba en la mano una bolsa pequeña con su blusa Michael Kors en rebaja; yo llevaba dos cajas de ciento cincuenta dólares cada una. Acompañé a Anna hasta la puerta de su auto y se despidió con un beso en la mejilla. Un beso y un adiós llenos de hipocresía.

El ingeniero Rodríguez conducía por las calles de la colonia mientras escuchábamos la estación de radio La Lupe. Vicente Fernández, Paquita la del Barrio y Pedro Infante amenizaron el trayecto hasta estacionarnos dentro de la cochera.

—El día está muy bien para salir —dijo el ingeniero Rodríguez—. ¿No tienes planes para hoy?

—Unos amigos harán una reunión en una terraza por

San Pedro, pero no estoy seguro de ir.

—Pues si te ayuda a convencerte, puedes llevarte la Suburban.

Las palabras de mi padre me tomaron por sorpresa. Era la primera vez en años que se ofrecía a prestarme algún vehículo a su nombre. La idea de conducir aquella máquina de dimensiones exageradas comparadas con las de mi auto, no constituía mi viaje ideal, pero el hecho de que me brindara de nuevo su confianza, representaba algo mucho más valioso para mí.

—¡Muchas gracias! Lo tomaré en cuenta.

Bajamos de la camioneta y entramos a casa. El olor a quemado desde la cocina era señal de que mi madre se encontraba preparando algo en el sartén. Subí a mi habitación. Sentado ante la mesa de estudio miraba hacia la ventana, preguntándome si era buena idea atravesar la ciudad para ir al edificio donde había estado una semana atrás. En el apartamento 318.

Tomé el celular entre las manos y escribí un mensaje que pretendía enviar a Daniel: *No iré el día de hoy a la reunión, estoy un poco cansado.* Antes de tocar el botón de enviar, otro mensaje llegó. Mis cejas se arquearon al ver de quién se trataba.

Miguel, 13:50. *Hola Alonso ¿Cómo estás? ¿Tienes planes para más tarde?*

"¿Será buena idea?", pensé al ver el texto en la pantalla. Mis dedos marcaron al número guardado por puro impulso.

—¿Hola? —contestó Miguel.

—Hola, Miguel, ¿Cómo estás?

—¡Muy bien!

—Me sorprendió ver tu mensaje. ¿Tienes algo en mente?

—Acabo de terminar una visita con un cliente y ahora tengo la tarde libre. Quería preguntarte, ¿quieres ir por un café o tomar algo?

—Tengo una mejor idea —respondí.

El sonido del claxon se repitió tres veces antes de que bajara por las escaleras y saliera hacia el auto de Miguel. El BMW esperaba estacionado al otro lado de la calle. La gabardina negra cubría mi camisa blanca y mi pantalón de vestir, que la dependienta había quitado al maniquí por ser los últimos en talla chica. Abrí la puerta del asiento del copiloto. El olor de la loción que Miguel llevaba sobre la ropa se esparcía por el auto. Su chaqueta ajustada de gamuza café cubría sus brazos sobre el volante, el suéter negro con cuello de tortuga rozaba su barba.

—¿Listo? —preguntó.

—¡Listo!

—Muy bien, ¿hacia dónde vamos?

—Vamos para San Pedro —contesté.

La música electrónica en la lista de reproducción del auto nos acompañó durante todo el trayecto. En el asiento trasero, Miguel llevaba una botella de vino tinto Casa Madero 3V y otra de Tequila Don Julio Añejo. La sensación de asco llegó a mi boca al recordar la terrible experiencia que había pasado tras beber más de siete *shots* de tequila. Era mi cumpleaños número veintiuno, estaba de intercambio internacional en Noruega. Era el único mexicano en la fiesta y tenía una botella de tequila en la mano. Por cada *shot* que repartía a los alumnos, debía tomar uno también. El escusado del apartamento fue el último en recibir el tequila que salió de mi boca. Debí parar en el *shot* número siete. Siete era el límite.

—Ya estoy entrando a San Pedro, ¿hacia dónde me dirijo ahora? —preguntó Miguel.

—Sal por la siguiente lateral y pasa el semáforo. Luego te digo en qué torre de departamentos entrar.

—¿Rumbo a Serena Residencial?

Recordé, suspiré y respondí.

—Sí.

Luego de cruzar la caseta de vigilancia, Miguel estacionó

el auto en el primer cajón disponible. Agarré las botellas del asiento trasero y caminamos hacia el edificio número cinco. Miré lo alto de la torre desde la planta baja hasta la terraza. Se podían apreciar luces de colores desde lo más alto junto con personas asomando sus cabezas hacia el precipicio. Apreté con más fuerza el cuello de las botellas con mis dedos.

En la recepción estaba el guardia de seguridad. Caminamos hacia los ascensores, una joven vestida de negro estaba parada a un lado.

—¿Vienen a la reunión de Ricardo Lozada? —preguntó la joven.

—Así es —contesté.

—Muy bien, al entrar al ascensor van a presionar el botón que dice *Rooftop* y al salir suben por las escaleras que encontrarán a su derecha.

El ascensor llegó, Miguel y yo entramos. Mi mano temblorosa presionó el botón.

—¿Te encuentras bien? —preguntó Miguel—. Te noto un poco nervioso.

Nervioso de encontrarme con Anna después de acostarme con Ricardo. Pero tenía que verla. Tenía que pedirle disculpas por lo que había pasado. No estaba enfadado con ella por hacer que me quitaran mi trabajo. Yo mismo me lo había buscado, eso estaba claro. Pero necesitaba hablar con ella. Necesitaba arreglar las cosas a como diera lugar.

—Estoy bien, solo que hace un poco de frío aquí adentro, ¿no crees? —dije a Miguel.

El ascensor pasó por el piso número once hasta que por fin llegó al más alto. Salimos y subimos por las escaleras. Se escuchaba música al fondo. Al llegar al último escalón pude ver la terraza decorada de esquina a esquina.

Las hileras de luces colgando iluminaban el lugar. Las mesas de madera esparcidas por todo el piso estaban decoradas con sendos arreglos florales y velas dentro de cristales. Sobre una mesa cubierta con un mantel blanco y bases decorativas, había distintos canapés y sushi. En una esquina, el *bartender* preparaba manhattans en copas de martini. El trío musical sobre la tarima al fondo amenizaba el ambiente con música similar a la que se escucha en las salas de espera de los hoteles cinco estrellas. El cielo despejado, con el sol casi escondiéndose detrás de las montañas de Monterrey, repartía un tono anaranjado y violeta al panorama. Las luces de la ciudad se veían pequeñas desde lo alto. Las cuarenta personas en el lugar eran completos desconocidos para mí.

—¿Seguro que es aquí? —preguntó Miguel acercando su boca a mi oído.

Antes de responder, vi a Anna asomar la cabeza entre la multitud y acercarse a nosotros. El encaje del vestido color perla cubría sus hombros y brazos. La tela del vestido se ajustaba sobre su cintura hasta llegar a las rodillas. Los altos tacones blancos le daban porte al caminar. Alzó los brazos hacia el frente extendiendo sus manos hacia mí.

—¡Alonso! Qué bueno que viniste.

Nuestras manos se encontraron dando un pequeño apretón. Las mejillas de ambos se juntaron.

—Sí, gracias por la invitación.

—Por nada. Ricardo insistió mucho en que invitara a mis amigos y familia.

—¿Vino tu familia? —pregunté.

—Sí, mis padres son los que están tomándose fotos al lado de la mesa de postres —dijo Anna apuntando a una pareja de señores con cabellos rubios grisáceos—. Pero preséntame a tu acompañante —y me dio un inofensivo empujón—. ¿Cómo se llama?

—Hola, mucho gusto, Miguel Ramírez —dijo Miguel a Anna estrechando su mano.

—Sin duda Alonso sabe escoger muy bien a los hombres, ¿no crees? —dijo Anna repartiendo una sonrisa burlona hacia ambos.

—¿Perdón? —dijo Miguel—. No, solo somos amigos.

Vengo a acompañarlo nada más.

—Ya veo —dijo Anna—. Alonso, yo en tu lugar lo pescaría antes de que alguien más lo gane. Hay muchas personas que quitan los novios estos días.

—Trajimos esto para la fiesta —dije mostrado las botellas para cortar la incómoda conversación.

—Ah, ¡muchas gracias! Si gustan pueden dárselas al *bartender*, él se encargará de prepararles lo que necesiten.

—Deja las llevo —dijo Miguel quitándome las botellas de las manos.

—*OK*, gracias.

Miguel se alejó hacia la esquina y Anna y yo y nos quedamos solos.

—Bueno, disfruta la reunión, tengo que atender a los demás invitados.

—¡Anna, espera! —dije sosteniendo su brazo. Anna giró su cuerpo—. Sé que no es el lugar, pero necesito hablar contigo.

—¿De qué quieres hablar?

—¿Cómo que de qué? —hice una pausa—. Del asunto.

—*Excuse me?* ¿De qué asunto hablas?

—Hablo de… del asunto con Ricardo.

—Alonso, no sé de que hablas —dijo Anna. El gesto de pregunta cubría su cara.

—Hablo de… ¿me vas a obligar a decirlo en voz alta?

—Alonso, creo que estás bajo mucha presión —Anna colocó sus manos sobre mis hombros—. Quedarte sin trabajo te afectó emocionalmente. Pero oye, no podemos tener el control de todo lo que pasa en nuestra vida, ¿o sí? Mírame a mí, he intentado ser la novia perfecta para Ricardo y no consigo que dé el siguiente paso. Al parecer lo único que busca es revolcarse con cualquiera que se le ponga enfrente. Pero ahora todo será diferente. De eso yo me encargo.

—¿Por qué lo dices? —pregunté.

—Me refiero a que no le dirás a nadie lo que crees que

pasó entre tú y Ricardo, lo cual desconozco y es posible que sea mentira. Yo hablaré con el señor Carlos el próximo lunes para decirle que todo fue un malentendido y que mereces conservar tu trabajo. ¿No crees que es una buena idea? Tu silencio a cambio de tu antiguo trabajo.

—Anna, yo... No sé que decir. Creía que…

—¡Alonso! ¿Tenemos un trato? —dijo Anna extendiendo su mano hacia mí.

Antes de que pudiera dar respuesta, Daniel y Karen subieron por las escaleras y llegaron a donde estábamos Anna y yo.

—¡Hola! Disculpa la tardanza, Daniel se tarda horas arreglándose y siempre sale vestido igual —dijo Karen abrazando a Anna.

—Me alegra que hayan llegado, justo estábamos hablando Alonso y yo de ustedes —dijo Anna.

Miguel volvió junto a nosotros.

—Hola —saludó a Karen y Daniel cuando entró al círculo.

—Chicos, él es Miguel. Viene a acompañarme el día de hoy.

—¡Oh! Ya veo. ¡Mucho gusto! —dijo Karen. Daniel se quedó callado.

—Bueno, los dejo por el momento. Tengo que atender a mis amigas de la preparatoria antes de que se acaben las bebidas de la barra —dijo Anna dirigiéndose hacia el *bartender*.

El mar de emociones en mi cuerpo se calmó al ver a Anna alejarse.

—¿Quieren algo de beber? —preguntó Miguel.

—¡Tequila! —respondí.

Nos acercamos a una de las mesas que estaba desocupada. Miguel trajo dos *shots* de tequila. Dio un pequeño sorbo sobre la superficie del vaso. Yo, de un solo trago, pasé todo el líquido por mi garganta.

Uno.

—¡Tranquilo! No queremos que la botella se acabe en la primera hora —advirtió Miguel.

—No te preocupes. Era solo para entrar en ambiente —respondí—. ¿Alguien más tiene hambre? Voy por algo a la barra de comida.

—Yo te acompaño —dijo Daniel.

Nos acercamos a la mesa, tomé un plato y lo llené de canapés, sushi y postres.

—Oye, una pregunta —dijo Daniel agarrando otro plato—: el Miguel que te acompaña, ¿es *Miguel*, Miguel? ¿Miguel, de la preparatoria?

Recordé en ese instante que le había contado a Daniel sobre la existencia del joven que me había abandonado en el piso de los vestidores. Pero no le había contado sobre nuestro reciente reencuentro.

—Sí, es él. Bueno, no es él. Es decir, si es él, pero no es el mismo de aquella vez, ¿me entiendes?

—Lo único que recuerdo es que esperabas no volver a verlo nunca más. Y ahora henos aquí, compartiendo tequila en la misma reunión.

—No hay que dramatizar la situación, ya tuve un encuentro con él.

—¡¿Te volviste a acostar con él?!

—¡No! —grité, y los papás de Anna me miraron por un segundo. Bajé la voz y me dirigí a Daniel—: Tuve una conversación con él. En fin, ya estamos mejor.

—Bueno, solo sé más precavido. Nunca terminas de conocer a las personas —dijo Daniel, y volvió a la mesa.

¿Y si Daniel tenía razón? Tal vez había sido una mala idea invitar a Miguel a la reunión. Apenas y lo conocía. Me dirigí hacia la barra de bebidas. Nadie me estaba observando.

—Un *shot* de tequila, por favor.

Dos.

El *bartender* me acercó el plato con limones sobre la mesa, tomé la mitad de uno y me lo exprimí en la boca.

—¡Ya, yai! —grité, dejando el pequeño vaso vacío sobre la barra.

Regresé a la mesa. Daniel y Karen estaban conversando con Miguel sobre la noche de sábado anterior.

—…y tuvimos que sacar a Alonso cargando de Horgans, fue lo mejor de la noche —decía Daniel entre risas.

Justo cuando la plática había terminado, vi a Ricardo acercarse a la mesa. Entre la decoración, las personas y la plática con Anna, no había notado su presencia.

—Buenas noches. ¿Cómo está todo por aquí?

—Todo está excelente —dijo Karen—. ¡Amé el lugar! ¿Contrataste a alguien para arreglar todo?

—Victoria, una amiga de Anna, es *event planner*, y me ayudó con todo.

—Pues le quedó perfecto, pero ¿a qué se debe tanta decoración? —preguntó Karen.

—En un momento lo sabrán. Por lo pronto, ¿qué les parece si brindamos? —propuso Ricardo—. ¿Qué están tomando?

—Nosotros empezamos con tequila —contestó Miguel.

Miguel hablando con Ricardo. Mi primera y mi última vez en la misma mesa. Yo era el único que podía entender lo incómoda que era esa situación.

—No se diga más —dijo Ricardo levantando el brazo, y pidió al *bartender* cinco *shots* de tequila.

Los vasos chocaron en el aire y bebimos.

Tres.

Ricardo se alejó de la mesa para encontrarse con Anna y con un grupo de chicas que estaban junto a sus parejas. Anna lo tomó del brazo y le besó la mejilla afeitada; la mano de él encontró la espalda baja de ella.

—¿Me acompañas a fumar un cigarro a la orilla de la terraza? En esta mesa no hay cenicero —dijo Karen impidiéndome ver el resto de la escena.

Con nuestros codos apoyados sobre el barandal de cristal y la vista hacia la ciudad de San Pedro, Karen sacó la cajetilla de cigarros de su bolsa. El cabello recogido con un peinado en forma de dona dejaba al descubierto su tatuaje de mariposa en la nuca. Karen inhaló el cigarro dos veces y miró el reloj en su muñeca antes de hablar.

—¿A qué hora crees que lo va a hacer?

—¿Perdón?

—Hablo de Ricardo, ¿a qué hora crees que lo va a hacer?

—¿Hacer qué, Karen?

—Alonso, ¿es neta? Ricardo, ¿a qué hora crees que le va a proponer matrimonio a Anna?

—¡¿Qué?!

Miré alrededor una vez más. Decoración, música, comida, *bartender*, amigos y los padres de Anna en la misma terraza en una sola noche. Estaba tan metido en mis pensamientos tratando de descifrar cómo arreglaría el problema con Anna, que no se me ocurrió cuestionar el motivo de la reunión.

—Alonso, es más que obvio que esta es una propuesta de matrimonio. Lo cual está perfecto, porque a Anna ya le urgía conseguir a alguien. Me da gusto verla tan feliz, mírala —y Karen señaló a la pareja al otro lado de la terraza—. Son el uno para el otro.

Mi mirada encontró a la pareja besándose en los labios.

—Sí, el uno para el otro —respondí.

Karen apagó el cigarro en el cenicero a su lado derecho y regresó a la mesa con Daniel y Miguel. Yo necesitaba ir a otro lugar.

Mis manos estaban sobre la barra de bebidas empapada de licores. El joven al otro lado reconoció mi rostro y vertió tequila en dos vasos pequeños. Respiré hondo y bebí uno de ellos.

Cuatro.

Ricardo me interceptó en el camino antes de regresar a la mesa con el *shot* de tequila en la mano.

—¡Mi Alonso! ¿Cómo estás? —me dijo—. ¿Puedo hablar contigo un momento?

Mis nervios comenzaron a aflorar. Hice lo posible por controlar mi respiración. Sentía un hormigueo en la cabeza; el tequila estaba haciendo efecto.

—Claro —respondí—, ¿qué pasa?

—Anna está ocupada hablando con sus amigas. Quería saber si podríamos ir a un lugar más privado tú y yo.

—¿Más privado? ¿Dónde? Lo más privado aquí arriba son los baños.

—No me refiero aquí arriba, sino… a mi apartamento.

Busqué a Anna con la mirada detrás de la cabeza de Ricardo.

—No te preocupes —dijo Ricardo—. Está ocupada

—No creo que sea buena idea. Eres el anfitrión de la reunión, no deberías dejar solos a tus invitados.

Ricardo acercó el cuerpo y murmuró al oído.

—Ya sé, pero, ¿no tienes ganas de mamarme el pito? —dijo pellizcándome el glúteo derecho bajo la gabardina negra, y se alejó lanzándome un guiño con su ojo izquierdo.

—¡Ricardo! Mira quien acaba de llegar —gritó alguien desde lejos. Ricardo se alejó hacia la entrada para saludar a los demás invitados.

El tequila en mi mano temblaba, lo acerqué a mis labios. Cinco.

Me acerqué a la mesa con Miguel, Daniel y Karen. Cada uno tenía al frente tres *shots* que formaban una "banderita" mexicana: jugo de limón, verde; tequila, blanco; y sangrita, rojo. Bebieron los tragos en ese orden de posición, de izquierda a derecha. Quedaban tres *shots* llenos.

—Esos son tuyos —dijo Daniel.

Bebí el líquido en los vasos.

Seis.

Los párpados me pesaban y comenzaba a perder el equilibrio. Miguel me tomó del brazo y me atrajo hacia él.

—¿Estás bien? —preguntó Miguel.

—Sí, un poco mareado, pero todo en orden.

—Llévalo con calma, el tequila puede ser algo traicionero

si no lo controlas.

—Sí, no te preocupes.

Quince minutos más tarde, el cielo estaba oscuro. Un reflector iluminaba las partituras que los músicos seguían. Ricardo subió a la tarima de madera y se acercó a ellos. Pidió prestado el micrófono y le dio tres golpes, las ondas de sonido retumbaron en los oídos de todos. El reflector se enfocó en él frente a la multitud de invitados.

—Muy buenas noches, amigos y familia. Quiero darles las gracias por acompañarnos en esta reunión que con mucho gusto organicé con ayuda de Victoria. Un aplauso para ella, por favor —y apuntó a una joven morena de cabellos rizados que se levantó de su silla al oír su nombre. Ricardo continuó—. Llegué a Monterrey hace un año, no por elección propia sino por ajustes del personal en la empresa donde trabajo. Estaba muy preocupado, no sabía si el cambio me sentaría bien. Estaba muy cómodo en la Ciudad de México, pero sabía que tarde o temprano tendría que salirme de mi zona de confort. Fue entonces que le dije a mi jefe que aceptaba la transferencia. Empaqué mis cosas y conduje doce horas hasta Monterrey, donde mi compadre Manuel me recibió en su apartamento con las puertas abiertas. Aquí nos acompaña el día de hoy —y apuntó al joven que había organizado la reunión en la que yo había besado a Ricardo por primera vez en el balcón. Estaba sentado en la mesa más próxima al escenario. En su apartamento le había confesado a Ricardo que me estaba enamorando de él.

Dos personas vestidas de negro atravesaron el lugar entregando copas con champán a cada uno de los invitados. Cuando llegaron a nuestra mesa tomé una copa y seguí escuchando a Ricardo, que también sostenía una.

—Al principio era un completo extraño para todos mis compañeros de oficina. A pesar de que antes teníamos juntas semanales por videoconferencia, no se comparaba con estar conviviendo con ellos todos los días. Estoy feliz de que me acompañen aquí el día de hoy también —dijo Ricardo levantando su copa. Sus compañeros de la oficina estaban ahí, la misma oficina donde Ricardo y yo habíamos tenido sexo por primera vez—. Todo estaba perfecto, parecía que las cosas no podían estar mejor en el trabajo. Pero entonces una hermosa mujer se integró al equipo de trabajo. No estaba muy convencido al principio, pero su insistencia y perseverancia por quedarse con el puesto pudieron más que mi juicio —se escucharon risas del público presente—. Fue ahí que conocí a mi novia Anna —Ricardo alzó el brazo y señaló a Anna, que estaba de pie a orillas de la tarima. La chica a la que yo había ayudado a conseguir ese empleo—. Después de tener al equipo completo, decidí salirme del apartamento de mi compadre Manuel y buscar mi propio lugar. Ya saben, para tener más privacidad —dijo Ricardo entre risas, y Anna se sonrojó ante el comentario. Yo recordaba la privacidad que habíamos tenido una semana atrás en el apartamento y cómo me había pedido tener privacidad hacía apenas unos minutos—. Y ahora, después de todo el viaje, trabajo y esfuerzo, quiero invitar a Anna a que venga aquí a mi lado.

Mi piel se erizó por completo: estaba a punto de suceder. Anna se acercó a Ricardo y se tomaron de las manos.

—Anna, estos seis meses a tu lado han sido maravillosos. Eres la persona que más me ha apoyado desde que pisé tierras regias. Quiero que sepas que en este poco tiempo, te has convertido en la persona más importante de mi vida y quiero que lo que tenemos sea para siempre. —La rodilla derecha de Ricardo tocó el suelo—. Anna… —el anillo salió del bolsillo—: ¿Te quieres casar conmigo?

En dos segundos terminé la copa de champán en mi mano. Me acerqué a la barra de bebidas mientras escuchaba a Anna repetir la palabra "sí" y a todo el mundo aplaudiendo. El *bartender* estaba tan concentrado viendo el espectáculo, que no me vio robar la botella de tequila. Le di un trago.

Siete.

Hora de actuar.

—¡Guaaaaaaaaaaaaaaaau! —grité— ¡Sí! ¡Sí! ¡Que vivan los novios! ¡Aplausos, por favor! ¡Aplausos, dije! ¿No van a aplaudir más? ¡A-plau-sos!

Las miradas de los invitados giraron hacia mí.

—Ustedes dos son la pareja perfecta —dije acercándome a la tarima y sosteniendo la botella de tequila en la mano—. Ustedes son el ejemplo de lo que el amor verdadero puede hacer —los invitados me abrían el paso.

—Alonso, ¿qué estás haciendo? Ven aquí —me dijo Karen al oído mientras jalaba mi brazo.

—¡No! Espera. Déjame terminar, voy a ser breve —dije retirando la mano de Karen—. Yo quiero que Ricardo nos diga qué es lo que más le gusta de Anna. Porque no sé si ustedes sepan —dije eructando. Mi estómago estaba revuelto por el tequila y el champán—, que Ricardo es muy bueno en la cama. Digo —y volví a eructar—, digo, mírenlo: parece sacado de una comedia romántica. ¿Soy yo o se parece a John Stamos de joven? —Nadie respondió—. Pero, *pero*, lo que muchos no saben, y me atrevo a decir que *nadie* sabe, es que a Ricardo además de gustarle Anna le gustan… le gustan… —quería vomitar las palabras, pero no salían—. Le gustan… —ahora quería vomitar algo más.

Mi cuerpo se tambaleó hasta casi caer al suelo. Alguien me sostuvo la espalda e intentó levantarme, pero no podía mantenerme estable. Mi mirada estaba perdida bajo los focos que colgaban. Mi pecho y mi estómago se contraían. Avancé desorientado hacia la orilla de la terraza. Mi respiración se aceleraba. Mi cabeza se asomó hacia las luces de la ciudad. El tequila salió por mi boca y bajó doce pisos, hasta el estacionamiento.

Murmullos por todas partes. Luces apuntando hacia mi rostro y cuerpo. Levanté mi mirada y corrí hacia las escaleras. Mis dedos presionaron el botón del ascensor. Las puertas se abrieron y entré de inmediato. Pegué mi espalda a la pared. Antes de que las puertas cerraran, Miguel entró. Presionó un botón y comenzamos a descender. Las lágrimas inundaron mis ojos. Miguel se acercó a mí. Silencio durante todo el descenso.

El humo se esparcía desde la cocina cuando la carne caía sobre la parrilla. Los Tacos El Güero estaba a su capacidad máxima. Sentado en la silla de plástico, apoyando mis codos sobre la mesa de lámina, esperaba a que Miguel saliera del baño. La botella de agua en mis manos estaba vacía, pero no era suficiente para nivelar la ebriedad en mi cuerpo. El dolor de cabeza se intensificaba, al igual que el volumen de las voces a mi alrededor. Cerré los ojos y apoyé las yemas de los dedos en mis sienes. Escuché la voz ronca de Miguel a mis espaldas.

—¿Cómo te sientes?

Abrí los ojos y apoyé las manos en la mesa.

—¿Tengo que contestar?

El mesero se acercó a la mesa para tomar la orden. Necesitaba comer algo grande y grasoso. Miré el menú de tacos y comida mexicana.

—Te encargo dos campechanas con queso y aguacate extra, y de tomar una Coca Cola —dije con el antojo de carne de cerdo y res en la boca.

—Yo te encargo una orden de tacos de bistec —dijo Miguel.

La orden llegó. Devoré las dos tortillas de harina en cinco mordidas. El envase de refresco quedó vacío en tres tragos. Durante toda la cena no sentí remordimiento por el exceso de calorías que estaba consumiendo, eso vendría después. La ebriedad se desvanecía poco a poco mientras la conciencia despertaba.

—¿Hay algo de lo que quieras hablar? —dijo Miguel acercando la mano a mi brazo sobre la mesa.

—No. No quiero hablar.

—Lo que pasó en la terraza no estuvo bien, debes

aprender a controlarte.

—¿Controlarme yo? ¡Qué se controle el mundo! ¡Qué Anna controle a Ricardo!

—¿De qué hablas? Ricardo organizó todo para comprometerse con Anna y tu medio lo estropeaste todo.

—¡Cállate! Si supieras la mitad de lo que yo sé, no estarías de su lado.

—Bueno, ayúdame a entender. ¿Qué es lo que pasa con ellos?

El silencio invadió la mesa. Contar la historia tomaría mucho tiempo y lo que menos quería era desperdiciarlo recordando.

—Será mejor que hablemos en otra ocasión, aún sigo un poco alterado y borracho —dije y saqué mi cartera—. Toma este billete para pagar la cuenta, no es necesario que me lleves a mi casa, tomaré un Uber.

—Alonso por favor, no me dejes aquí solo, déjame llevarte.

Me levanté abandonando a Miguel en la mesa, no se levantó ni intentó detenerme. Salí del restaurante y saqué mi celular para localizar en la aplicación al conductor más cercano. Los mensajes no leídos en WhatsApp estaban sobre la pantalla. Los leí uno por uno.

Karen, 20:21. *¡Eres un idiota! Arruinaste la ceremonia de compromiso de Anna y te tienen en video. No me sorprendería que fueras tendencia en Twitter mañana.*
Viral.

Daniel, 20:25. *¿Qué te pasó? Ahora si te excediste, no está chido, compadre. Busca ayuda.*
Rehabilitación.

Anna, 20:26. *Olvídate de mi oferta. Perdiste la oportunidad de recuperar tu empleo.*
Desempleado.

Ricardo, 20:28. *¿QUÉ TENÍAS PENSADO DECIR, IMBÉCIL? Reza para que no te vuelva a ver.*

Amenazado.

Estrangulé el celular con mis dedos deseando ver los mensajes desvanecerse.

El conductor llegó a la puerta del restaurante. Subí en el asiento trasero. Abrí Twitter y escribí:

¡Nunca bebas tequila! Terminarás viral, en rehabilitación, desempleado y amenazado #Tequila.

Recargué la espalda y coloqué el celular sobre el abdomen inflamado por la cena. El chofer volteó, sonriendo con su dentadura casi perfecta. Su rostro me era muy familiar.

—¡Alonso! Hola. ¿Me recuerdas?

El cabello rizado y rubio en la cima de la cabeza, rapado desde las sienes hasta la nuca; la tez blanca, los ojos claros, la barba escasa en el mentón. El conductor con el que había escuchado música por la ciudad una semana atrás y había calificado con cinco estrellas había pasado por mí y no me había dado cuenta.

—¡Claro que te recuerdo! —dije mirando su nombre en la aplicación del celular—. Francisco, ¿verdad?

El auto cambió de dirección. Esa noche no llegaría a casa.

10
SIN PASADO

La luz invadió la habitación y avancé con torpeza hacia la ventana. Mis manos deslizaron la sábana gris sobre mi cabeza para bloquear los rayos del sol. Mi cuerpo deshidratado aún vestía las mismas prendas del día anterior. Mi gabardina negra estaba en el suelo. El ventilador de pedestal apagado y el armario sin puertas adornaban la recámara de cuatro metros cuadrados. Las paredes necesitaban resellarse con yeso y pasarles una segunda mano de pintura naranja. Francisco dormía en la cama. Volví a recostar mi cuerpo a su lado. Mi celular sin batería reposaba en la columna de la cama. No había relojes en la habitación. Acomodé mi cabeza en la almohada y cerré los ojos. Las imágenes de la noche anterior se proyectaron en mis párpados.

Después de reconocer el rostro de Francisco en la cabina del auto me había preguntado si estaba libre por el resto de la noche. Yo había asentido con la cabeza. Las dos campechanas y el refresco de la cena habían desaparecido la ebriedad, o al menos la habían controlado. Francisco condujo hacia la colonia Las Puentes, en el municipio de San Nicolás. Cuando enderecé mi cuerpo noté que había algo diferente en el auto: no estábamos en el Audi en el que nos habíamos conocido. El espacio reducido y el logotipo sobre el volante me indicó que estábamos dentro de un Chevrolet. Abrí la aplicación de Uber en el celular y apareció la marca y modelo del auto: Chevrolet Aveo.

Cruzamos por las grandes avenidas de la ciudad hasta que el asfalto sobre el suelo se redujo a calles de un solo sentido con espacio para un solo auto. La mayoría de las casas a ambos lados de la cuadra no pasaban del primer nivel. Había espacio para acomodar un solo auto en las cocheras. Las casas estaban divididas solamente por un muro entre ellas. Francisco se estacionó al final de la calle, al lado de un parque.

Al bajar caminamos hacia la tienda de abarrotes en la esquina de la calle. Compramos dos enormes botellas de cerveza de un litro, o como las llamamos en México, "caguamas". Al otro lado de la calle, a contra esquina de la tienda, había una casa con el portón abierto de par en par. En la cochera, sentados en círculo con una hielera al centro, estaban tres jóvenes. La escasez de barbas y bigotes dejaban al descubierto los rostros de estudiantes. Francisco vivía en aquella casa junto con ellos. Nos sentamos a beber. Las horas pasaron mientras conversábamos sobre las materias que los estudiantes cursaban en la UANL y las fiestas a las que habían asistido. Una patrulla de policía se detuvo frente a la cochera, al parecer el ruido de la música había molestado a algunos vecinos. Los tres estudiantes ebrios entraron a la casa. Me levanté para seguirlos, pero Francisco se quedó sentado y le mandó un saludo al uniformado, levantando su brazo. El oficial meneó su mano de arriba a abajo dando a entender de manera amable que bajáramos el volumen. Apagamos la música y redujimos el tono de nuestras voces. Los jóvenes no regresaron.

Francisco tomó otras dos cervezas de la hielera y me tendió una. La luz tenue del amanecer comenzó a iluminar la calle. Francisco se levantó y me invitó a entrar a la casa. Subimos por las escaleras hasta su habitación. Se quitó la camisa y se deslizó hacia la cama. Retiré mi gabardina negra dejándola caer sobre el suelo. Me coloqué a su lado y acerqué el cuerpo tocando su pecho desnudo. Esperaba que sus brazos blancos rodearan mi cuerpo, pero los ronquidos desde su garganta fueron lo único que me hizo compañía.

Las campanadas de la iglesia a metros de distancia

entraron por mis oídos. Abrí los ojos otra vez, para darme cuenta de que Francisco ya estaba despierto.

—¿A qué hora nos dormimos? —preguntó.

—No tengo idea. Mi celular se quedó sin batería a la mitad de la noche.

Francisco se levantó de la cama, asomó la cabeza por debajo de la base y tomó su celular, que descansaba en el suelo.

—¡Mira nada más! Ya es la una de la tarde —dijo—. Debería trabajar un poco, necesito dinero.

Francisco estiró los brazos hacia el techo. Los pequeños músculos en el pecho y abdomen se asomaron entre la piel por su complexión delgada. Salió de la habitación hacia el baño. El sonido del agua cayendo desde la regadera fue lo único que se escuchó después.

Me senté en la orilla de la cama con el cuerpo cansado y crudo. Tomé mi celular apagado y salí de la habitación. Bajé por las escaleras hacia la planta baja. Uno de los compañeros de Francisco estaba dormido en el sillón viejo de la sala. Caminé hacia la cocina. Los vasos sucios sobre el fregadero impidieron que los utilizara. Acerqué mi boca al grifo de acero inoxidable y abrí la llave del agua; el chorro rozó mis labios secos e hidrató mi organismo mientras el agua entraba a cántaros, la sensación de saciedad me hizo retirar la boca. Caminé hacia la cochera. Las botellas de cerveza sobre el piso estaban vacías, al igual que treinta y seis latas de cerveza Tecate. La botella de whisky sobre la hielera seguía casi como nueva. Un vecino a mitad de la calle lavaba su auto con una canción de Los Ángeles Azules de fondo. Dos adolescentes caminaban con elotes en las manos, los habían comprado a un vendedor que los transportaba en su bicicleta. Francisco me llamó desde la entrada, cargando la gabardina negra sobre su hombro.

—¿Quieres comer algo? No creo que tengamos mucho pero sí lo necesario para hacer un sándwich.

Miré mi celular sin batería en mi mano. Imaginé todos los

mensajes y llamadas perdidas que aparecerían en la pantalla una vez que lo encendiera. Sentía la urgencia por recargarlo para decirle a mi familia y amigos que me encontraba bien. Si es que alguno se había preocupado.

—Qué te parece si me llevas a mi casa, te pago el viaje y te invito una hamburguesa de Carl's Junior —dije a Francisco.

Subimos al auto y tomé el cargador que Francisco guardaba en la guantera del Chevrolet Aveo. Conecté el celular, que lanzó el mensaje: *Batería 0%*. Entramos en el autoservicio del Carl's Junior en la avenida Garza Sada. La fila de autos frente a nosotros se perdía en la curva que avanzaba lento hacia la ventanilla con las cajas registradoras. Estábamos en silencio. La noche anterior no dejábamos de hablar, pero al parecer el alcohol nos había dado más temas de conversación.

—Y cuéntame, ¿vas a la universidad junto con tus compañeros? —pregunté a Francisco.

—No, no estoy estudiando. De hecho, tengo carrera trunca.

—¿En serio? ¿Y eso por qué?

—Bueno, tenía intenciones de estudiar y graduarme. Entré a la carrera de ciencias químicas hace un par de años. Pero la verdad yo sabía desde el principio que estudiar no era lo mío y mejor me salí.

—Y comenzaste a trabajar de inmediato supongo.

—¡Exacto!

—¿En que has trabajado?

—Pues, he hecho un poco de todo. Primero estuve trabajando de mesero en algunos restaurantes de Monterrey. Buenas propinas, pero mucha carga de trabajo. Después crucé a Estados Unidos hace un año, trabajé de ilegal en Dallas, Texas, instalando cableado y remodelando.

—¿Ganabas bien?

—Pues me iba mejor que aquí en México. Ganar en dólares te aliviana de muchas deudas.

—¿Y por qué te regresaste? Parece que tenías todo arreglado en Dallas.

—Pues al final no tenía papeles y surgieron otras cosas personales. En fin, eso ya es historia. Regresé a Monterrey, convertí mis dólares a pesos mexicanos y compré este Aveo en un lote de autos usados —Francisco golpeó el tablero del auto.

—¿Y fue cuando decidiste hacerte conductor de Uber?

—Así es.

Avanzamos una corta distancia en la fila camino a la bocina que tomaría nuestra orden.

—Solo por curiosidad —dije—, ¿has pensado trabajar en otro tipo de giro o negocio?

—Yo ya tengo un trabajo, lo de ser conductor es para tener dinero extra —dijo Francisco.

—Oh, no lo sabía, ¿a qué más te dedicas?

—Mmm... vendo autos usados, las personas que me vendieron el Aveo me invitaron a trabajar. Preguntas mucho, Alonso, ¿te lo han dicho? A ver, ¿tú en qué trabajas?

—Estoy desempleado —dije entre risas y un poco apenado—. Cambiando de tema, la casa que están rentando es un buen lugar. Muy cerca de la UANL.

—¿Sí, verdad? El dueño de la casa es amigo mío. Me dijo que tenía una recámara disponible y que podía compartir el espacio con otros estudiantes.

—¿No tienes familia aquí en Monterrey?

—Pues sí tengo, pero es muy complicado, Alonso, uno debe estar donde se sienta a gusto y bien recibido.

La fila de autos avanzó hasta que tuvimos la bocina a un costado del auto, listos para ordenar. Dos combos *Famous Star* con papas a la francesa y refrescos grandes. Avanzamos hacia la siguiente ventanilla para pagar. Estiré el brazo para pasar la tarjeta de crédito, de la ventanilla salieron las dos órdenes en una bolsa de papel.

—¿Quieres que vayamos a comer a algún parque o algo así? —preguntó Francisco.

—Me parece una buena idea y conozco el lugar perfecto.

Atravesamos la caseta de vigilancia de la colonia Sierra Alta. Subimos por las amplias calles y curvas sobre las faldas del cerro. Al final del camino, el auto se estacionó entre los árboles que cubrían la entrada hacia el mirador de la colonia. Subimos por las escaleras de concreto hasta llegar a la explanada donde la vista de 180° grados mostraba la ciudad de Monterrey. Nos sentamos en una banca frente al gran espectáculo y sacamos los combos guardados en la bolsa de papel. Francisco se quedó observando las casas cercanas en la colonia.

—¿Llevas mucho tiempo viviendo aquí? —preguntó.

—Sí, prácticamente toda la vida. Mis papás compraron el terreno cuando yo tenía seis años y fueron construyendo poco a poco nuestra casa.

—Deberías armar una fiesta e invitarme. Se ve que si haces una reunión en cualquiera de estas casas, no se escucha el ruido por lo grandes que están.

Era cierto. Nunca había escuchado ruido desde casas vecinas cuando tenían reuniones, si es que las tenían; el tamaño de los muros y la amplia distancia entre las casas hacían que nadie tuviera ese problema.

Terminamos de comer. Francisco dejó la bolsa y los papeles con restos de comida debajo de la banca y se adelantó al auto. No dije nada. Tomé los desechos y los deposité en el bote de basura justo a un lado de la banca. Bajé por las escaleras hacia el auto, Francisco ya estaba adentro. Le di instrucciones y llegamos a mi casa.

—Mira nada más, no había notado lo grande que era tu casa —dijo Francisco asomando la cabeza por la ventana.

—Gracias, si algún día hago una reunión o algo, seguro voy a invitarte.

—¡Sí! Podría decirle a mis amigos y mi novia.

—¿Tienes novia? —no debí sorprenderme, nunca me dijo lo contrario y nunca me había insinuado algo diferente.

—Sí, carnal. Tengo dos meses con la Jenny.

—¡Qué bien! Si algún día hago algo, les aviso.

—Ya quedó —dijo Francisco quitando el seguro a las puertas—. ¡Ah! Casi lo olvido. Me dijiste que tenías un Mini convertible, ¿verdad?

—Sí, está adentro en la cochera.

—¿Te molesta si lo veo? Me gustan mucho ese tipo de autos.

—Claro que no, ¡adelante!

Entramos, al parecer no había nadie en casa. Justo al lado de la entrada principal, sobre el pasillo, estaba la puerta hacia la cochera. La abrí y encendí la luz para ver los autos estacionados.

—*Voilà*. ¡El Mini! —señalé el auto azul.

—Mira nada más, me gusta mucho. ¿Crees que pueda dar una vuelta para manejarlo?

—Tal vez otro día. Quiero darme una ducha primero y quitarme esta ropa.

—Entiendo. Tienes razón, aún sigues oliendo a cerveza.

Francisco tocó el techo del auto y lo rodeó caminando.

—Hablando de autos —dije—. ¿Qué pasó con el Audi donde viajamos la última vez? Era un lindo auto, me hubiera gustado pasear en él otra vez.

—El Audi, pues… —Francisco hizo una pausa sin dejar de mirar mi auto deportivo—. Mi amigo decidió sacarlo del negocio. Ya sabes, autos de lujo requieren cuidados de lujo.

Terminamos la visita a la cochera y regresamos a su auto estacionado fuera de la casa. Mi celular conectado a la corriente marcaba que tenía batería suficiente, lo encendí.

—Alonso, agrega mi número de celular para platicar y hacer algo después. Eres otro nivel de cabrón.

—¡Claro! —dije anotando el número que Francisco me dictó.

—Mándame un mensaje para guardarte—dijo.

—Perfecto. Te lo mando más al rato. ¡Gracias por el aventón!

—Por nada.

Francisco encendió el auto y dio una vuelta en U para salir de la colonia.

La puerta de la entrada principal se cerró a mis espaldas. La casa estaba silenciosa. Conecté el celular una vez más a la corriente al llegar a mi habitación. El aparato recargó su energía al mismo tiempo que recargaba la mía dentro de la regadera con agua caliente. No había toallas limpias dentro del baño. Abrí el gabinete al lado del inodoro; la bata de baño azul oscuro que jamás uso estaba perfectamente doblada sobre uno de los entrepaños. Pasé los brazos sobre las mangas y amarré con un nudo holgado el cinturón de tela que colgaba a ambos lados de la cadera. La letra A bordada en hilo dorado estaba marcada sobre el pecho de la bata. Salí hacia la habitación junto con el vapor acumulado del baño. De un brinco, recosté mi espalda en la cama y pegué mi nuca al colchón. Seguía con resaca, una siesta de doce horas era lo que necesitaba. Escuché pasos atravesar el pasillo al otro lado de la puerta de la habitación. La perilla de la puerta se movió y de golpe Alberto entró sin permiso.

—¡Por Dios! ¡Cúbrete eso!

La bata de baño había dejado al descubierto mi entrepierna. Recordé la razón por la cual nunca la usaba.

—¡Lo siento! Pero tú entraste sin avisar.

—Y me arrepiento de haberlo hecho.

Me levanté asegurando que la mayoría del cuerpo quedara debajo de la tela azul.

—¿Qué te trae por aquí? —pregunté.

—Daniel me mandó un mensaje preguntando por ti. Dice que te estuvo marcando toda la noche y durante la mañana, pero nunca contestaste.

—¿Daniel? —. Me sorprendió que se preocupara—. Es que me quedé sin batería y ya no pude regresarle las llamadas. Le marco luego.

—¿No habías ido a una reunión con él ayer?

—Sí, bueno, él estaba en la reunión, pero después me fui del lugar.

—Está bien, solo vine a darte el mensaje.

Alberto salió de la habitación, antes de alejarse del marco de la puerta, asomó la cabeza.

—Espera. Si no estuviste con Daniel anoche, ¿con quién estuviste?

Era momento de usar mi frase favorita de *Gossip girl:*

—*That's a secret I'll never tell.*

Alberto lanzó una señal con el dedo medio hacia mí y se fue a su habitación.

Me acerqué al celular con la batería recargada al 100%. Los mensajes de WhatsApp estaban en la pantalla al igual que las notificaciones de las redes sociales.

Daniel 10:35. *¿Dónde estás? Te estoy marcando y no me contestas. Dime que ya estás en tu casa. Perdón por decirte que buscaras ayuda, no era para tanto. Llámame cuando puedas.*

Contesté.

Alonso, 15:03. *Hola, no te preocupes, salí a cenar con Miguel y me quedé sin pila a mitad de la noche. Él me trajo sano y salvo a casa.*

Karen mandó el video que consiguió de mi ebria actuación de la noche anterior. Parecía que me había bebido la botella de tequila entera. Mis ojos estaban en órbita y mis piernas moviéndose como fideos recién salidos del agua hirviendo. El video terminaba con una toma de mi espalda asomando la cabeza a la ciudad con un rugido envuelto en vómito.

Ningún mensaje de Anna. Ningún mensaje de Ricardo. Una nota de voz de Miguel: "Alonso, te estuve marcando toda la mañana, pero no contestas. Háblame por favor cuando escuches este audio. Si te ofendí por algo que dije la noche anterior, discúlpame".

Un desconocido había dado *retweet* a mi último estado en Twitter.

El sonido del portón abriendo anunció la llegada de mis padres. Entré al vestidor por un pijama limpio y regresé a la cama. Los pasos del ingeniero Rodríguez atravesando el pasillo acecharon hasta llegar a la puerta de la habitación.

—¡Alonso! Coméntame, ¿qué pensaste sobre la oferta que te propuse? Puedes empezar a trabajar mañana si gustas.

Después de todo el drama, no había considerado la oferta de trabajo en el negocio familiar. Pero no era como que tuviera muchas opciones de momento. Toda esperanza de recuperar mi antiguo empleo había muerto en la terraza de aquel edificio la noche anterior. Si alguien solicitaba referencias laborales, dudaba que el señor Carlos compartiera una buena recomendación sobre mi desempeño. Y no me encantaba la idea de estar otro día en casa viendo *Rica famosa latina* en YouTube.

—Sí, ya lo pensé. Quiero empezar a ir mañana para ver cómo puedo ayudar en el negocio. Pero creo que solo será temporal.

—¡Perfecto! —dijo el ingeniero Rodríguez. Salió de la habitación y regresó con un juego de llaves en la mano—. Estas son unas copias que tenía guardadas de la oficina. Llega a la hora que estés listo por la mañana. Daré la noticia a todos ahora mismo por el grupo de WhatsApp —sacó el celular del bolsillo—. ¡Mejor aun! Voy a meterte al grupo y tú dales la noticia.

La notificación llegó al celular. Ahora era parte del grupo *Distribuidora Rodríguez*. Escribí a todos para anunciar que me unía al equipo por tiempo indefinido. Mensajes comenzaron a llegar, los ignoré por completo.

Volvía a tener empleo, no estaba emocionado en absoluto. Pero quería compartir la noticia con alguien.

Abrí la conversación de Miguel y escribí un texto con la noticia, pero no pude mandar el mensaje. Tendría primero que explicar todo lo que había sucedido la noche anterior.

Explicar por qué no contesté el celular. Contarle por qué casi arruino la celebración de anoche. Decirle la verdad sobre Ricardo. Hablarle de la propuesta de Anna. Lo mismo pasó al abrir las conversaciones de Karen y Daniel; no podía contarles nada sin antes tocar el tema de la fiesta de compromiso y toda la historia previa. Necesitaba contarle a alguien que no hubiera estado presente aquella noche y que no supiera nada de mi pasado.

Mientras mi cabeza daba vueltas, recordé a Francisco. Mandé un mensaje por WhatsApp.

Alonso, 15:33. *Hola Francisco, guardé tu número. Quiero compartirte una noticia. ¡Tengo un nuevo trabajo y empezaré mañana!*

Francisco, 15:34. *Pues qué bien. Luego armamos una carne asada y unas cervezas para que me cuentes todos los detalles. Y aún tenemos pendiente pasear en el Mini convertible.*

Dejé el celular en la mesa al lado de la cama. Recosté mi cabeza sobre las almohadas y cerré los ojos. Vivir en el pasado solo me traería problemas. Pensar en mi antiguo trabajo me traería depresión. Hablar con la misma gente me daría ansiedad. Necesitaba alejarme de todo y de todos. No tenía a nadie ni nada por lo que vivir.

Me levanté de la cama y caminé hacia el escritorio, saqué una hoja de la libreta que tenía guardada en uno de los cajones junto con un lápiz, y escribí:

Mañana será un nuevo comienzo en mi vida. Mañana no me arrepentiré de nada porque no volveré a hablar de los errores que cometí. No le pediré disculpas a nadie porque nadie de los que he conocido van a existir cuando despierte. Mañana no tendré memoria porque todo lo que pasó en mi vida lo habré olvidado por completo. Mañana será el día en el cual no tendré pasado.

11
MENTIRAS

El árbol de Navidad de treinta centímetros, decorado con luces amarillas y esferas azules, alumbraba el centro de los tres escritorios compartidos junto al calendario con el día 30 de noviembre marcado con una X. La planta artificial llegó a la oficina en la pequeña caja de cartón que Natalia, la agente de ventas, trajo desde su casa una semana antes de que acabara el mes. Sacamos las esferas y luces que lo decoraban del casillero de lámina de la cocina, entre la cafetera y el refrigerador. Del mismo casillero, Óscar, nuestro compañero, sacó las velas aromáticas seminuevas que ambientaron el espíritu navideño en la oficina.

El primer mes de trabajo en la Distribuidora Rodríguez había sido todo lo que esperaba: una jornada laboral completa de lunes a sábado con las mismas ocho personas. El ingeniero Rodríguez me capacitaba y negociaba con los clientes; Julia la recepcionista daba seguimiento a los pedidos por teléfono; Natalia y Óscar se encargaban de la facturación, logística y entrega; el equipo de cuatro operadores ponía las maquiladoras de papel en marcha y entregaba los pedidos en las direcciones correspondientes. Mi puesto de "gerente de mercadotecnia" se escuchaba más profesional para agregar en el currículum que "jefe de ventas".

La imagen corporativa había cambiado por completo desde el primer día que pisé la oficina. Fueron horas exhaustivas en juntas con el ingeniero Rodríguez. Logré justificar y convencer de que los cambios que se hicieron en las plataformas y en la estructura de los procesos, eran la mejor decisión para iniciar el crecimiento del negocio.

El estudio cualitativo de los clientes actuales ayudó para la elaboración del nuevo plan de mercadotecnia y la estrategia de *branding*. El análisis del mercado mediante los mensajes y ofertas que lanzaría la empresa en medios digitales, sería evaluado durante el próximo mes. La estructura de la estrategia de *branding* era totalmente diferente a lo que habíamos trabajado Gracia y yo junto con el personal de Grupo Clossy. A mi mente llegó el nombre del *brand manager* de la empresa. Ricardo.

Tenía más de un mes sin hablar con las personas que asistieron a la fiesta de compromiso de Anna y Ricardo. Después de verme en el video vomitando desde la terraza, desinstalé todas las redes sociales del celular. El WhatsApp continuó activo, pero no mi participación en él. Tenía más mensajes pendientes de leer que conversaciones con otras personas. Silencié todos los chats que no tuvieran relación con el trabajo o con mi vida nueva. La única persona con la que hablaba era Francisco.

Al principio solo me hablaba para pasear en el Mini convertible, después comenzó a llamarme en ocasiones para contarme cosas que pasaban en su vida, que también había sufrido varios cambios durante aquel mes. En una llamada me contó que ya no vivía con los jóvenes universitarios en la casa de renta de su amigo. Consiguió un apartamento para él solo en el municipio de Escobedo. Sus excompañeros de cuarto organizaron una fiesta de bienvenida en su nuevo hogar sin muebles ni puertas interiores. Necesitaba conseguir una estufa para la cocina. El microondas era la fuente de energía que calentaba las comidas instantáneas que compraba en el supermercado.

Teníamos un mes hablando, pero también un mes sin vernos.

—Alonso, te voy a ser sincero —dijo Francisco en una llamada—. No creí que nos llegáramos a llevar tan bien este último mes, y aunque no nos hayamos visto, te has convertido en un camarada. Te considero mi amigo en verdad. Cuenta conmigo para lo que sea.

Durante esa llamada decidimos que era tiempo de un reencuentro; antes de colgar acordamos vernos en un bar sobre la avenida Universidad al salir de la oficina.

El ingeniero Rodríguez entró por la puerta a las 11:35. Luego de una jornada exhaustiva de capacitación que incluía fines de semana, se había dado el lujo de llegar más tarde, ahora que me había dejado a cargo de la mayoría de las tareas en la oficina.

—¿Qué pendientes tenemos, Natalia? —preguntó.

—Ninguno de momento. Los operadores están a punto de salir a ruta para entregar los pedidos a los clientes —se apresuró a contestar Natalia.

—Muy bien. Voy a dar una vuelta a la bodega para ver cómo están los muchachos.

El ingeniero Rodríguez salió por la puerta trasera hacia el área de máquinas. Podía ver por el cristal de la puerta a los operadores empacar el papel maquilado en las camionetas de carga. Julia se paseaba desde el escritorio de recepción hacia el baño comunitario en el almacén cada hora. Natalia y Óscar hablaban frente a mí de temas irrelevantes y sobre personas desconocidas, los más de diez años de diferencia entre las edades cortaban el vínculo de nuestras conversaciones. Julia, que casi alcanzaba los cincuenta, entraba en su radio generacional. Una vez por semana, los tres iban a algún restaurante después de la oficina a tomar un café o bebida para continuar con los chismes. Había rechazado todas las invitaciones que me habían extendido. Lo que menos quería era comenzar una relación con ellos que no se basara en lo laboral. Entre menos me involucrara en sus vidas, menos problemas tendría en el futuro.

El ingeniero Rodríguez entró nuevamente y se dirigió a su oficina, un espacio reducido de tres metros cuadrados, pero con su propio aire acondicionado y con vista al almacén. Era afortunado de tener algo de privacidad durante el día.

El reloj colgado en la pared marcó las 18:00 horas. Todos en la oficina se levantaron de los escritorios y salieron hacia la bodega para despedirse de los operadores. Me quedé acomodando el portátil en mi maleta junto con los audífonos y el cargador.

Salí hacia la calle, donde los autos frente a la bodega estaban estacionados. Mi auto tenía su cajón reservado con el nombre *A. Rodríguez*. Guardé la maleta en la cajuela sobre la cruceta de metal que el ingeniero Rodríguez había guardado ahí para casos de emergencia vial. Los baches y pozos en las calles de Monterrey habían hecho que usara la llanta de refacción más de una vez al año.

El tráfico era denso en la tarde de viernes. Atravesar la ciudad de esquina a esquina en hora pico me obligó a aguantar una hora sentado dentro del auto. Los semáforos de la avenida Universidad se ponían en mi contra lanzando luces rojas a mi cara. El metro elevado recorría la avenida sin detenerse por encima de las filas de autos. El GPS del celular me guiaba con dirección al Green Saloon Pub.

Debajo de la estación *Universidad*, la señal en forma de trébol de cuatro hojas iluminaba la entrada del pub. La terraza del segundo piso estaba repleta de gente. Desde el estacionamiento se veían las cabezas asomándose hacia la calle; reconocí a Francisco bajo la luz tenue de un farol sobre su cabeza.

Subí al segundo piso y salí hacia la terraza. El rock de los ochentas se escuchaba en cada bocina del lugar. Después de atravesar la multitud, entre las mesas del fondo encontré a Francisco fumando un cigarro y gritando mi nombre mientras alzaba el brazo. Me disculpé por la tardanza culpando al tráfico de Monterrey.

—Sí, yo sé lo que es sufrir eso. Trabajo de conductor en mi tiempo libre, ¿recuerdas? —dijo.

—Es verdad, te admiro por aguantar.

Una mesera nos ofreció las cervezas de la casa. Pedimos dos tarros.

—¿Cómo te va en tu nuevo trabajo? —preguntó Francisco.

—Todo va muy bien. Tengo buenos compañeros en la oficina, un poco mayores pero muy buenos en lo que hacen. Tengo buena relación con el jefe, al final de cuentas es mi papá.

—¿Y cómo llevas eso de trabajar con tu papá? ¿Te está gustando?

—La verdad pensé que sería difícil adaptarme y daba por sentado que el tema padre-hijo traería problemas, pero resultó ser todo lo contrario. Además, el ingeniero es menos demandante que mi otro jefe.

—¿En serio?

—¡Sí! En la agencia trabajaba construyendo marcas para cinco clientes al mismo tiempo y daba seguimiento a sus campañas, vivía en la sala de juntas y siempre había que efectuar cambios de última hora. Es raro ahora estar a cargo de una sola cuenta y que tu propia familia sea el cliente.

—Pues yo no entiendo mucho de lo que me cuentas, la verdad. Pero me imagino que lo estás llevando muy bien.

—Es extraño el cambio. Pero muchas cosas han cambiado desde hace un mes. Trabajo, amistades, parejas. Me siento diferente.

—Yo, siendo honesto, jamás trabajaría con mi padre. ¡Antes muerto!

—¿Tan mal está la situación?

—Tiene el pensamiento de una persona de la tercera edad. Siempre está sobre mí. Me tiene muy sofocado. Y además, hace mucho que no lo veo.

—¿Hace cuánto?

—¡Uff! Más de un año. Desde que me fui a trabajar a Dallas, no lo he vuelto a ver. Ahora que regresé, no me ha querido ni ver. Pero pues allá él.

—¿Has intentado hablarle?

—¡Claro que sí! Pero no quiere verme —Francisco dio un largo trago a la cerveza—. A mi madre tampoco le interesa verme.

Los tarros de cerveza de medio litro quedaron vacíos sobre la mesa. Alcé la mano para pedir otra ronda.

—Pero bueno, dejemos el tema de mi pinche familia —dijo Francisco—. ¿Por qué te saliste de tu antiguo trabajo?

—¡No! Eso sí es una larguísima historia —dije entre risas al recordar.

—¡Anda! Tenemos tiempo. Quiero conocer más sobre ti.

Los tarros de cerveza llegaron a la mesa, di un trago y comencé.

—Bueno, en primer lugar, me despidieron.

—¿En serio? Pensé que habías renunciado,

—No, no renuncié. Me despidieron con justificación. Al parecer rompí las reglas del código de ética de la empresa.

—¿Mataste a alguien o qué?

Nunca lo había dicho en voz alta, pero Francisco y los grados de alcohol en la cerveza insistieron.

—Me acosté con uno de nuestros clientes en más de una ocasión.

—¡¿Qué?! ¿Cómo pasó eso?

—¿En verdad quieres los detalles?

—Ja,ja,ja, tal vez no los detalles, pero me conformo con el nombre.

—Ricardo —me arrepentí de decir el nombre en voz alta.

—¡A la madre...! Yo no sabía que eras de esa clase de personas.

—¿"Esa clase de personas"? —pregunté molesto—. ¿Tienes problemas con mi sexualidad, acaso?

—¡Por supuesto que no! Me refiero a la clase de personas que se acuestan con compañeros del trabajo, tienes toda la pinta de ser muy profesional —Francisco dio un trago a la cerveza—. ¿Pensaste que no sabía nada sobre tu sexualidad?

—Pues, la verdad…

—¡No inventes, Alonso! Eso lo sé desde que te conozco.

Se nota a kilómetros, además pusiste Britney Spears en tu *playlist* la primera vez que nos conocimos, ¿recuerdas?

Lo recordaba. Había reproducido a mi amiga Britney la primera vez que bajé del apartamento de Ricardo, tras memorizar las placas LYA-1503 en la aplicación de Uber porque el celular estaba a punto de apagarse.

—Bueno, pero continúa. Te acostaste con el Ricardo ese y luego, ¿cómo se enteraron en tu oficina?

—*OK*, para hacer la historia corta —bebí más cerveza—. Anna era una amiga, le conseguí trabajo en la oficina de Ricardo por la relación laboral que teníamos. Pasó el tiempo y me acosté con Ricardo en su oficina y en su apartamento, ninguno de los dos tenía pareja en ese entonces. Me sentí mal, sabía que era poco profesional seguir teniendo encuentros y dejé de verlo. ¡Pero! Luego me enteré de que Anna estaba saliendo con él. Así que una noche, cuando todos salimos de fiesta, lo busqué y me volví a acostar con él. Anna se enteró de lo nuestro por un mensaje de texto y pidió a mi jefe que me despidieran.

Di otro trago a la cerveza.

—Esa sí que es una historia. ¿Y ellos siguen juntos? —preguntó Francisco.

—Peor aún… ¡Comprometidos!

—¡A la…! ¿Y Anna aún sigue con él a pesar de lo de ustedes?

—Sí, pero eso no es todo. Estuve presente la noche de su compromiso. Ricardo me invitó a chuparle el "riel" durante la celebración. Creo que para él era un ritual de despedida.

—Se nota que ese *wey* es un cabrón. Si lo tuviera de frente le sembraría un buen golpe en la jeta para dejarlo inconsciente.

—No vale la pena tanto esfuerzo. Lo mejor que pude hacer fue alejarme de todo ese círculo social.

—Y ¿ahora estás trabajando con tu papá y aislado de todos?

—Es correcto.

La tercera ronda de cervezas llegó a la mesa. Desde la terraza en el segundo piso veía mi auto estacionado. Di el primer trago sabiendo que sería mi última cerveza antes de manejar de regreso a casa.

El volumen de la música empezó a subir. Un grupo en el escenario al fondo del pub tocaba *covers*, uno tras otro. Francisco y yo nos acercamos a la aglomeración de personas. Las cervezas en nuestras manos quedaron vacías una vez más. Francisco se alejó hacia la barra y regresó con otros dos tarros llenos hasta el tope. Negué con la cabeza; no iba a beber más. Francisco se encogió de hombros y bebió de ambos tarros al mismo tiempo. Saqué mi celular para grabar el momento preciso en que la cerveza caía desde su mentón hasta el suelo, manchando su camisa. Grabé otro video del lugar, pasando por el escenario con el grupo. Detuve la grabación y recordé que no tenía dónde compartir el video. Mis redes sociales no existían. Pedí a Francisco que se acercara y con la cámara frontal tomé un video de ambos cuando él ya había terminado las dos cervezas en cuatro tragos.

Cuando el video se guardó en la galería del celular, entró una llamada de Anna. "¿Qué?". La ignoré por completo; estaba seguro de que había sido un error de dedo o de que Anna había dejado el celular desbloqueado en su bolsa, provocando una marcación incorrecta.

Regresamos a la mesa, Francisco ya tenía otra cerveza en la mano. La cerveza número seis de la noche. La llamada de Anna volvió a entrar. La volví a ignorar. Entró una tercera. Era mucha insistencia.

—¿Qué sucede? —preguntó Francisco al ver el celular sobre la mesa.

—Nada. Es Anna, no deja de llamarme.

—¿Es la chica a la que casi le quitas el novio?

—¡Cállate! —grité sonriendo—. Pero sí, es ella. Debe ser importante porque tenemos mucho sin hablar y no para de insistir.

—¡Contesta! ¿Qué es lo peor que puede pasar? No tienes nada más que esconder.

La llamada entró por cuarta vez.

—¿Debería? —pregunté.

—¡Sí! Anda.

Caminé a la esquina más alejada del ruido, el volumen de la música perdía intensidad en mis oídos. Deslicé mi dedo sobre la pantalla para contestar.

—¿Hola?

—Alonso —respondió Anna con voz apagada—. Perdón por la insistencia. ¿Dónde estás?

—Estoy en un bar, un poco lejos de casa. ¿Está todo bien?

—Sí, ¿por qué no habría de estarlo?

Al parecer Anna no tenía nada, llegué a pensar que solo llamaba para burlarse de mí por tener a Ricardo y haberme quitado el trabajo.

—Bueno, si todo está bien, voy a colgar.

—¡Alonso espera! —gritó Anna angustiada—. No, no está todo bien. La verdad es que no sé con quién más hablar, me siento estúpida llamándote —. El llanto inundó las palabras de Anna—. No sé que está pasando con mi vida. Cuando creo que tengo el control, algo siempre sale mal. ¡Estoy harta!

—Anna, ¿te encuentras bien? —pregunté sin interés de saber la respuesta.

—No, no estoy bien. Es… se trata… se trata de Ricardo.

Respiré profundo. Tenía más de un mes alejado de todo el drama que provoqué por mis ebrias decisiones y planeaba mantenerme así. Pero había algo en el llanto de Anna que era tan real y doloroso, que no pude ignorarla.

—¿Qué pasa con Ricardo? —pregunté.

—Me engañó con alguien en su apartamento.

Lo sabía, Anna aún no había superado lo nuestro. Pero no era su culpa. Yo había actuado mal y tenía que aprender a sobrellevar las consecuencias.

—Creí que ya habíamos dejado ese tema en el pasado,

pero si quieres hablar de eso, me gustaría hacerlo de frente y no por teléfono.

—¡No, idiota! No me refiero a ti. ¡Me engañó con alguien más! ¡No le importó nuestro compromiso!

No podía creerlo. Ricardo lo había hecho de nuevo. Lo hizo con alevosía, premeditación, ventaja, mala intención y sin importarle nada ni nadie. Tal como la última vez que me insinuó darle una mamada el día de su compromiso.

—¿Qué? Pero, ¿qué fue lo que pasó exactamente?

—Ricardo y yo salimos del trabajo —comenzó Anna con la voz quebrándose—. Me dijo que iría a su apartamento a cambiarse y pasaría por mí en la noche para llevarme a cenar. No sé porqué llegó a mi mente la estúpida idea de ir a su apartamento de sorpresa con sushi y una botella de vino. También puedo ser romántica, ¿sabes?

Esto no pintaba nada bien.

—¿Qué pasó después? —pregunté.

—Al llegar llamé a la puerta —silencio absoluto, luego Anna continuó—, y cuando se abrió, vi a Victoria al otro lado, vestida con una camisa de Ricardo y sin nada cubriéndole las piernas.

Victoria, la morena de cabellos rizados que había ayudado a Ricardo a organizar la fiesta de compromiso. A mi mente llegó la duda de si Ricardo estuvo acostándose con ella al mismo tiempo que lo hacía conmigo y con Anna.

—Y ¿qué hiciste? —pregunté en tono desinteresado, pero muriéndome de ganas por saber qué había pasado después.

—¡No lo sé! Todo fue muy rápido. Recuerdo que la golpeé con la botella de vino, que se quebró en mi mano y luego cayó al suelo.

—¿Te lastimaste?

—Tengo sangre en las manos por una cortada en mi dedo, pero nada grave. En fin, cuando se rompió la botella, salí corriendo del lugar. No sé si lastimé a Victoria.

—Anna, ¿dónde estás ahora?

—Estoy en el estacionamiento de Serena Residencial,

afuera de los edificios de apartamentos.

—Mira, Anna, siendo sincero, me tranquiliza que estés bien, pero, ¿por qué me llamas a mí? No creo ser la persona indicada para apoyarte. Tú sabes… por lo que pasó entre nosotros.

Anna explotó en llanto.

—¡Ya lo sé! ¿Piensas que soy estúpida? —Anna aspiraba los mocos por la nariz—. Pero no puedo hablar con nadie más. Si hablo con mi familia sería la deshonra y la hija quedada. Si le digo a mis amigas sería la burla y el chisme en boca de todas. Primero, Alejandro me dejó por otra, luego tú te acostaste con Ricardo, ahora esto.

—Anna, ¿no habías dejado tú a Alejandro?

—¡No! No fui yo quien lo dejó. Él me dejo a mí, *all right?* Lo inventé todo. Me dejó por ser una novia tóxica y exigente, o al menos esas fueron sus palabras. Conoció a alguien más y se fue a vivir con ella a la Ciudad de México, ¿entendido? ¡Pero anda! Ve y cuéntale a todos la verdadera historia sobre mí y Alejandro.

—No pienso hacerlo, Anna.

—La verdad no me importa lo que hagas ahora, ya hiciste demasiado. Cuando me enteré de lo tuyo con Ricardo me dolió tanto, que no podía creer que me estuviera pasando. Mi novio me cambiaba por alguien más. ¡Otra vez!

—Pero, Anna —tragué saliva—. ¿Por qué no dejaste a Ricardo cuando te enteraste de lo de nosotros?

—No lo dejé porque él nunca se enteró de tu mensaje. Piensa que no sé sobre ustedes dos revolcándose en su oficina y en su apartamento, cree que todo sigue siendo un secreto. Nadie más que tú y yo sabemos eso.

—¿Y no pudiste dejarlo en secreto en lugar de quitarme mi trabajo?

—¡Estaba enojada! Y la verdad te lo merecías. Mandé el correo al señor Carlos por la mañana a primera hora, no esperé que respondería de inmediato. Después fui a buscar a Ricardo para enfrentarlo en su oficina, pero aún no llegaba.

Me metí en su escritorio a buscar entre sus cajones evidencias de su traición, pero mis ojos terminaron encontrando el anillo de compromiso.

El anillo que salvó su relación.

—Y decidiste no decir nada.

—No. Decidí perdonarlo. Ese día por la tarde me dijo que tenía una sorpresa para mí y que invitara a todos mis amigos y familiares a su terraza.

Ahora lo entendía todo. Anna quiso en ese momento que todo regresara a como era antes. Antes de que yo fuera al apartamento 318. Por eso me invitó a la reunión y propuso devolverme mi empleo. Pretender que no había pasado nada.

—Anna, no sé que decir. Todo esto es…

—Una farsa, una mentira, una mierda, ¡llámalo como quieras! Ahora no puedo hablar con mis papás porque les arruinaré otra vez la ilusión de verme "felizmente" casada. Todas mis amigas, incluyendo Karen, no saben nada porque piensan que mi relación con Ricardo es perfecta. A la puta de Victoria no le conviene que su esposo se entere de lo que ha pasado, por eso se quedará callada.

—¿Entonces por qué me llamas?

—Necesitaba desahogarme con alguien. Compartir lo que estoy sintiendo en este momento, para después pensar en mi siguiente movimiento. Eres el único que conoce a Ricardo como es de verdad, y si te soy sincera, eres la única persona en el mundo con la que me puedo abrir de esta manera sin sentirme culpable, porque tu vida es un desastre.

"Gracias por recordármelo", pensé.

La voz de Anna se escuchaba más tranquila. Al parecer, desahogarse resultó ser una excelente terapia.

—Anna. Tienes que dejarlo, no puedes casarte con Ricardo después de esto.

—*Oh! I get it!* ¿Eso te encantaría, verdad? Tener a Ricardo para ti solo.

—Anna, por favor. Mira la situación desde otra

perspectiva.

—No, Alonso, el que tiene que mirar desde otra perspectiva eres tú. Yo estoy con Ricardo. ¡Yo! No tú. Y eso no va a cambiar.

La llamada terminó. La pantalla del celular se puso negra como mis pensamientos.

Regresé con Francisco, que estaba bebiendo otro tarro de cerveza.

—¿Por qué tardaste tanto? —preguntó ebrio.

—Larga historia.

—¡Pues empieza a contarla! Quiero saber por qué regresaste con esa cara de culo.

—Para no hacer el cuento largo, Ricardo engañó a Anna con otra chica.

—¡Dale con ese Ricardo!

Francisco me tomó del brazo y me arrastró hacia la salida del pub.

—¿Qué haces? —pregunté retirando mi brazo.

—¿Dónde está ahora esa supuesta amiga tuya? Anna.

—No sé, me dijo que estaba afuera del apartamento de Ricardo, en el estacionamiento.

—Entonces esto es lo que vamos a hacer —la mirada de Francisco estaba perdida—. Vamos a irnos de aquí y vamos a ir a ese estacionamiento a buscar a Anna y vamos a invitarla a beber.

No era mala idea. No me interesaba la parte de invitarla a beber, pero quería asegurarme de que estaba bien y de que no cometería alguna estupidez. No quería que hubiera otra persona lastimada durante la noche.

Pagué la cuenta en el pub; Francisco no hizo ni el mínimo esfuerzo por sacar la cartera y pagar una parte. Subimos a mi auto y nos dirigimos a los apartamentos Las Villas.

—Si llego a ver a ese cabrón, lo voy a madrear sin pensarlo —dijo Francisco sentado en el asiento del copiloto, colocando los puños frente a su cara y lanzando golpes al aire.

—No creo que sea necesario. Solo vamos a comprobar que Anna esté bien.

—¡Y luego nos vamos a ir para seguir bebiendo! ¡Vamos a beber! —gritó Francisco bajando el vidrio del auto. Sacó el celular para reproducir música y colocó el aparato en el portavasos del auto, el Cartel de Santa invadió las bocinas.

En la caseta de vigilancia no había nadie. Mi auto llegó hasta la segunda planta del estacionamiento y lo acomodé en uno de los cajones disponibles.

—Espera aquí, voy a buscar a Anna —dije a Francisco.

No conocía el auto de Anna, caminé por los niveles del estacionamiento buscándola en el interior de todos los autos. Después de al menos quince minutos buscando sin éxito, vi a Francisco acercándose con la cruceta de metal que tenía guardada en la cajuela del Mini convertible.

—Francisco, ¿qué haces aquí con eso? —pregunté susurrando—. Regresa al auto.

—Te tardaste mucho y pensé que te había pasado algo, por eso vine preparado.

Francisco levantaba la cruceta por los aires. El olor a cerveza y la ebriedad se esparcían por sus poros.

—No va a pasar nada. No hay señales de Anna ni de Ricardo aquí abajo. Será mejor que…

Mi mirada se clavó en el Mustang color blanco con placas de la Ciudad de México. El auto de Ricardo estaba estacionado a menos de tres metros de distancia.

—¿Qué pasa? Alonso, ¿a quién viste? —preguntó Francisco, acelerado. Su bigote ralo y rubio estaba empolvado de blanco.

—Nada, es solo… Ese es el auto de Ricardo —me acerqué y asomé la mirada hacia el interior, no había nadie adentro—. No hay nadie, será mejor que…

Un grito retumbó en el eco del estacionamiento, seguido por el sonido de vidrios quebrándose. Francisco golpeaba el cristal trasero del Mustang con la cruceta de metal.

—¡Esto te pasa por cabrón y mujeriego, culero!

—¡Francisco! ¡¿Qué haces?!

—Demostrándole a este pendejo lo que pasa cuando se meten con mi gente.

—¡Estás loco! ¡Vámonos de aquí!

—¡Vete tú! Yo le voy a demostrar quién manda aquí a ese pinche Ricardo. ¡Sobres, culero! —y golpeó el auto con más fuerza.

—¡Francisco, basta!

—¡Vete y trae refuerzos! ¡Esto es guerra!

Escuché autos aproximarse, corrí a toda velocidad hasta llegar al mío. Arranqué el motor sin mirar por los espejos retrovisores hasta salir del estacionamiento. La pluma de vigilancia seguía levantada. Ningún guardia me vio entrar ni salir. Conduje por la avenida Lázaro Cárdenas a exceso de velocidad. La adrenalina movía mi cuerpo. ¿Qué estaba pensando Francisco? ¿Qué pasaría si nos descubrían? ¿Qué haría Ricardo si me descubría? Seguí conduciendo.

Llegué a casa. El portón eléctrico se abría frente a mí en la oscuridad de la noche. Entré y me estacioné. Coloqué mi frente sobre el volante y respiré profundo.

—Cálmate —me dije a mí mismo—. Primero vas a tranquilizarte. Después, vas a llamar a Francisco. ¡No, espera! Si lo llamas y está con la policía, Francisco pedirá que vayas por él. Pero es lo correcto, ¿no? Digo, él haría lo mismo por mí, ¿o no?

Acomodé la nuca en el respaldo del asiento. ¿Por qué había hecho eso Francisco? Ni siquiera conocía a Ricardo, apenas y me conocía a mí. Seguro fue por los seis tarros de cerveza que había bebido. Pero, ¿era tan necesario ponerse agresivo? A mi mente llegó el recuerdo del polvo blanco en su nariz.

Tomé el celular.

—¡Al carajo! Le voy a marcar —dije en voz alta, y llamé a su número.

Una canción de rap que no conocía se escucho dentro de la cabina del auto. El celular de Francisco estaba colocado en el portavasos. Lo había olvidado.

Salí del auto y entré a casa. Alberto estaba en la sala viendo una película. Me senté temblando en el sillón al otro lado y le conté lo que había pasado esa noche.

—Bueno, al menos Ricardo tuvo lo que se merecía, ¿no crees? —dijo Alberto.

—¿Qué dices? ¿Y si hay cámaras en el estacionamiento? Pueden acusarme por intento de robo o por vandalismo, qué sé yo. Cualquiera que sea el cargo por romper un Mustang.

—Mira, si algo pasa, tienes pruebas. Uno: las llamadas de Anna marcando con insistencia, solo di que fuiste a buscarla. Dos: hay testigos de que Anna estuvo en el edificio. Tres: tú no destruiste el auto, ese no es tu problema.

—Pero... Uno, el arma que utilizó fue la cruceta que estaba en la cajuela de *mi* auto. Dos, las cámaras se seguridad nos tienen grabados. Tres… espera, ¿y si no hay cámaras de seguridad? Tal vez nadie se entere de lo sucedido.

—No lo sé, Alonso. Pero, ¿qué es lo peor que podría pasar si alguien se entera? Pagar una multa o pagar el deducible del seguro de Ricardo. Ya no te preocupes por eso.

Me quedé sentado viendo cómo Jennifer Aniston besaba a Adam Sandler en una de sus tantas malas películas. ¡Me encantan!

—Tienes razón —dije—. De hecho, tengo el celular de Francisco. Mañana puedo ir a casa de sus antiguos compañeros de cuarto y preguntarles dónde vive. Ellos ya han ido a su nuevo apartamento.

—Sí, haz eso. Y ya no te preocupes. Solo avísame si necesitas dinero para sacarte de prisión, para saber si me alcanza.

Me levanté del sillón y subí a mi habitación. Me recosté y programé la alarma para levantarme temprano al día siguiente. Después del trabajo saldría a la casa de los jóvenes estudiantes cuyos nombres no recordaba. Ellos me dirían en dónde vivía Francisco.

Los limpiaparabrisas del auto se deslizaban sobre el cristal cada cinco segundos para quitar la leve llovizna que cubría la ciudad. El GPS del celular mostraba el camino para llegar a la colonia Las Puentes. Una vez en el vecindario, me esforcé por recordar las calles que había recorrido con anterioridad y presté atención a las casas en cada esquina. El parque donde nos estacionamos la última vez estaba ahí, al igual que la tienda de abarrotes donde compramos las cervezas. El portón de la casa de los estudiantes estaba cerrado. Estacioné el auto justo enfrente de la casa. Tenía el celular de Francisco en mi mano, aún con batería. Toqué el timbre y esperé a que alguien saliera. Un joven asomó la cabeza por la puerta, me reconoció de inmediato. Estaba frente a él con la reja del portón separándonos. No esperaba que el saludo fuera lo más cercano a una amenaza.

—Tienes dos segundos para decirme qué estás haciendo aquí o llamo a la policía. Si vienes a recoger pertenencias de Francisco, será mejor que lo olvides. No les daremos nada hasta que nos regresen nuestras cosas.

—¿Disculpa?

—Lo que oíste. Lárgate de una vez si no quieres que llame a la policía.

¿La policía? No, por favor.

—Mira, creo que hay un error. Ves esto —dije mostrando el aparato—. Es el celular de Francisco, lo dejó en mi auto por error. Solo quiero devolverlo. Me preguntaba si podrían decirme dónde vive.

—Si supiéramos dónde vive, ¿no crees que ya lo habríamos ido a buscar para que nos devuelva nuestras cosas?

—¿De qué hablas? —. No entendía nada.

—Tu amigo Francisco se fue un día sin decir nada y se llevó nuestras computadoras, ropa, dinero y hasta el microondas de la cocina.

—¿Qué? Pero él me dijo que ustedes habían hecho una fiesta para inaugurar su nuevo apartamento.

—¡Qué va! Si supiéramos dónde está, ya lo hubiéramos ido a buscar y no precisamente para celebrar. Tuvimos una discusión porque no acataba las reglas de la casa. Se molestó tanto que nos amenazó. No le dimos importancia. Un día llegamos y ya no estaban ni él ni nuestras cosas.

OK, Francisco había mentido acerca de que sus compañeros habían organizado una fiesta en su nuevo apartamento, y omitió por completo el robo de la casa.

—No sabía nada de eso, ¿han intentado levantar una denuncia? —pregunté.

—Lo pensamos mucho, pero llegamos a un acuerdo con su padre. Nosotros no levantaríamos cargos en contra de Francisco a cambio de no pagar la renta hasta cubrir el costo del daño.

—¿La renta? O sea que el dueño de la casa es…

—Sí, el padre de Francisco.

Otra mentira: la casa no era de un amigo, era de su padre. El padre que dijo no haber visto desde hacía mucho tiempo.

—Entonces, creo que no lo voy a encontrar por aquí.

Giré el cuerpo hacia el auto.

—¡Espera! —gritó el joven—. Dices que ese es el celular de Francisco, ¿verdad? —apuntó con su dedo al aparato.

—Sí, así es.

—Entrégamelo —dijo el joven sacando su mano entre las rejas que nos separaban.

—¿Para qué lo quieres?

—Si Francisco quiere su teléfono, va a tener que regresar aquí. Quiero mi computadora de vuelta. Entonces… ¡entrégamelo!

Su brazo seguía extendido esperando el aparato. Por un segundo pensé en dárselo, pero no me convencían sus palabras, quería hablar con Francisco primero.

—Lo siento, no puedo.

—¿Quieres que llame a la policía por ser cómplice de robo?

—*Bring it on, bitch* —contesté.

Subí al auto y arranqué sin dirección. Llegué a la avenida Universidad, el letrero de Starbucks me llamaba desde lejos. Mis sentidos se deleitaron con el olor y sabor del café recién preparado. El corazón dibujado sobre la taza al lado de mi nombre fue el toque que endulzó el café negro sin azúcar. Con la bebida en mi mano, me acerqué a la ventana y me senté en un sillón con vista al estacionamiento.

Confusión. Nada tenía sentido. Francisco me había mentido. Saqué su celular; me pregunté si en verdad era de él o también lo había robado. Deslicé mi dedo por encima de la pantalla. No tenía contraseña. Las aplicaciones y mensajes aparecieron. No invadí los mensajes, pero sí las fotografías de la galería; había al menos tres fotografías de Francisco en la cama acostado con una mujer mayor que él, dejando su *pack* a la vista. *Selfies* de él conduciendo su auto y, ¿fotografías del Mini convertible estacionado en la cochera de mi casa? En ellas se podía apreciar con claridad el cofre del auto, modelo y placas. Las imágenes eran del mes anterior, cuando había visitado mi casa.

Salí de la galería y entré a las llamadas recientes. Francisco tenía tres llamadas perdidas de *Jefe* y cinco de *Jefa*. Una manera muy coloquial de llamar a los padres en México. Si en realidad eran sus padres, también me había mentido al decir que no tenía contacto con ellos. Habría que comprobarlo. Presioné sobre el contacto *Jefe* y marqué. Dos tonos se escucharon, luego una voz ronca.

—Hijo, ¿dónde estás?

Hijo. Comprobado, estaba hablando con su padre.

—Buenas tardes, señor, soy un amigo de Francisco.

—¿Y dónde está Francisco? —reprochó.

—Eso quería preguntarle, estaba ayer con él, pero...

—¿Está todo bien? ¿Hizo algo malo?

"Romper los vidrios de un auto de lujo en un estacionamiento privado".

—No, todo está bien. Francisco olvidó su celular en mi auto, ¿sabe la dirección de su apartamento para devolvérselo?

—Mi hijo no tiene apartamento. Vive conmigo y con su madre.

—¿Qué? Me dijo que recién había conseguido un apartamento para él solo.

—¡Qué va! Mi hijo no suelta dinero ni pagar un recibo de luz. Vive aquí con nosotros, pero no llegó en toda la noche.

No solo no había estado desconectado de su familia, ¡sino que vivía con ellos bajo el mismo techo! Quería respuestas.

—¿Cree que pueda llevar el celular a su casa?

—Sí, te dictaré la dirección.

Las calles simétricas y de un solo sentido en el Centro de San Nicolás ayudaron a que el GPS localizara la dirección en cuestión de segundos. Me estacioné frente al barandal blanco diez centímetros más alto que yo. Los fierros separaban la calle y el pórtico de la casa. No se veía timbre exterior, golpeé el barandal repetidas veces con una moneda que tenía en el bolsillo. Un señor blanco, robusto y de pelo grisáceo, salió de la puerta.

—Hola —dije—. Vengo a entregar el celular de Francisco.

—Pasa. Francisco ya llegó, deja le digo que salga. Siéntate.

Abrí la puerta del barandal. Dos mecedoras estaban fuera del pórtico. Me senté a esperar a Francisco. Luego de diez minutos salió de la casa. Los efectos del exceso de alcohol y la falta de sueño se reflejaron en sus ojos rojizos y la cara hinchada. De la cajetilla de Pall Mall abierta en su mano, sacó un cigarro y el encendedor. Se sentó en la mecedora frente a mí.

—Qué noche la de anoche, ¿no crees? —dijo encendiendo el cigarro—. No recuerdo nada después de que fuimos a buscar a tu amiga.

—¿No? ¿No recuerdas nada?

—Bueno, recuerdo llegar a un estacionamiento y luego… ¡Pum! Nada —inhaló más el cigarro—. Desperté en casa de una vecina que ya tengo días tirándomela, acabo de regresar de su casa. Tengo comezón en la entrepierna, espero no me haya pegado algo.

Me entró la curiosidad de si era la misma mujer que salía en las fotografías de su celular, donde Francisco tenía el paquete fuera del pantalón.

—Francisco, ¿no recuerdas que rompiste los vidrios del auto de Ricardo?

—¡Ja, ja, ja, ja! Tengo un vago recuerdo de eso —el cigarro volvió a su boca—. Pero no te preocupes, casi seguro pensarán que tu amiga lo hizo.

—¿Te refieres a Anna?

—Ándale, ella. ¿No había encontrado a Ricardo con otra mujer? Yo creo que eso es excusa suficiente para desmadrar un auto.

Era posible que eso pasara. Si Ricardo veía su auto en esas condiciones, probablemente pensaría que Anna había sido la culpable y trataría de arreglar el asunto con ella en lugar de revisar las cámaras de seguridad, si es que había alguna.

—Relájate. No va a pasar nada. ¿Quieres una cerveza? —dijo Francisco levantándose de la mecedora.

—Agua, solo agua.

—Muy bien, ya vengo.

Francisco entró en su casa. Había robado las pertenencias de sus compañeros de cuarto. Vivía con sus padres, ¿sería verdad que tenía un trabajo estable? ¿Qué más de su vida sería una mentira?

Un mensaje llegó al celular de Francisco desde una aplicación desconocida para mí. El celular aún se encontraba en mi mano. Vi el mensaje en la pantalla bloqueada.

Número privado, 15:04. *Acabamos de identificar otro auto de esos chiquitos, lujosos y mamones igual al que nos mandaste fotos. ¿Te nos unes para ir por él?*

Recordé las fotos del Mini convertible guardadas en la galería del celular.

Francisco salió y me arrebató el aparato para leer el mensaje.

—Tengo que salir de urgencia, Alonso, vayamos a beber unas cervezas otro día —Francisco volvió a entrar a su casa y cerró la puerta.

12
MENSAJE

Había pasado una semana desde la última vez que vi a Francisco en el pórtico de su casa. No había recibido mensajes ni llamadas de Ricardo o de la policía presentando cargos por vandalismo o daños a alguna propiedad. Mi celular sobre la mesa de la sala no recibía notificaciones. No había nadie con quién conversar.

Mis pies se asomaban al precipicio sobre un brazo del sillón en la sala de mi casa, mi cabeza se recostaba sobre el cojín café. Las luces del pino de Navidad en la esquina apuntando a mi cuerpo hacían imposible concebir una siesta placentera. Quería dormir un poco. El aire fresco de Monterrey entraba desde la ventana abierta. Las brisas de diciembre no son las más frías del año, pero son perfectas para sacar del guardarropa la chamarra gris envuelta en bolsas de plástico para mantenerla libre de polvo.

La primera fiesta navideña del año estaba a punto de llevarse a cabo en casa de Humberto. Después de comprometerse con Nydia, ambos se la pasaban ahí todo el tiempo, viviendo en unión libre. Para algunas religiones eso se llamaría "vivir en pecado". ¿Quién era yo para juzgarlos después de todos los pecados que ya había cometido? Jorge estaba ansioso por preparar la cena. Desde la preparatoria no solo había desarrollado buen gusto por el vodka y otros licores, sino también por la gastronomía. Su carrera como chef profesional estaba avanzando a medida que practicaba su arte culinario en comidas familiares y reuniones con amigos. Durante los últimos meses había asistido a diferentes eventos con su servicio de *catering* independiente con su nueva novia Yarely. Pude ver toda esa información después de reinstalar las redes sociales en el celular y entrar a varios perfiles de Instagram, Facebook y Twitter. Quería ver qué me había perdido en el último mes y medio de mi desintoxicación virtual. Unos cuantos *likes* en las fotos de Humberto fueron suficientes para recibir una llamada suya para invitarme a la cena que llevaban planeando desde hacía algunas semanas.

Saqué una botella de vino rosado Casa Madero V del compartimiento en la cocina. Apagué las luces, los focos en el patio se quedaron encendidos. Me despedí de Robbin, que estaba al otro lado del cristal. Mis padres estaban en el estudio con Alberto. Escuchaba al ingeniero Rodríguez planear un viaje a Las Vegas para los últimos días de diciembre y principios de enero. Ahora que me hacía cargo del negocio, mis padres me preguntaron si me sentía capaz de manejarlo durante dos semanas mientras ellos salían de vacaciones sin preocuparse por temas de trabajo. Les dije que se fueran sin problema. Emocionados, comenzaron a ver opciones para su viaje. Tomé las llaves del auto y salí con dirección a la casa de Humberto.

El olor de la carne al horno desde la cocina entraba por mi nariz. Las copas de vino rosado y tinto en nuestras manos esperaban a que la cena estuviera lista. Jorge y Yarely hacían llegar a la mesa canapés y entradas ligeras para contener el hambre. Nydia presumía la mesa de cristal con seis sillas que su madre le había regalado como presente de bodas adelantado. Antes de que pudiera continuar con la historia, Humberto la interrumpió.

—Nos alegra mucho que pudieras venir, Alonso. ¿Cuándo fue la última vez que nos vimos?

—Si mal no recuerdo fue cuando ustedes dos se comprometieron, aquella noche en el restaurante Moritas.

—¡Es verdad! Después de ese día hemos tenido muchos cambios en nuestras vidas. Uno, como pueden ver, estamos prácticamente viviendo juntos y el otro aún es sorpresa, esperen hasta después de la cena para enterarse.

—¡No, por favor! Saben que detesto quedarme con la intriga —dijo Jorge. Casi había olvidado su amor por el chisme y las pláticas ajenas.

Los cinco estábamos sentados alrededor de la mesa, el cristal lo adornaban manteles grises y velas decorativas. La loza blanca y las copas de cristal daban un toque elegante a la velada. Al servir un poco más de vino en mi copa, se escuchó el timbre. Humberto se levantó y se dirigió a la puerta principal, que quedaba a mis espaldas a unos tres metros de distancia. Una voz conocida entró en la casa. Giré hasta que mi mirada quedó fija en los dos jóvenes que se acercaban a la mesa. Humberto por delante y por detrás…

—¿Miguel? ¿Qué haces aquí? —pregunté.

—¡Hola, Alonso! —la voz ronca de Miguel retumbó en mis oídos.

—Tranquilo, Alonso, yo lo invité —dijo Humberto.

—No sabía que seguían hablando. Ya saben, desde… —era estúpido terminar la frase—. Bueno, ustedes saben.

—Y así era —dijo Humberto—. Pero nos enteramos de que ustedes dos ya habían arreglado sus problemas, no gracias a ti, Alonso, sino al video que vimos en Facebook.

—¿Disculpa? —pregunté—. ¿De qué video estás hablando?

—Es verdad, no tenías activadas tus redes sociales —Nydia sacó su celular y me lo entregó—. ¡Este video!

Era el mismo video que Karen me había mandado al celular donde vomitaba desde la terraza de Ricardo. Tenía más de cien mil vistas en una página de Facebook llamada Memes Monterrey. Al final del video yo salía corriendo hacia la salida. Miguel corría tras de mí.

—Tratamos de localizarte, pero nunca respondiste tu teléfono y no tenías tus redes sociales activas —dijo Nydia.

No me acordaba de ese video, quería encontrar una opción para borrarlo; por suerte no estaba etiquetado.

—Fuimos hasta tu casa en una ocasión, pero no estabas

—dijo Humberto—. Inclusive tus amigos Daniel y Karen me mandaron un mensaje para saber si te habíamos visto en los últimos días. Nos dijeron que la última vez que te vieron fue con Miguel en esa reunión en la terraza.

—Así que como no te localizamos, decidimos buscar a Miguel, que también salía en el video.

—¿Y qué? ¿Esta reunión es una clase de intervención, acaso?

—No es una intervención —se apresuró a contestar Miguel—. Les dije que después de la reunión y de haber cenado en los Tacos el Güero, te habías ido y no volví a saber nada de ti. Me quedé preocupado, todos estábamos preocupados. Solo queremos saber que estás bien.

—Pues estoy bien. ¿Podemos cambiar de tema?

—Si dices que estás bien, dime: ¿a dónde fuiste después del restaurante, cuando me dejaste solo? —el dedo de Miguel apuntó firme a mi rostro—. Y no me digas que fuiste a tu casa porque cuando terminé de cenar subí a mi auto y fui a buscarte. Tu mamá me abrió la puerta y me dijo que no habías llegado.

—¡Pum! —Humberto separó los brazos en el aire—. ¡Se abrió el cajón de las mentiras! Es hora de la verdad, Alonso. ¡Escúpelo!

—¡Muy bien! Les cuento —el trago amargo que di al vino fue lo más dulce de esa noche—. Hace unos meses pedí un Uber para ir a mi casa, el conductor se llamaba Francisco. Pusimos canciones en modo aleatorio y paseamos poco más de una hora por la ciudad —la mirada se desvió hacia Miguel—. El día que me fui del restaurante y pedí el Uber, resultó ser que el conductor era el mismísimo Francisco.

—¿Y ahí fue cuando supiste que él era el indicado para ti? —dijo Jorge acompañado de las risas de todos.

—¡Cállate! Claro que no. Me invitó unas cervezas y luego pasé la noche en su casa. ¡Pero no pasó nada!

—Bueno, pero dinos lo importante, ¿es guapo? —preguntó Nydia.

Nunca lo había analizado, pero se podría decir que Francisco era guapo. La piel blanca, los ojos claros y la nariz aguileña imperfecta adornaban el rostro de niño bajo el cabello rubio y rizado. Los labios rosados ocultaban la dentadura casi perfecta cada vez que sonreía.

—Está normal. No me he fijado en eso.

—¿Tienes una foto? Necesito ponerle cara al nombre de Francisco —Nydia tomó su celular para buscar un perfil en Instagram.

—Creo que tengo una foto de él —saqué el celular de la bolsa del pantalón y pasé mi dedo sobre las fotos y videos guardados—. ¡Oh! Sí, sí tengo una foto con él.

Había olvidado que la noche que salí al pub con Francisco nos habíamos tomado una *selfie*. La foto estaba oscura, Francisco sostenía las pintas con las manos y tenía la camisa mojada de cerveza.

—Está muy oscuro, no le distingo muy bien la cara —dijo Nydia entregándome el celular.

—¿Puedo verlo? —la mano de Miguel se extendió hacia mí.

—Sí, claro —nuestros dedos se rozaron al intercambiar el aparato sobre la mesa.

Jorge se levantó junto con su novia Yarely para revisar la carne en el horno. Nydia y Humberto salieron al patio trasero a fumar un cigarro, me sorprendí al ver que Humberto respetaba el letrero de NO FUMAR dentro de su propia casa. Miguel veía la foto de Francisco fijamente. Desplazando sus dedos agrandaba más la imagen. Parecía que buscaba algo en la cara de Francisco.

—¿Todo bien? Estás muy metido en la fotografía.

Miguel levantó la mirada.

—Sí, es solo que… ¿podrías mandarme esta foto?

—¿Quieres la foto mía y de Francisco? ¿Se puede saber para qué?

—Creo que conozco a tu amigo. Solo que no recuerdo de dónde. Quiero la foto para tenerla como referencia. Estoy seguro de que en un golpe de memoria me acordaré.

Se me hizo muy raro que Miguel quisiera nuestra foto, pero mandarle la imagen de Francisco a su celular no me hacía ni más ni menos puta.

—Sí, no hay problema —dije seleccionando la foto.

Humberto y Nydia regresaron. Yarely apartó los bocadillos para dar espacio a Jorge, que colocó el enorme pedazo de carne sobre la mesa. El rugido de hambre desde mi estómago hizo que todos se carcajearan una vez más de mí. La cena estaba servida al igual que los vinos en las copas.

La cena terminó con los chistes malos de Humberto y la risa fingida de Nydia, siempre apoyando el pésimo sentido del humor de su novio. El silencio en la mesa llegó justo cuando Miguel habló.

—Me da gusto verlos a todos reunidos y que me hayan invitado. Me siento como si estuviéramos en preparatoria. Sé que ya es un poco tarde para pedir disculpas por lo que ustedes saben ocurrió en el pasado. Pero ojalá podamos seguir frecuentándonos de vez en cuando o al menos no perdernos el rastro.

Las miradas en la mesa se enfocaron en mí, excepto la de Yarely, que al parecer no tenía idea de lo que Miguel estaba hablando. Nydia se adelantó a hablar.

—Sinceramente, yo sí creo en las segundas oportunidades y creo que todos podemos llegar a cambiar. Ninguno de nosotros en esta mesa es el mismo niño o niña de hace ocho años. Hemos madurado y crecido como personas. Por mi parte —Nydia se dirigió a Miguel— quiero que sepas que no te guardo rencor y acepto tus disculpas. Y ustedes —Nydia nos miró a todos—, ¿las aceptan?

Todos asintieron con la cabeza y volvieron a fijar las miradas en mí.

—Todo está perdonado —dije alzando la copa de vino. Miguel lanzó una sonrisa hacia mí acompañada de un "gracias" en los labios.

—Y bien, ahora en otras noticias —Nydia se levantó de

su silla—. Alonso, ¿recuerdas cuál era mi peor temor en preparatoria además de nunca graduarme?

—¿Tiene que ver con tu vida sexualmente activa?

—¡Así es!

—En ese caso sería embarazarte, ¡vaya susto que te metiste aquella vez que me pediste que mirara las cuatro pruebas de embarazo que te hiciste!

—Bueno, pues al igual que todos, ya no soy la misma niña asustada de hace ocho años —Nydia tomó la mano de Humberto—. Queremos compartir el siguiente mensaje con ustedes… ¡Vamos a ser papás!

—*No way!* —grité emocionado, levantándome de la mesa.

Todos nos acercamos hacia ellos. El abrazo de felicidad que compartimos fue el más sincero que había tenido nunca. Habíamos vuelto a ser aquel grupo de amigos que solía sentarse entre clases en la banca enfrente de la máquina expendedora, pero ahora esperábamos a un nuevo integrante.

El siguiente lunes salía de la regadera para alistarme e ir directo a la oficina. La lista de pendientes en mi cabeza se hacía más larga con cada prenda de vestir que me ponía. Bajé las escaleras hasta llegar a la cocina; el ingeniero Rodríguez estaba sentado aún en pijama apoyando los codos en la mesa de mármol mientras veía el celular.

—Buenos días, hijo. ¿Cómo amaneciste?

—Muy bien, gracias. Algo agitado, tengo muchos pendientes en la oficina que debo concluir antes de que termine el año.

—Ya veo. Hablando de eso, cuéntame, ¿cómo te has sentido? ¿Has pensado en buscar algún otro trabajo? ¿Estás cómodo en el puesto?

Sinceramente, había olvidado la idea de conseguir otro trabajo después de que mis responsabilidades aumentaran dentro del negocio familiar. Tenía menos tiempo para enviar un currículum o consultar vacantes en agencias de publicidad. Gracias a Dios no necesitaba buscar trabajo porque ya tenía uno.

—Pues la verdad, estoy muy bien. Muchas gracias por la oportunidad.

—Me alegra escuchar eso —el ingeniero Rodríguez se levantó de la mesa y se dirigió a su estudio. Luego de un par de minutos regresó a la cocina con unas llaves en la mano—. ¡Toma! Quiero que te lleves las llaves de mi oficina. Bueno, ahora son de tu oficina.

—¿Perdón? —sentí los ojos abrirse sorprendidos.

—Hijo, yo no estoy haciendo mucha falta en la oficina desde que nos has apoyado con el negocio. A pesar del poco tiempo que ha pasado, te has adaptado muy bien en el puesto. Algo que transmites a todo el equipo es buena comunicación y liderazgo. Se necesitan esas competencias para dirigir un negocio y tú las tienes más que desarrolladas. Tal vez no te des cuenta, pero eres una persona muy profesional. Creo que le puedes sacar más provecho a ese espacio viejo ahora que estás de tiempo completo —dijo el ingeniero acercando más las llaves—. Yo no te dejaré solo, estoy aquí para seguirte guiando.

Atónito ante la propuesta del ingeniero Rodríguez, tomé las llaves.

—No sé qué decir. Se me hace tarde, debo llegar a la oficina.

—¡Que te vaya bien!

Subí al auto camino a la oficina. Julia hablaba por teléfono con el contador para ajustar los últimos detalles para realizar el cierre fiscal del año. Óscar y Natalia seguían programando envíos. En la pantalla del portátil analizaba el alcance de las publicaciones en las redes. No cabía duda de que el negocio había dado un giro con mi llegada y apreciaba cada día más al equipo de trabajo.

Sentados en el comedor alrededor del pastel por el cumpleaños de Óscar, miraba hacia la oficina vacía del ingeniero Rodríguez. Entré y cerré la puerta. Recordaba más grande aquel reducido espacio. Cuando tenía ocho años, me sentaba en su silla pretendiendo que era el jefe, el cuerpo era tan pequeño en ese entonces que los pies colgaban sobre el suelo y la cabeza no rebasaba el respaldo. Me acerqué a la silla y me senté con el recuerdo en la mente. Los pies estaban firmes sobre la tierra y la nuca sobresalía del respaldo. Aun así, sentía la silla enorme. El mueble representaba lo que con años de trabajo y esfuerzo el ingeniero Rodríguez había construido con una visión y con la ayuda de mi madre. A mis veintiséis años, aún seguía siendo ese niño pequeño jugando a ser el jefe. No me creía capaz de llenar aquel espacio. El miedo a equivocarme estaba muy presente. Cerré los ojos y recargué el cuerpo hacia atrás. ¿Estaba listo para ser el jefe? No había tiempo para dudar, el barco con la tripulación ya estaba en altamar y yo era el capitán. Dieron tres golpes a la puerta. Mis ojos se abrieron y desde la silla grité.

—¡Adelante!

—Disculpa, Alonso —la cabeza de Julia se asomó por la puerta—. Acaba de llegar este paquete a tu nombre.

—¿A mi nombre? No recuerdo haber pedido nada —tomé la caja y la puse sobre el escritorio—. ¿Sabes quién lo envía?

—Vino junto con este sobre, pero no lo abrí. Está sellado.

—Muy bien —dije tomando el papel—. ¡Muchas gracias!

Julia cerró la puerta. El paquete era casi tan grande como una caja de zapatos. Tomé las tijeras dentro del portalápices y corté las cintas que juntaban los pliegues del cartón. Levanté la tapa. Una botella de vino tinto y una caja mas pequeña con chocolates estaban dentro. Abrí el pequeño sobre blanco y leí el mensaje:

No sé si sea el algoritmo de Facebook o si soy tu target *en las campañas publicitarias, pero no dejo de ver anuncios de la Maquiladora Rodríguez en el celular. Suerte en tus proyectos.*
-Miguel.

P.D. ¡Tranquilo! Estos chocolates no tienen mariguana.

Se me escapó una sonrisa del rostro. Tomé el celular y marqué.

—¿Hola? —contestó Miguel.

—Yo nunca dije que no me gustara la mariguana en mis chocolates.

—Ja, ja, ja, ja, veo que ya te llegó mi regalo.

—¡Sí! Muchas gracias. ¿Cómo conseguiste la dirección del negocio?

—Alonso, ¿conoces algo llamado Google?

—¡Oh! Tienes razón. Bueno, me alegro que te hayas tomado el tiempo, es un lindo detalle.

—¡Por nada! ¿Cómo estás? ¿Qué tal el trabajo?

—Pues justo hoy me ascendieron de puesto.

—¿En serio? ¡Enhorabuena! ¿Quién hubiera dicho que ambos seguiríamos los pasos de nuestros padres?

—Es una locura. Primero todos nos reconciliamos y ahora el ingeniero Rodríguez me deja a cargo del negocio. Por primera vez en mucho tiempo parece que las cosas van mejorando en mi vida.

—Sabes, creo que las cosas siempre estuvieron bien, pero nosotros mismos fuimos quienes lo complicamos todo.

—Creo que tienes razón.

—Oye, ¿qué harás en la tarde? Quiero invitarte a tomar algo, ¿estás disponible?

—¡Claro! Después del gimnasio tengo la tarde libre.

—Perfecto, te envío la dirección por mensaje.

Terminé la llamada con Miguel. Me levanté de la silla y regresé con el equipo para ver los pendientes del día. Era hora de cumplir con mis nuevas responsabilidades.

Fui el primero en llegar al restaurante que Miguel me dictó por WhatsApp. El olor a alitas de pollo de la mesa de al lado hacía que se me antojaran cada vez más. Mi ropa estaba sudada por la rutina de cardio y pesas que había hecho en el gimnasio. La limonada sin azúcar estaba a punto de terminarse, gracias a Dios era de *refill*. Miguel entró por la puerta del restaurante buscándome.

—¡Hola! Perdón por llegar tarde, pero tú conoces mejor que yo el caos de las calles de esta ciudad.

—No te preocupes, pero si no te molesta estoy más que listo para ordenar algo ahora mismo.

Pedimos a la mesera dos hamburguesas con papas a la francesa bañadas en salsa búfalo. Al llegar los platos a la mesa, me lancé a dar el primer mordisco al pan y la carne.

—Oh, por Dios. Esto era lo que necesitaba —dije mirando al techo.

Miguel se quedó viendo cómo devoraba la hamburguesa y papas sin importarme que estuviera manchando mis dedos y boca con salsa.

—Cuidado, no te vayas a morder un dedo —dijo riéndose.

—Lo siento —tomé una servilleta del rollo de papel sobre la mesa y limpié el desastre—. Tenía mucha hambre.

Ambos terminamos de cenar. Miguel pidió dos copas de vino blanco que llegaron a la mesa en minutos.

—Bueno, primero que nada, ¡salud! —Miguel levantó su copa hacia mí y le dio un trago—. Segundo, me interesaba hablar contigo sobre un tema en especial y espero que esta vez no salgas corriendo del restaurante.

La noche iba muy perfecta para ser verdad.

—Eso depende, ¿de qué quieres hablar?

—Es sobre… es sobre la plática que dejamos pendiente después de que Anna y Ricardo se comprometieron. Te vi muy mal, Alonso, no parabas de llorar en el auto y después de ese día te desapareciste por un tiempo y después… —Miguel respiró profundo—, después llegó ese tal Francisco, aún no logro recordar de dónde es que lo conozco, pero no me da buena espina.

—*Oh, c'mon!* Miguel, yo pensé que me habías invitado

para hablar del trabajo, o de alguna otra cosa. ¿Por qué quieres hablar de Anna, Ricardo o Francisco?

—Porque si hay algo o alguien que te está haciendo daño, quiero saberlo. Quiero que me des la confianza de contarme todo lo que pasa en tu vida sin que pienses que voy a juzgarte. Quiero saber que estás bien y no quiero que te encierres y desaparezcas si tienes algún problema, como ocurrió este último mes. Ya perdimos ocho años de nuestra vida separados, no quiero que perdamos más. ¿Nunca te has puesto a pensar en qué habría pasado si nunca nos hubiéramos separado?

Tomé la copa de vino sobre la mesa intentando procesar las palabras de Miguel.

—La verdad lo único que siempre quise fue olvidarte —dije—. Eras la primera persona a la que abría mi corazón ciegamente y terminé lastimado. Después de eso, me prometí no volver a abrirme con nadie por miedo a sufrir. Quería protegerme, y cuando me di otra oportunidad, resultó muchísimo peor.

—¿Con Ricardo?

—Sí… ¡Digo, no! —¡Mierda!—. ¡Olvídalo! Olvida lo qué acabo de decir.

—Alonso, cálmate. Ya te dije, no te voy a juzgar —Miguel acercó su mano a la mía—. Y no es necesario que me cuentes los detalles de lo que pasó entre ustedes, pero ten en cuenta que si alguien te está haciendo sufrir, es mejor dejarlo; no necesitas esa mala energía en tu vida.

—Lo sé, pero la furia me consumió ese día, fue eso y el alcohol en las venas. Por Dios, juro que no vuelvo a tomar tequila.

Miguel retiró la mano y dio otro trago a su copa de vino.

—¿Has hablado con tus otros amigos? La pareja que estaba ese día en la fiesta de compromiso, ¿cómo se llamaban?

—¿Daniel y Karen? No, no he hablado con ninguno.

—Deberías llamarlos. Seguro están igual de preocupados

que como lo estaba yo.

—No creo que quieran hablar conmigo. Prácticamente arruiné el evento más importante en la vida de Anna. Es muy amiga de ellos.

—No saben lo tuyo con Ricardo, ¿verdad?

—¡No! Y jamás se lo contaría. Ambos me odiarían si se enteran. Solo estuve con Ricardo una vez cuando ya era novio de Anna, pero con una vez es suficiente para que piensen lo peor de mí.

—No creo que te odien, pero si no vas a decirles la verdad, es momento de que pases página con Ricardo y Anna. De ahora en adelante, trata de no involucrarte en nada de lo que pase en sus vidas.

El comentario llegó demasiado tarde: el auto de Ricardo ya había quedado destrozado por haber ido a intentar ayudar a Anna.

—Sí, tienes razón —el último trago en la copa cerró el tema de conversación.

Miguel pagó la cuenta y ambos salimos del restaurante. Cruzando la calle, al otro lado del estacionamiento donde estaban nuestros autos, había un parque con faroles iluminando las bancas a la orilla de la pista de concreto y un campo de juegos para niños.

—¿Te parece si caminamos un poco para bajar la comida? —Miguel señaló con la mirada la pista que recorría el parque.

El aire templado era perfecto aquella noche. Los niños pequeños en los triciclos nos rebasaban al pasar junto con sus padres. Los perros se revolcaban en el césped mientras jugaban con sus dueños. Una pareja trotaba en sentido contrario con los auriculares puestos.

Cruzamos la calle y caminamos lento bajo la luz de los faroles. Miguel aún seguía rebasando mi estatura por una cabeza. La chaqueta negra ajustada y los jeans oscuros no dejaban esconder su figura atlética. Dimos una vuelta, nos sentamos en una banca alejada del movimiento. Teníamos el parque frente a nosotros y la pista de concreto en los pies.

—Alonso, además de Ricardo… ¿estás o estabas saliendo con alguien más?

—No. No estoy saliendo con nadie. No es que no quiera, es que no hay nadie. Digo, sí hay gente, pero no he buscado. O más bien diría que no me han encontrado. Estoy hablando de más, ¿verdad?

—Un poco —rio Miguel.

Nos quedamos en silencio mientras otro niño en su triciclo pasaba frente a nosotros en compañía de su hermano.

—Miguel… Nunca he tenido una relación formal en mi vida.

Miguel giró el cuerpo hacia mí.

—Lo siento. Creo que en parte es culpa mía. ¿Desconfiaste de todos por lo que pasó entre nosotros?

—No te des tanto crédito. Yo tampoco soy una monedita de oro. La verdad, siempre me gustó más la idea de imaginar una relación en lugar de tener una.

—¿Por qué imaginarla en lugar de tenerla?

—Porque la idea de imaginar una relación con un hombre es mucho mejor en mi mente que en la vida real. Por ejemplo, ve este parque: ¿cuántas parejas del mismo sexo hay? A pesar de que la mentalidad del mundo está cambiando y cada día podemos disfrutar más de los mismos derechos que todos, siempre existirá el intolerante, el racista, la homofobia y… —una lágrima salió— las personas que nos ven y utilizan como un objeto para tener sexo y no como la pareja con la que quieren pasar el resto de su vida.

Miguel deslizó su cuerpo sobre la banca hasta que nuestros hombros chocaron. Su brazo recorrió mi espalda y me abrazó.

—Alonso, yo nunca te veía como un objeto y la persona que lo haya hecho no merece tus lágrimas.

Ricardo no merecía mis lágrimas.

—Y además —sequé el agua de mis mejillas—, mis

padres aún no lo saben, pero eso no me preocupa demasiado.

—¿Por qué no se lo dices?

—Imagínate tener veintiséis años, confesar a tus padres que eres gay y cuando te pregunten quién es tu novio decirles "no tengo y hace mucho que no he tenido". Pensarán que estoy bromeando, mintiendo o confundido —dije entre risas.

—¿Te preocupa cómo puedan reaccionar?

—No, para nada. El peor de los escenarios es que me corran de casa. Si es así, tengo dinero suficiente para sobrevivir en lo que busco techo y trabajo.

—Y en el mejor de los casos te aceptan y sigues viviendo con tu familia tal como lo estás haciendo ahora.

—Así es. Tú sí que me entiendes.

—Pienso que deberías arriesgarte, tal vez te sorprendan y hasta vives mejor que ahora.

—¿Eso es lo que hiciste tú? ¿Tus padres saben todo sobre ti?

—Alonso, cuando le conté a mis padres sobre el negocio de la venta de droga, lo único que querían era saber todo sobre mí. Saber quiénes eran mis amistades, los grupos con lo que me juntaba y, claramente, las parejas que tenía. En esa época solo estabas tú.

Giré mi cuerpo hacia Miguel. Tenía su rostro frente al mío. Su barba negra en forma de candado estaba perfectamente afeitada. Sus imperfectos rizos negros caían sobre su frente. La quijada marcaba su aspecto varonil. Las cejas negras y pobladas adornaban sus ojos negros que me rehusaba a dejar de ver. Un instante bastó para que los labios se juntaran. Una caricia entre ambos labios.

Miguel se levantó.

—Ya es tarde, mañana hay que trabajar. ¿Nos vamos?

Caminamos bajo las luces de los faroles juntando nuestros nudillos en el aire, luego los dedos, después nuestras manos.

Los fuertes golpes en el portón de la casa me despertaron

como si un relámpago hubiera caído a metros de distancia. El sonido de las llantas quemándose contra el pavimento fue lo segundo que escuché. Salí de la habitación. Alberto y mis padres estaban en el pasillo.

—¿Escucharon eso? —dijo mi madre asustada.

—Quédense aquí. Voy a bajar a ver qué ocurrió —el ingeniero Rodríguez bajó las escaleras sosteniendo un palo de golf entre las manos junto con Alberto.

Regresé a la habitación y agarré el celular, eran las 2:35.

—¡Todo está bien, no hay nadie aquí abajo! —gritó Alberto desde el primer piso.

Mi madre y yo bajamos las escaleras para encontrarnos con los demás.

Salimos por la entrada principal. Sobre el pavimento de la calle quedaron las marcas negras del auto que había hecho rechinar sus llantas. El ingeniero Rodríguez salió hacia la mitad de la calle. Giró la cabeza en ambas direcciones buscando algo o alguien. Cuando devolvió la mirada hacia la casa, su rostro se enrojeció y gritó enfurecido:

—¡Por Dios! ¡¿Quién habrá hecho esto?!

Alberto y yo salimos a la calle y giramos la mirada hacia la casa. Sobre el portón blanco había un mensaje con pintura en aerosol azul que decía: SÉ QUE FUISTE TÚ ¡ME LA VAS A PAGAR!

La cruceta metálica que había utilizado Francisco para destruir el Mustang de Ricardo estaba en el suelo.

El infierno apenas había comenzado.

13
VIDEOS

La pantalla negra instalada en el estudio del ingeniero Rodríguez proyectaba las imágenes de las nuevas cámaras de seguridad en cuadrantes. Cámara #1, en el cuadrante superior izquierdo: se apreciaba el largo y ancho de la calle frente a la casa con los autos desfilando en ambos sentidos; podía ver a los trabajadores sobre la banqueta limpiando el mensaje en el portón con baldes de agua y jabón. Cámara #2, en el cuadrante superior derecho: era el ojo de la entrada principal hacia la calle; si alguien se paraba frente a la puerta, se podía ver su rostro desde la pantalla antes de invitarlo a entrar. Cámara #3, en el cuadrante inferior izquierdo: miré a Alberto caminar desde la sala hacia las escaleras subiendo al segundo piso, la mesa de cristal del recibidor estaba en primer plano, la entrada principal se veía al fondo y a un lado la puerta blanca hacia la cochera. Cámara #4, veía a Robbin ladrar en el cuadrante inferior derecho; la cámara colocada al fondo del patio grababa la alberca junto al jardín, las puertas de cristal al fondo permitían ver todo lo que pasaba en la cocina.

El percance de la noche anterior hizo que mi familia tomara las medidas de seguridad necesarias. Reportaron el acto de vandalismo a las autoridades y a la sociedad de colonos. No se tenían videos registrados en los accesos de la caseta de vigilancia de la colonia y los guardias de seguridad no contaban con registros de la noche anterior. La agencia de seguridad se disculpó con mi familia por la falta de elementos para dar seguimiento al caso; en su lugar mandaron a parte de su equipo a instalar un circuito cerrado de cámaras para mantener monitoreado el perímetro en caso de que ocurriera algún otro incidente.

Luego de que los técnicos y el personal de limpieza abandonaran la propiedad, mis padres, Alberto y yo nos sentamos en la sala a discutir la situación.

—Hijos, hagan memoria: ¿tienen idea de quién pudo haber dejado el mensaje en el portón? —preguntó el ingeniero Rodríguez—. El mensaje era una amenaza muy directa.

Alberto me miraba desde el otro lado del sillón. Supuse que esperaba que yo respondiera con la verdad, que confesara que la persona que había dejado el mensaje era Ricardo como un acto de venganza por haber destruido su auto. La prueba era la cruceta de metal en el piso, afuera de nuestra casa. Seguramente Francisco la había olvidado tras romper todos los vidrios del Mustang y ahora Ricardo la traía de regreso a donde pertenecía.

—No tengo idea de quién pudo haber dejado el mensaje, pero no creo que vuelva a amenazarnos. Solo extrememos precauciones.

—¡No mames, Alonso! —Alberto se levantó del sillón y subió a su habitación.

—Alonso, ¿hay algo que tengas que decirnos? —preguntó el ingeniero Rodríguez.

La verdad era muy complicada para contarla.

—No, no sé que es lo que tiene Alberto, ya les dije que no tengo idea de quién pudo haber dejado el mensaje.

—Bueno, si ese es el caso, creo que deberíamos suspender nuestro viaje a Las Vegas —dijo mi madre, angustiada.

Mis padres llevaban días preparando sus vacaciones. Pasarían el resto de diciembre con sus amigos haciendo un *road trip* por Los Ángeles hasta llegar a Las Vegas para celebrar Año Nuevo y regresar a principios de enero. Tenían los boletos de avión comprados y a sus amigos emocionados por verlos de nueva cuenta.

—No es necesario que hagan eso, mamá, pueden irse sin

ninguna preocupación. Yo me encargaré de extremar precauciones y revisar las cámaras cada día en caso de que se vea algo extraño. Hay que seguir con nuestras vidas, no por este incidente vamos a encerrarnos o a cancelar planes.

—Me gusta que trates de dar solución, Alonso, pero una amenaza de ese tipo no hay que tomarla a la ligera —dijo el ingeniero Rodríguez—. ¿En verdad no tienes idea de quién pudo haber sido?

—Por última vez, ¡no! Debieron ser solo unos jóvenes haciendo destrozos —dije y me alejé.

Subí a la habitación de Alberto, que estaba acostado sobre su cama viendo el celular.

—¿Por qué no contaste la verdad? — Alberto separó el celular del rostro—. Sería más fácil decir a todos que fue Ricardo y parar en seco este estúpido conflicto entre ustedes.

—Contar a todos que Ricardo y yo fuimos amantes no me parece un buen plan. Déjame tratar de hablar con él para aclarar las cosas. Debo decirle que el destrozo de su auto no fue para nada planeado.

—Solo dile que lo hizo Francisco, ¡y ya!

—Francisco estaba ebrio y no se acuerda de haberlo hecho. Tendré que hacerme cargo de los daños.

—¿Por qué te haces responsable de lo que él hizo? ¡Habla con él también! Si hay que pagar por los daños, que los pague él.

—No creo que tenga dinero para pagar, es más, no creo que tenga dinero en absoluto.

—Pues ese no es tu problema. ¿Por qué te empezaste a juntar con él? No es parte de tu grupo de amigos y no creo que tengan contactos en común en Facebook.

—Lo conocí cuando era conductor de Uber.

—*OK*, eso ya es raro de entrada, pero aparte de eso, ¿qué más conoces de él?

Nada, esa era la respuesta. Todo lo que sabía de él era mentira.

—Voy a hablar con Francisco para explicarle la situación

y que se entere del desmadre que ha causado. Luego llamaré a Ricardo.

—Suerte con eso —dijo Alberto y regresó al celular.

El suéter holgado color rojo cubría mi cuerpo de los diecisiete grados que el celular marcaba en la pantalla. El portátil estaba sobre la mesa de cristal del patio trasero. La video conferencia con Óscar y Natalia había terminado luego de mi ausencia en la oficina durante todo el día. El aro líquido de vino tinto quedó marcado en la mesa cuando levanté la copa para dar un sorbo. La botella a un lado seguía casi como nueva. Miré de nuevo el portátil; la bandeja de entrada no tenía correos pendientes por leer y el reloj marcaba las 18:15 horas. La jornada laboral había terminado y tenía tiempo para hacer llamadas personales. La primera sería a Francisco.

Tomé el celular, marqué el número de Francisco y lo coloqué sobre la mesa con la opción de altavoz activada. Me recargué sosteniendo la copa de vino.

—¡Alonso! Mira, que me agarras en pleno tráfico y conduciendo.

—Hola, Francisco. ¿Estás trabajando?

—Así es, mi estimado. Voy rumbo a Cumbres a recoger a un pasajero. ¿Tú cómo estás?

—De eso quiero hablarte, no estoy muy bien que digamos. Pasó algo aquí en mi casa que creo deberías estar al tanto porque tú fuiste el responsable.

—¡Ah, caray! ¿Pues qué pasó o qué?

—Al parecer nuestro "amigo" Ricardo dejó escrita una amenaza en el portón de la casa. Asumo que fue él porque dejó la cruceta con la que golpeaste su auto. Después de eso se dio a la fuga.

—¡Ja, ja, ja, ja! Creo que sí dejé la evidencia tirada en alguna parte del estacionamiento.

—¡Oye! No le encuentro lo chistoso, no sabes el susto que nos metimos ayer mi familia y yo.

—¡Cálmate, Alonso! Si ese Ricardo quiere guerra, guerra

le daremos, solo hay que pensar muy bien en nuestro próximo movimiento.

—¡Francisco! Te estoy hablando para que detengamos esto, no para planear un contraataque. Podrías por lo menos mostrar un poco de cordura, por favor.

—¡Lo siento, Alonso, el deber llama! Ya estoy a punto de llegar con el pasajero. ¡Adiós!

Francisco terminó la llamada.

—¡Hijo de su…! —dejé la copa sobre la mesa.

El celular estaba nuevamente en mis manos. Francisco no estaba arrepentido por lo que había hecho y no le importó lo que había sucedido en mi casa la noche anterior. Respiré profundo para relajar mis nervios; si la primera llamada fue un desastre no me imaginaba cómo sería la segunda. Mis dedos sobre la pantalla buscaron el nombre de Ricardo. Di otro sorbo a la copa de vino hasta que quedó vacía. Marqué el número, presioné altavoz, se escucharon dos timbres y luego su voz.

—¿Sí?

—Hola, ¿Ricardo?

—¿Puedo ayudarte en algo, mi Alonso?

"Qué patán", pensé.

—Bueno, la verdad quería hablar contigo sobre lo ocurrido anoche. No quiero que haya problemas entre nosotros y quisiera aclarar las cosas.

—¿Qué ocurrió anoche? Perdona, pero no sé de qué me estás hablando.

—Ricardo —dije, y respiré—, hablo del mensaje escrito en el portón de mi casa. "¡Sé que fuiste tú, me la vas a pagar!" Justo debajo estaba una cruceta de metal.

—¡Vaya, mi Alonso! No sabía que más de una persona te odiaba —la burla de Ricardo se escuchaba por todo el jardín—. Deberías cambiar tu forma de ser o te quedarás solo.

—Ricardo, hablo en serio, solo quiero arreglar las cosas contigo.

—Bueno, número uno, si acaso tuve algo que ver con lo que dices que pasó en tu casa, ¿tienes pruebas de que fui yo?

—No, por eso te estoy marcando, quiero que seamos sinceros y arreglemos esto como adultos.

—Vaya, qué tristeza. En cambio, yo sí tengo las grabaciones del estacionamiento en donde apareces escabulléndote entre los autos buscando algo y al parecer si lo encontraste, ¡mi auto!

—¡Ricardo, no fue así! Déjame explicarte.

—¿No te bastó con arruinar mi fiesta de compromiso con Anna? Y ahora, ambos se ponen de acuerdo para venir a mi departamento a interrumpirnos a Victoria y a mí y de paso a destruir mi auto. ¡Vaya equipo!

—Ricardo, ¿estás escuchándote? Acabas de aceptar que estabas con Victoria en tu apartamento. ¿No estabas comprometido?

—¡Mi Alonso! Muchas personas han pasado por mi apartamento, tú mejor que nadie deberías saberlo. Y para que lo sepas, sigo comprometido, ¡que eso te quede muy claro!

—¡No puedo creerlo! ¡Eres la persona más detestable que conozco!

—¿Y qué piensas hacer? Recuerda que te tengo grabado a ti y a tu amigo, si quiero lo puedo hacer público y poner en la descripción "Dos borrachos destruyen auto". ¿Cuántos videos más sobre ti se necesitan para que el mundo se dé cuenta de que eres un alcohólico?

—No estaba ebrio aquella noche, Ricardo, y ni siquiera fui yo el que le hizo daño a tu auto.

—Bueno, tal vez ese video no sea prueba suficiente, pero sí el resto.

—¿De qué hablas? —acerqué mi cabeza al celular.

—Uff, ¿por dónde empiezo? —la pausa que hizo Ricardo fue eterna—. Te tengo grabado en el club, cuando fue el cumpleaños de Daniel, bailabas muy pegado con Anna, ¿recuerdas? Daniel te sacó cargado y le escupiste en la cara, me sacaste una carcajada. Más tarde, esa madrugada, llegaste a mi apartamento, sabía que aún estarías muy ebrio. Te quitaste la ropa, tomaste la botella de vino y empezaste a cantar *Let it go* de *Frozen* desnudo, eso sí no me lo esperaba. Saqué el celular y comencé a grabarte otra vez. Debo admitir que aquella noche me diste la mejor mamada que me han dado en toda la vida.

—¿Quieres parar? Por favor.

—¿Qué dices? Apenas voy empezando. El día que arruinaste mi fiesta de compromiso me llegó el video en el que se ve cómo vomitas desde la terraza. Fue ahí cuando tuve la idea de hacer un *collage* con todos tus videos y hacerlos virales, solo por diversión. Pero oye, uno ya es mayor, tiene responsabilidades y no tiene tiempo para venganzas de chicas de preparatoria. Y luego… luego volviste a entrometerte en mi vida. Golpearon a Victoria y destruyeron mi auto. ¿Conoces lo que es el respeto, mi Alonso?

—¿Lo conoces tú?

—¡Yo te voy a enseñar a respetarme! —la voz de Ricardo bajó nuevamente—. En fin, tuve que mentir varias veces afirmando que iba a visitarte para que los guardias me dejaran entrar a tu colonia, incluso ya hasta somos amigos. Tranquilo, no te busqué en Google: Daniel me pasó tu dirección, me dijo que tenías una casa muy bonita y no estaba equivocado. En fin, deberías decir a los guardias que los videos de seguridad son privados.

—¿A qué te refieres?

—Me refiero a que tienen un video tuyo de cuando chocaste con la caseta de vigilancia. Según la fecha y la hora que aparece en el video, fue exactamente después de la boda de Gracia. Te fuiste muy ebrio ese día, no me sorprende que hayas chocado.

—¿Te enseñaron el video?

—¡Mejor! Lo tengo en el celular. Entonces recapitulemos: Alonso ebrio en el club, Alonso ebrio en el apartamento, Alonso ebrio en la terraza, Alonso ebrio chocando. Yo creo que es suficiente material para que la gente crea que ebrio destruiste mi auto, ¿no crees?

—No lo harías.

—Bueno, tal vez eso te ayude a tomar mejores decisiones en el futuro. ¿Quién te tomará en serio después de que vean quién eres de verdad?

—Te equivocas, ese… ese no soy yo.

—Pues para mí sí que lo eres.

—¡Por favor, Ricardo! Te marqué para que pudiéramos solucionar las cosas, no para empeorarlas. ¿Qué puedo hacer para arreglarlas?

—Qué bueno que lo mencionas. ¿Recuerdas lo que acabo de decir sobre aquella noche, en que me diste la mejor mamada que me han dado en la vida? Bueno, creo que te puedes dar una idea de qué es lo que quiero. No te preocupes, yo te diré cuando sea el momento indicado. ¡Hasta entonces!

La pantalla del teléfono se apagó.

Desconcertado por lo que acababa de escuchar, tomé la botella de vino y di un sorbo. Ricardo estaba dispuesto a publicar cualquier video con tal de destruirme si no hacía lo que me pedía, quería tratarme como su juguete. Y no lo culpaba, siempre fui su juguete. Nunca me ofreció algo más que no fuera sexo. Yo no le di nada que no fuera mi cuerpo. Ahora él pensaba que yo era un loco actuando por venganza. Me daba miedo pensar que fuera así.

Levanté la mirada; Robbin estaba sentado al lado de la alberca, mordiendo el hueso de juguete que le había comprado hacía unos meses. A través del cristal vi a mis padres sentados en la cocina. No tenían idea de lo que su hijo estaba pasando en esos momentos. Ni siquiera yo tenía idea de qué estaba pasando con mi vida, para ser honesto. El ingeniero Rodríguez recientemente me había hecho gerente del negocio, confiaba en mí al cien por ciento. Si los videos salían a la luz, afectarían mi imagen y dañarían de cierta forma la reputación del negocio de apellido Rodríguez.

Todos los años de esfuerzo de mis padres podrían derrumbarse en segundos.

En ese instante Miguel mandó un mensaje al celular invitándome al cine. No contesté. Si Miguel veía los videos, se daría cuenta de la clase de persona en que me había convertido: un alcohólico inestable que no puede mantener su vida en orden. El mismo que desde los diecisiete años no ha podido madurar.

Serví más vino en la copa. Recargué la cabeza y me quedé mirando el cielo nublado. El teléfono volvió a sonar con el nombre de Francisco en la pantalla.

—¿Hola?

—¡Alonso! Acabo de bajar al pasajero en su destino. Dime ¿ya sabes cuál es el plan para el contraataque?

Di un sorbo a la copa. Mis dedos acariciaron la botella de vino tinto sobre la mesa de cristal.

—¿Un botellazo en la cabeza es suficiente para matar a alguien?

14
NAVIDAD

Alberto por fin marcó el día 24 de diciembre en el calendario pegado sobre el refrigerador. El plato con carne estaba sobre la mesa de mármol de la cocina junto a la pequeña bocina inalámbrica que reproducía clásicos de los ochenta. El ingeniero Rodríguez sacó los últimos cortes de carne del asador en el jardín. Mi madre y yo esperábamos sentados alrededor de la mesa. Alberto sacó dos cervezas Tecate del frigobar, una para él y otra para el ingeniero; la piña colada de mi madre tenía más hielos que alcohol y yo sostenía mi segunda copa de vino tinto.

—Mañana sale nuestro vuelo hacia Tijuana y de ahí nos iremos en carretera hasta Las Vegas —nos recordó el ingeniero Rodríguez—. Quiero que sepan que me voy un poco preocupado por lo que ocurrió hace algunos días, pero confío en que van a extremar precauciones.

—Váyanse despreocupados, Alonso y yo ya no somos unos niños, aunque a veces actuemos como tales —Alberto dio el primer trago a la cerveza—. ¿Ya tienen su itinerario de viaje?

—¡Sí! —gritó emocionada mi madre—. Si quieren que les traiga algo, no duden en escribirme.

—Y si algo pasa aquí o en el negocio, también avísanos, Alonso —recalcó el ingeniero.

El almacén permanecería abierto durante los últimos días del año para entregar los pedidos restantes. El personal administrativo ya disfrutaba de sus vacaciones. Los operadores y yo seguiríamos asistiendo para cargar las camionetas con el papel maquilado y dar el último mantenimiento a las máquinas para empezar al cien el siguiente año.

—Claro, los mantendré al tanto de todo lo que suceda —dije a mis padres.

—Debo admitir que me sorprende la velocidad con la cual te adaptaste al puesto, pero me sorprende más que te hayan despedido de tu antiguo trabajo —el ingeniero Rodríguez tomó la primera pieza de carne—. Sigo desconociendo la razón que llevó a tu jefe a tomar esa decisión, pero sé que cometió un terrible error. Eres muy bueno en lo que haces, hijo.

—Sí, otros hombres le han dicho lo mismo —dijo Alberto burlándose antes de que le pateara la pierna por debajo de la mesa.

—Creo que al final estoy donde debería estar. Mis decisiones me han traído hasta aquí.

Mis ebrias decisiones.

—¿Por qué no nos dices por qué te despidieron? Ya pasó mucho tiempo —dijo mi madre—. Nunca nos dices nada.

—Mamá, no quiero hablar de eso. Además, estoy estable en el negocio familiar; eso es lo importante.

—Y como siempre, nosotros nos quedamos sin saber nada de lo que pasa en tu vida.

—¿Perdón? —dejé la carne sobre el plato.

—Lo que dije. Siempre te damos tu espacio, pero ya estoy cansada de quedarme viendo cómo subes y bajas emocionalmente. A veces me gustaría saber por qué sufres tanto y no lo dices.

—Mamá, ¿de qué hablas? No estoy sufriendo, estás exagerando.

—Ah, ¿no? ¿Y por qué esas llamadas recientes preguntando si pensé en abortarte? Te despiden, no nos dices la razón y lanzas una botella por la ventana; un loco deja un mensaje en el portón, huye y no quieres hablar de eso cuando es evidente que pasa algo. ¡No somos tontos, Alonso!

—Miriam, basta —el ingeniero Rodríguez tocó la mano de mi madre sobre la mesa.

—¡No! ¡Estoy harta! Aunque no te guste, vives bajo mi techo, y tengo derecho a saber qué pasa contigo.

—Mamá, ya para —Alberto tomó otro pedazo de carne del centro.

—Solo quiero poder sentarme en la mesa y saber con quién estoy conviviendo, eso es todo —dijo mi madre.

Lo único que se escuchó después fue a Cyndi Lauper cantando *Time after time* en la bocina. Al terminar la cena, Alberto y mi madre recogieron los platos sucios de la mesa, el ingeniero Rodríguez se dirigió a la sala para buscar una película. El celular en el bolsillo de mi pantalón no dejaba de vibrar, lo saqué de inmediato y vi un mensaje de WhatsApp de Daniel sobre la pantalla.

Daniel, 20:45. *¡Feliz Navidad, Alonso! Espero que la estés pasando muy bien en compañía de tu familia. A pesar del distanciamiento que hemos tenido en los últimos meses, quiero que sepas que sigues siendo uno de mis mejores amigos. Quise darte tu espacio y tiempo para que pudieras reflexionar sobre lo que sea que te estuviera pasando, pero quiero decirte que extraño tu compañía y buena vibra. Nadie me sigue el ritmo en las fiestas como tú lo haces, jajaja. Karen te envía muchos saludos también. Ambos te extrañamos. Extrañamos a nuestro Alonso.*

El mensaje llegó en el momento preciso y aclaró mis pensamientos. Cuando tenía diecisiete años, la única responsabilidad en mi mente era llegar a tiempo a los entrenamientos de atletismo, mis padres me llevaban y me acompañaban en los torneos. El único compromiso que tenía era ir al centro comercial para ver una película con Nydia, Humberto y Jorge. Mis padres siempre me recogían en la puerta principal·sosteniendo la canasta con palomitas y llegábamos a casa antes de las 21:00 horas. Era feliz y vivía sin remordimientos porque en aquel momento era "yo" el que llegaba a casa.

A mis veintiséis años todo era diferente. Las responsabilidades se habían multiplicado y en mi mente no dejaban de fluir los compromisos que debían ser atendidos con urgencia. Las relaciones con las personas que me rodeaban eran absurdamente complicadas; todos tenían una opinión sobre mí y sus comentarios afectaban mis decisiones. Y lo peor: mis padres vivían con un completo desconocido, alguien del que no sabían nada desde los diecisiete años. Alguien que no necesitaba que lo llevaran a ninguna parte, pero vivía bajo su techo. Alguien que jamás compartía nada sobre lo que le sucedía fuera de aquellas cuatro paredes. No era feliz y vivía con remordimientos porque no era "yo" el que vivía en casa.

Fueron las últimas palabras del mensaje de Daniel, "extrañamos a nuestro Alonso", las que me hicieron darme cuenta de que mis amigos y Alberto eran los únicos que conocían al verdadero Alonso.

Caminé hacia la sala, donde mi padre estaba sentado en su sillón preferido junto a mi madre. Llamé a Alberto para que estuviera presente; necesitaría de su apoyo después de que la bomba explotara. Me paré frente al televisor para asegurar que la atención se enfocara en mí.

—Papá, mamá —habló mi corazón a mil palpitaciones por segundo—. Debo decirles algo.

—¿Buenas noticias? —preguntó mi madre.

—Estos últimos años no he sido sincero con ustedes. Para ser más exactos, desde que me encontraron tirado en los baños de la preparatoria UDEC.

—Alonso, eso fue hace mucho tiempo. ¿Por qué quieres sacar el tema ahora? —preguntó el ingeniero Rodríguez.

—Porque la razón por la cual me he distanciado de ustedes es la misma razón por la que no puedo contarles nada de lo que pasa en mi vida, porque me preocupa cómo puedan reaccionar al conocer la verdad. Pero no quiero seguir viviendo una doble vida, no es justo para ustedes, pero sobre todo no es justo para mí.

Silencio absoluto, luego hablé.

—La persona que me drogó ese día fue mi exnovio, Miguel Ramírez —silencio…—. Papá, mamá… soy gay.

A las 10:25 del día 25 de diciembre, mis padres partían en un vuelo directo hacia Tijuana, Baja California. Alberto y yo los llevamos en mi auto hacia el aeropuerto, donde nos despedimos de ellos en la puerta. "Los queremos mucho a los dos, siempre recuerden eso" fueron las últimas palabras del ingeniero Rodríguez antes de abrazarnos a Alberto y a mí. Mi madre cubrió su rostro con las gafas oscuras todo el tiempo, no dijo nada, solo me abrazó. Ambos entraron a la Terminal B del Aeropuerto Internacional de Monterrey.

—Bueno, al menos ya saben que jamás te vas a fijar en los pechos y el culo de la vecina —la risa de Alberto aumentó mientras el auto avanzaba regreso a casa.

—¡Cállate! —reí también—. Creo que lo tomaron de la mejor manera, no dijeron nada.

—¡Pues claro! Los dejaste sin palabras, yo también me hubiera quedado callado si me hubiera enterado de que mi hijo fue drogado por su exnovio y que después de eso tuvo más relaciones con hombres que jamás conocí. Era una vida oculta.

—Solo les dije la verdad.

—Bueno, la verdad a medias. ¿No les dirás nada de Ricardo?

Les conté a mis padres que volví a ver a Miguel luego de ocho años y que ahora él estaba trabajando en el negocio familiar administrando algunos salones de eventos del área metropolitana de Monterrey. Les hablé sobre algunos "amigos" que conocieron que en realidad fueron mis parejas años atrás. Pero no les había dicho nada sobre la razón de mi despido de Almendra Publicidad, ni sobre el mensaje escrito en el portón de la casa. Todo había sido por Ricardo. Mi madre me habría reclamado mi mal gusto en hombres.

—Una noticia a la vez, Alberto. No quiero provocarles un infarto.

El tono de la llamada entrante invadió las bocinas del auto, la opción manos libres estaba enlazada al Bluetooth. En la pantalla del tablero apareció el nombre de Daniel. Alberto tocó el botón para contestar.

—¡Hola, Daniel! Habla Alberto, ¿cómo estás?

—¡Alberto! Qué gusto saludarte. ¿Estás con tu hermano?

—Aquí estoy, Daniel, estás en altavoz.

—Bien, bien, perfecto. ¿Sigue en pie nuestro plan para comer hoy, verdad? Llegaré al restaurante quince minutos antes para no perder la reservación.

—¡Sí, claro! Ahí nos vemos —respondí.

—Qué tal tú, Alberto, ¿te nos unes?

—¡Gracias, Daniel! Pero ya quedé con unos amigos. Será para la otra.

—Ya veo, no hay problema. ¡Nos vemos en la tarde Alonso! Necesito que me cuentes todos los detalles de ayer en la noche.

Luego de confesar a mis padres mi orientación sexual y contarles sobre Miguel y algunas otras parejas, un silencio incómodo visitó la sala por más de dos minutos. Alberto se había levantado del sillón y había traído consigo los regalos de Navidad. "¡Feliz Navidad, familia!", fueron las tres palabras que devolvieron el brillo a los rostros de mis padres. Abrimos uno por uno los regalos. Alberto me dio un estuche con diez sacacorchos de diferentes colores y tamaños. Mis padres, un pijama Polo Ralph Lauren que compraron en rebaja con los puntos de la tarjeta del Palacio de Hierro. Terminamos la velada los cuatro abrazados en el piso de la sala. Subí a mi habitación temblando, nervioso por la confesión que había hecho aquella noche y los cambios que representaría en mi vida. Me recosté en la cama y volví a mirar el mensaje de Daniel. Mis dedos llamaron a su teléfono. Ambos nos deseamos feliz Navidad y continué la conversación diciendo que oficialmente estaba afuera del clóset y que necesitaba celebrarlo con él por darme el valor de hacerlo gracias a su mensaje.

La cocina asiática siempre ha sido la favorita de Daniel y Karen cuando quieren gastar más de mil pesos en una comida. En la entrada del restaurante P.F. Chang's, las grandes molduras de piedra en forma de caballo daban la bienvenida a los comensales. La recepcionista buscaba el nombre de Daniel en la lista de reservaciones. Al encontrarlo me dirigió a la mesa donde Karen estaba sentada bebiendo un *gin-tonic* junto a Daniel, que daba un trago a su cerveza. Ambos se levantaron de la mesa al verme; el primero en abrazarme fue Daniel, que me apretó fuerte entre sus brazos.

—Te extrañé mucho, cabrón —la voz de Daniel se entrecortó al hablar.

—¡Oye! Yo también te extrañé, pero no para llorar —dije entre risas.

—Ya sé, pero ya sabes cómo me apego a mi familia, y tú eres mi hermano, cabrón.

—¡Qué bueno que viniste, Alonso! —Karen me abrazó y dio un beso en la mejilla.

Ordené una copa de vino blanco junto con unos *dumplings* de entrada para compartir. El primer tema de conversación en la mesa fue la confesión a mis padres acerca de mi sexualidad. Sin entrar en detalles, Karen terminó el tema:

—Me alegra que por fin hayas hablado con tus padres; solo dales tiempo para asimilar la noticia.

—Lo que yo quiero asimilar es dónde será nuestra tradicional fiesta de Año Nuevo —interrumpió Daniel.

—¡Oh, por Dios! Alonso, por favor, ayúdame. Daniel lleva desde que empezó el mes preguntándome lo mismo.

—¿Y qué? ¿Soy el único que se la quiere pasar bien el último día del año? —dijo Daniel.

—Yo también quiero pasarlo bien, amor, pero no quiero salir a un club ni tampoco salir a un restaurante a cenar,

¡todo va a estar a reventar!

—Bueno, ¿y qué propones? —dijo Daniel alzando sus manos—. En la casa no podemos hacer ruido, tenemos los peores vecinos del mundo.

Las miradas de ambos apuntaron hacia mí cuando estaba apunto de morder el *dumpling*, que cayó de entre los palillos.

—¿Qué? —pregunté.

—Alonso, tu casa es bonita, grande y acogedora. ¿Qué harás en Año Nuevo? —preguntó Karen.

—No, no, no, no, en mi casa no —dejé los palillos sobre la mesa—. Mis padres no están en la ciudad y no quiero que piensen que me estoy aprovechando de la ocasión para armar una enorme fiesta.

—Será algo pequeño, Alonso —aseguró Daniel—. Seremos solo nosotros. Además, es tu casa, podríamos invitar a Gracia y Raúl.

—¡Sí! —confirmo Karen—. Y puedes decirle a tus amigos de la preparatoria Nydia, Humberto y Jorge.

—¡Ah! Y a tu novio Miguel, claro —dijo Daniel.

¿Novio?

—¡Alto ahí! Primero que nada, Miguel no es mi novio, ¿de acuerdo? Segundo… —me quedé callado. No había segundo punto, de hecho, era una buena idea. La casa estaría disponible, no tenía planes para Año Nuevo y no necesitaba moverme a ninguna parte.

—Lo único que queremos evitar es quedarnos los dos encerrados en casa ese día, ¿nos lo puedes conceder? —Karen juntó las manos y las acercó a su cara haciendo un puchero horrendo.

Tomé la copa de vino sobre la mesa y la levanté en el aire.

—¡Salud por nuestra próxima fiesta de Año Nuevo!

Daniel y Karen sonrieron.

—Te dije que Alonso era más fácil de convencer que un niño—dijo Karen a Daniel entre risas.

Karen sacó el celular que vibraba dentro de su bolsa.

—¿Ya te está buscando tu amante tan temprano? —

preguntó Daniel riendo.

—¡Cállate! Es Anna. Dice que ya está llegando.

¿Anna? De haber sabido que estaba invitada a la comida, lo habría pensado dos veces antes de venir para luego decidir quedarme en casa. No nos habíamos visto desde su fiesta de compromiso y no habíamos hablado desde que encontró a Ricardo con su amiga Victoria en el apartamento. Me preguntaba si Daniel y Karen lo sabían también.

—¡No me habías dicho que venía Anna! —reclamé a Daniel dándole una palmada en el hombro.

—¡Calma! Yo tampoco sabía.

—La invité yo —se apresuró a contestar Karen—. ¿Hay algún problema entre ustedes, Alonso? Digo, arruinaste el momento más emotivo en su fiesta de compromiso, pero ya debería haberlo superado y ella no dijo nada cuando le dije que vendrías. Incluso se alegró.

Dirigí la mirada a la entrada del restaurante. Anna caminaba hacia nosotros con el bolso Michael Kors colgando bajo el brazo derecho, su rubio cabello caía suelto sobre el saco color beige y los enormes lentes cafés le cubrían el rostro. Me quedé inmóvil en la silla cuando Anna se puso a mi lado.

—¿Y bien, no me vas a saludar? —. La mirada de Anna se asomó por arriba de los lentes.

—Hola, Anna —levanté mi cuerpo para besar su mejilla.

Anna se sentó en la última silla disponible en la mesa, al lado mío.

—¡Cuéntenme! ¿Cómo pasaron la Navidad? —dijo Anna poniendo su bolsa sobre la mesa.

—Nosotros nos la pasamos muy bien. Fuimos a cenar a casa de los papás de Daniel y luego visitamos a mi madre, que preparó el mejor pozole que he probado hasta ahora.

—¡Qué lindos! ¿Y qué tal tú, Alonso? —preguntó Anna quitándose los lentes.

—No hay mucho que contar, pasé la tarde con mis padres y Alberto. Algo muy pequeño.

La mesera se acercó para tomar la orden de Anna, que solo pidió un *gin-tonic*.

—¿Y tú? —preguntó Karen—. ¿Qué tal la primera Navidad como mujer comprometida?

Anna pasó su mano izquierda por su cabeza y la deslizó entre su cabello suelto sobre los hombros. Noté que no llevaba su anillo de compromiso en el dedo.

—Bien, ¿por dónde empiezo? —Anna tomó mi copa de vino blanco y de un trago terminó todo el líquido—. No voy a casarme con Ricardo.

Bitch, what?!

—¡¿Qué?! Es una broma, ¿verdad, Anna? —Karen colocó las manos sobre la mesa y las juntó con las de su amiga frente a ella—. ¿Te encuentras bien?

Anna desvió la mirada ignorando los ojos expectantes de todos.

—¿Quieren que las dejemos solas? Alonso y yo podemos ordenar algo en la barra, ¿verdad? —Daniel me apuntó el camino hacia el fondo del restaurante con su mirada.

—No… No se preocupen —suspiró Anna—. Hablarlo a solas con Karen o con ustedes presentes no cambiará las cosas ni mucho menos mi decisión.

—Anna, ¿qué fue lo que pasó? —dije, nervioso por conocer la verdad.

Anna alzó los brazos para recoger el cabello suelto con la goma elástica que abrazaba su muñeca, el movimiento dejó descubiertas las marcas moradas sobre los antebrazos que se habían ocultado bajo el saco beige. ¿Había sido el único que las había visto? Anna volvió a colocar sus brazos sobre la mesa.

—Pasó un día antes de Nochebuena. Ricardo y yo discutíamos por temas de la boda, nada importante, en realidad. Pero… —Anna se quedó en silencio por unos segundos mientras la mesera ponía su *gin-tonic* frente a ella. Luego de un sorbo largo al popote de bambú, continuó—. Bueno, en realidad no discutíamos por temas de la boda; le estaba reclamando porque el muy imbécil se acostó con Victoria cuando ya estábamos comprometidos.

—¡¿Qué?! ¿*Victoria*, Victoria? ¿*Event planner* Victoria? ¿La que organizó tu fiesta de compromiso? —preguntó Karen.

—¡Pfff! *More like event ruiner.*

—¿Cuándo ocurrió esto? —Karen apretó las manos de Anna.

—Hace un par de semanas.

—¡¿Y por qué no me habías dicho nada antes?! ¡Soy tu amiga desde hace años, Anna!

—No le conté a nadie, Karen. Nadie supo nada, bueno… —Anna giró su mirada hacia mí. Me había contado todo acerca de lo ocurrido aquella noche, en que había golpeado a Victoria en el apartamento de Ricardo. La misma noche que Francisco destruyó el Mustang. Regresó la mirada hacia Karen—. No quise decir nada porque creí que Ricardo y yo íbamos a superar esa situación. Pensé que en algún momento podríamos sentarnos a platicar sobre lo ocurrido como adultos, pero no: Ricardo prefirió levantarse y encerrarse en su recámara. Me dejó sola en la sala toda la noche.

—¿No te pidió perdón por lo que hizo? ¿Estaba arrepentido, por lo menos?

—¡Cero arrepentido! Pero debí imaginar que no lo estaría, no es la primera vez que me engaña con alguien más.

Mis dedos se tensaron bajo la mesa. Anna estaba a punto de contar lo que había pasado entre Ricardo y yo. No estaba preparado para eso.

—¿Perdona? ¿Dijiste que no es la primera vez que te engaña? ¿Ya lo habías perdonado una vez? —preguntó Daniel.

—Así es, ya me había engañado antes —Anna dio otro sorbo a la copa hasta que la dejó vacía—. Pero no lo había perdonado porque él jamás se enteró de que yo sabía sobre su romance, lo mantuve oculto como él lo había hecho.

—¿Y cómo te enteraste? —preguntó Karen—. ¿Revisaste sus correos o su celular?

—¡Mejor aún! No tuve que hacer nada de eso —Anna me miró—. Me habría gustado jugar al espía, pero un mensaje llegó a mi celular por accidente y me enteré de todo —. Anna tomó la copa vacía alzándola al aire buscando a la mesera—. ¿Qué tengo que hacer para conseguir más alcohol aquí?

—Tienes razón, Anna, ambos estamos secos. ¿Por qué no vamos a la barra por la siguiente ronda? —dije jalando el brazo de Anna.

—No es necesario, Alonso, esperaré a que vengan.

—Vamos, insisto —tomé a Anna del brazo—. Yo invito.

—¡Me has convencido!

En la barra de bebidas pedí al *bartender* un *gin-tonic* para Anna y una copa de vino blanco para mí.

—¡Oye, guapo! —gritó Anna al *bartender*—. Un *shot* de tequila para mi amigo. Sé honesto, ¿a quién te cogerías, a él o a mí?

—¡Anna! —grité.

—Tranquilo, si te escoge a ti, ya no me importa.

—¿Se puede saber qué estás haciendo?

—Nada. Solo quiero ver si él también te encuentra más atractivo que a mí.

—No me refiero a eso. Mira, si quieres hablar y decir todo acerca de lo mío con Ricardo, ¡adelante! Pero no actúes como si tuvieras la intención de torturarme emocionalmente, eso no va a pasar.

—¡Pff! Cálmate, Alonso, no pienso decir nada, solo estoy jugando contigo. —El *gin-tonic* llegó a manos de Anna—. Además, hablar de tu romance con Ricardo no borra el hecho de que lo hizo otra vez y con alguien a quien en verdad consideraba mi amiga —sus labios cubrieron el popote.

—Anna, tú y yo también éramos amigos.

—¡Por supuesto que no, Alonso! Siempre te ha molestado mi forma de ser.

—¿Qué? ¡Claro que no!

—¡Ah! ¿Entonces no crees que soy una niña fresa mimada a la que solo le importa gastar el dinero de papi y que solo trabaja mientras busca con quién casarse para después ser mantenida por su esposo?

La copa de vino llegó a la barra. Me quedé en silencio.

—*Touché* —dije.

Ambos reímos y dimos un trago a las bebidas.

—No me molestaba tu forma de ser Anna, me molestaba que dependieras de un hombre para hacer las cosas.

—¿Y por eso me lo quitaste? Hmm... interesante.

—*OK.* Empiezo a sentir que esto sí es personal —lanzamos una carcajada al aire.

Miré hacia la mesa donde Daniel y Karen estaban esperándonos.

—¿Qué te parece si terminamos estas bebidas, comemos unos fideos y seguimos esta conversación en otro lugar? —dije.

Afuera del restaurante nos despedimos de Daniel y Karen. Anna terminó de contarles la supuesta historia de la primera vez que Ricardo la engañó. Le agradecí con la mirada cuando inventó una historia sobre una "chica" que le mandó un mensaje al celular confesando todo sobre su relación con Ricardo. Anna la había ignorado y continuado con su vida como si no hubiera leído nada. También les dijo que por ser la segunda vez que Ricardo la engañaba en el mismo año, estaba dispuesta a dejarlo. Daniel y Karen la abrazaron mostrando su apoyo emocional.

—¿Seguros que no quieren acompañarnos al bar? —insistí a la pareja—. Aún no son ni las seis de la tarde.

—Gracias, pero tenemos que llegar a terminar unos pendientes en casa —dijo Daniel.

—Por "pendientes" se refiere a conectarse a internet y jugar Fortnite —dijo Karen riendo.

—¡No se preocupen! Los llamaré en estos días para que me ayuden a organizar la fiesta de Año Nuevo —dije.

—¡Perfecto! Nos luego vemos entonces —se despidió

Daniel.

Anna y yo nos dirigimos al estacionamiento donde estaba el Mini. Conduje hasta mi casa para dejar el auto estacionado mientras Anna pedía un Uber para que nos llevara al bar.

Cambiamos de auto. En el camino Anna retocaba su maquillaje de los labios. Vi otra vez las marcas moradas sobre sus muñecas; parecían las marcas de unos dedos. Llegamos a la calle Río Mississippi y entramos a un bar llamado Mustache. Las luces tenues en el techo del lugar iluminaban las mesas y los sillones. El capitán de meseros saludó a Anna por ser cliente frecuente del lugar y nos dirigió a un sillón reservado. Dos *gin-tonic* llegaron a la mesa al igual que la mirada de dos hombres cuarentones que estaban sentados en la barra.

—Parece que ya tienes de dónde elegir —dije apuntando con la cabeza a los señores.

—¡Cállate! No quiero pensar en hombres por una larga temporada.

Anna se quedó viendo fijamente la copa después de ese comentario.

—Anna, dime la verdad. Las marcas moradas que tienes en las muñecas —apunté hacia sus brazos—. ¿Te las hizo Ricardo?

—No quiero hablar de eso —Anna estiró las mangas para cubrir la piel expuesta.

—Anna, esto es serio. Si él te lo hizo demuestra que es capaz de hacer cualquier cosa por dañar a alguien si se lo propone.

—No me va a hacer nada. Ya no estoy con él, no creo que se tome el tiempo para ir a buscarme.

—Pues si te contara lo que me ha hecho a mí, no dirías lo mismo.

—¿Qué? ¿Te golpeó a ti también?

Golpear: Anna lo dijo claramente.

—No, no me golpeó, pero es una larga historia. Todo

comenzó con su Mustang destruido en el estacionamiento.

—¡No me digas! ¿Fuiste tú? —Anna comenzó a reír.

—No exactamente, pero estuve presente cuando ocurrió y conozco a quien lo hizo.

—¿Mandaste a alguien a destruir el auto?

—¡No! Te estaba buscando en el estacionamiento. Lo de destruir el auto fue idea de un amigo que me acompañaba.

—Entonces, ¿qué fue lo que te hizo Ricardo?

Anna escuchó toda la historia sobre cómo Ricardo había planeado con alevosía filtrarse en la colonia para después dejar un mensaje en el portón, seguido de una amenaza sobre publicar unos videos que tenía en su poder y exponerme como un alcohólico.

—Y la única forma de que no publique los videos es que yo le dé una mamada cuando me lo pida —dije.

—*Oh my God!* ¡Ricardo está loco! Alonso, no puede hacer eso. ¿Sabes que puedes demandarlo por chantaje? Y más si te pidió que le pagaras con sexo.

—No te preocupes, no pienso hacerlo. Solo me preocupa lo que pasará después de que salgan esos videos. ¿Algún día alguien me tomará en serio? No quiero ser *esa* persona. Pero me he dado cuenta de que mis ebrias decisiones me han convertido en eso.

Ebrias decisiones, primera vez que lo decía en voz alta.

—Alonso, no eres el único que se ha equivocado en esta vida y te aseguro que no serás el último. La persona que te juzgue es porque le molesta ver su imperfección reflejada en ti.

—Vaya, eso es muy profundo ¿De dónde lo sacaste?

—Aunque no lo creas, lo aprendí de mi propia experiencia. Cuando terminó mi relación con Alejandro, ¿sabes qué fue lo que mis amigas me dijeron? Me dijeron que les gustaría ayudarme, pero no sabían cómo porque ellas jamás habían experimentado algo así. Y es así, mis amigas viven en un cuento de hadas, todas presumiendo una vida perfecta. Ninguna me cuenta si tiene problemas porque siempre están felices. No me cuentan si se sienten deprimidas porque para ellas no existen los problemas en el trabajo o en casa. Nada, no me cuentan nada, todo es perfección en sus vidas y ya me cansé de escuchar la misma mentira, nada en esta vida es perfecto. Pareciera que estoy hablando con robots programados en San Pedro —Anna se quedó en silencio bebiendo el *gin-tonic*—. La conversación más sincera que he tenido en estos últimos meses ha sido contigo, Alonso.

—Pero, ¿no me sigues odiando, aunque sea un poco, por haber estado con Ricardo?

—¡Al principio quería matarte! Pero cuando no tenía con quién hablar, leía tu mensaje —Anna sacó el celular y leyó el mensaje en voz alta—: "Espero que Anna nunca sepa de cómo nos divertíamos en tu oficina y en cada rincón de tu apartamento cada vez que teníamos oportunidad, antes de que estuvieras con ella, cuando solo me veías como tu juguete sexual".

Nunca había vuelto a leer el mensaje desde el día en que el señor Carlos me lo mostró en su computadora. Anna resaltó la frase *Antes de que estuvieras con Anna, cuando solo me veías como tu juguete sexual.* Entendió que lo mío con Ricardo había empezado desde mucho tiempo antes.

—¿Ricardo te ilusionó antes de que estuviéramos juntos? —preguntó Anna.

—No, no me ilusionó… yo me ilusioné con él.

—Pues te quiero confesar algo. Antes de ser novios ya habíamos tenido sexo varias veces en su oficina y su apartamento, así que es posible que ya nos intercambiara desde antes. *Anyway,* la culpa me consumía después del sexo porque no me sentía a gusto conmigo misma, me sentía tal como escribiste en el mensaje, como un "juguete sexual". Le dije a Ricardo que si quería seguir teniendo sexo tendría que ser su novia, no por que lo quisiera, sino para dejar de sentirme tan mal cada vez que lo hacíamos. Después de unos meses juntos, creí que era el momento de dar el siguiente paso, así que comencé a insistirle demasiado para que nos casáramos. Y fue la peor decisión de mi vida.

Nos quedamos callados con la música del bar de fondo. Las bebidas estaban a punto de terminarse.

—Salud porque no existen filtros ni secretos entre nosotros —dije.

—Y porque ambos tomamos la misma mala decisión.

—Y esa decisión se llama Ricardo.

—¡Así es!

—*Cheers!* —gritamos a coro.

Los hombres que estaban en la barra se acercaron a nuestra mesa para invitarnos unos tragos. El moreno de cuerpo fornido ordenó otros dos *gin-tonic* al capitán de meseros.

—Hola, guapa —dijo el moreno a Anna—. ¿Cómo te llamas?

—Perdone, no debería hablar con usted —Anna tomó mi mano—. Vengo con mi novio.

—¿Es tu novio? —dijo sorprendido.

—Sí, ¡mira! —respondí y di un beso a Anna en los labios.

—Oh, lo siento, ya nos vamos.

Los señores regresaron a la barra. Anna y yo nos miramos fijamente sin parar de reír. El capitán de meseros vino a nuestra mesa con los *gin-tonic* patrocinados.

—¡Anna! Esas bebidas ya las dejaron pagadas los hombres de la barra. No se preocupen, yo mismo las preparé.

—¡Muchas gracias, Fer!

El teléfono sonó en mi bolsa del pantalón. Era un mensaje de Miguel deseándome feliz Navidad y preguntando si estaba libre durante la noche para cenar.

—¿Quién es? —preguntó Anna.

—Es un chico con el que estoy volviendo a salir.

—¿Acaso es el moreno, alto y guapo que llevaste a mi desastrosa fiesta de compromiso?

—¡Sí! Ese mismo.

—¡Invítalo a venir!

—Ya estoy en eso —dije mandando un mensaje con nuestra ubicación a Miguel.

En menos de una hora y después de otros dos *gin-tonic*, Miguel entró en el bar. Anna y yo bailábamos entre los sillones.

—¡Mira quién llegó! —apuntó Anna a Miguel.

—¡Hola! —nos miró Miguel, creo que un poco ebrios y enfiestados—. Al parecer llegué un poco tarde a la celebración.

—¡Entonces pide una cerveza y únete! —dijo Anna.

—¿Y qué celebramos? —dijo Miguel.

—El reencuentro de nuestra amistad —grité abrazando a Anna.

Los *shots* de *baby mango* sobre una base de madera en forma de avión se acercaban a nuestra mesa acompañados de una vela soltando chispas de fuego. Fer me dijo que eran los favoritos de Anna. Los tres bebimos los seis vasos. Después de terminar las bebidas de la mesa y de que se acabara la canción *Livin' on a prayer*, Anna pagó la cuenta.

—¡Seré desempleada pero no pobre! —gritó ebria.

Supe que Anna ya no trabajaba para su exprometido golpeador.

Esperamos en el estacionamiento a que trajeran el auto de Miguel; Anna subió en el asiento trasero y yo subí de copiloto.

—¡Miguel! Si necesitas que te ayude a manejar, dímelo, no me siento mareada, ¡el carro es el mareado! —dijo Anna.

—Gracias, Anna, pero después de solo una cerveza, estoy casi sobrio. Tú tranquila.

Miguel condujo de regreso a mi casa, la radio sintonizaba la estación D99 y reproducía la misma canción de Maroon 5 que ponen desde que tengo memoria; Miguel y yo cantamos.

—*This love has taken its toll on me, she said goodbye…*

Llegamos a casa. Miguel estacionó el auto frente a las escaleras de la entrada principal. Anna y yo subimos a la habitación mientras Miguel esperaba en la sala.

—¡Alonso! Préstame ropa limpia, que me voy a dormir. Y dime dónde esta el baño porque voy a… espera, ya lo vi.

Anna entró al baño y dejó la puerta abierta, el sonido del vómito saliendo de su boca fue repugnante cuando recordé la sopa de fideos que había comido en la tarde. Entré al vestidor y saqué un pijama completo para Anna. La levanté de la taza del baño y limpié su rostro con una toalla húmeda. Le entregué el pijama y se comenzó a desvestir. En la espalda, debajo del elástico del sostén, vi al menos tres moretones del tamaño de un puño. Cubrí su torso con la camisa del pijama, Anna se puso el pantalón de inmediato. Regresamos al cuarto, en el momento que Anna miró la cama, se abalanzó sobre ella. Minutos después estaba completamente dormida. Apagué las luces y cerré la puerta.

En el primer piso Miguel me esperaba sentado en la sala con dos cervezas abiertas.

—Entré a tu cocina y las tomé del refrigerador, espero no haya problema.

—Por supuesto que no —me senté a su lado en el sillón.

—¿Tu familia aún tiene una computadora de escritorio? —Miguel señaló el monitor al otro lado de la casa en el estudio del ingeniero Rodríguez.

—No es una computadora. Es la pantalla que muestra las cámaras de seguridad de la casa.

—¿Hay cámaras aquí? ¡Habérmelo dicho antes! Casi me desnudo en el sofá.

—¡No lo puedo creer! —reí en alto—. Pero tranquilo, no se ve la sala en las cámaras. Mira, te muestro.

Caminamos al estudio de mi padre, encendí el monitor con las grabaciones en vivo de los cuadrantes. En la cámara #1 se veía el auto de Miguel estacionado en la calle; cámara #2, la entrada a la casa; la estancia con la mesa de cristal y el pasillo hacia la entrada principal aparecían en la cámara #3; el patio trasero y la puerta de cristal hacia la cocina se veían en la cámara #4.

—¿Ves? Estamos bien —dije y regresamos a la sala.

Tomé una de las cervezas y me senté en el sillón. Miguel se sentó al lado mío. Encendí el televisor para buscar una película y sentí el cuerpo de Miguel cada vez más cerca, hasta que su brazo izquierdo abrazó mi espalda baja y su brazo derecho sujetó mi abdomen.

—Ya sabes lo que dicen, ¿verdad? —dijo mirándome directo a los ojos.

Netflix and chill.

15
INVITADOS

Desperté al lado de la respiración de Miguel. Su espalda estaba pegada al respaldo del sillón y la mía en su pecho. Miguel tenía una erección mañanera bajo el pantalón de mezclilla negro. Habíamos conservado la ropa puesta durante toda la noche. No le vi más piel que la de sus brazos, pies y cara. Después de las cervezas y los devoradores besos, terminamos rendidos, durmiendo en la misma posición en la que había despertado. Faltaban veinte minutos para las ocho de la mañana; tenía tiempo de sobra para bañarme, desayunar e ir a trabajar antes de las nueve. Me levanté del sillón, Miguel ya tenía los ojos abiertos.

—Buenos días —dijo pasándose las manos sobre la cara—. ¿Qué hora es?

—Es hora de que prepares un buen desayuno en lo que me baño.

Subí a la habitación, Anna seguía durmiendo. Me di una ducha corta para recargar energías y salí envuelto en la bata de baño hacia la habitación.

—¿Quién me atropelló anoche? —se quejó Anna desde la cama, tapándose la cabeza con las sábanas.

—Creo que fue tu amiga *Gin* y su novio *Tonic* —respondí.

—Necesito un jugo verde. Me urge una *detox*.

—¿Por qué no bajas a la cocina? Miguel está preparando el desayuno, seguro encuentras algo saludable.

—¡Mejor olvídalo! Quiero algo grasoso —Anna salió de la habitación.

Dentro del vestidor organizaba en mi cabeza los pendientes del día. Básicamente era coordinar las entregas de papel a los clientes que habían hecho pedidos para las fiestas de Año Nuevo. Más tarde, iría a buscar decoraciones e ideas en internet para nuestra propia fiesta de fin de año en casa. Aún no invitaba a Miguel, pero era el momento perfecto, estaba a tan solo metros de distancia en la cocina, haciéndome el desayuno. Me apresuré a ponerme ropa, loción, y algo de espuma en el cabello. Bajé las escaleras y entré en la cocina. Miguel estaba terminando de preparar huevos estrellados; había pan tostado y jugo de naranja y Anna estaba sentada a la mesa sosteniendo una taza de café. Parecía que un petardo acababa de explotar en su cabeza por el pelo descontrolado.

—Pudiste pasarte un cepillo por la cabeza antes de bajar, Anna —dije riendo antes de tomar un vaso de jugo de naranja.

—Nadie me hable antes de que tome mi café —Anna dio un sorbo a la taza.

—¡Los huevos ya están listos! —anunció Miguel acercando el sartén a la mesa.

Los tres desayunamos viendo el noticiero matutino. Se pronosticaban cielos medio nublados para los próximos días, incluyendo el 31 de diciembre y el primero de enero. Anna levantó los platos sucios de la mesa y los puso en el fregadero. Hasta ahí llegó su buena voluntad, porque no hizo el mínimo esfuerzo por lavarlos.

—Alonso, subiré por mis cosas y luego me iré, esperaré acostada en tu cama en lo que llega mi transporte —Anna salió de la cocina.

Miguel se acercó al fregadero y comenzó a lavar los platos sucios.

—No es necesario que hagas eso, cuando regrese de trabajar lo puedo hacer sin problema.

—No te preocupes, no es molestia para mí.

Me senté en la mesa y miré su espalda fornida bajo la playera mientras lavaba. Era hora de invitarlo a la fiesta de Año Nuevo.

—Oye, ¿te acuerdas de mis amigos Karen y Daniel?

—Sí, claro, los que conocimos en la fiesta de compromiso de Anna.

—Oh, sí... Hablando de esa fiesta —susurré para reducir cualquier posibilidad de que Anna escuchara—, ya no se van a casar.

—¡Vaya! Buena noticia, ¿no? Ahora entiendo su reconciliación de anoche.

—¡Sí! Pero ella no es lo importante, volvamos a mí. Te tengo una invitación.

Miguel cerró la llave del agua y giró su cuerpo para verme mientras se secaba las manos con la toalla de cocina.

—¿Ah, sí? ¿De qué se trata?

—Bueno, Daniel y Karen me convencieron de organizar una fiesta aquí en casa para celebrar Año Nuevo. Si no tienes planes, ¿te gustaría venir?

—¿Como tu amigo o como tu pareja?

Sentí mi cara sonrojándose en ese instante.

—Como te sientas más cómodo.

Miguel volvió a girar su cuerpo y siguió lavando.

—Suena muy bien, Alonso, pero lamentablemente ya tengo planes.

—¿En serio? ¿Con quién?

—Más bien con "quienes" —respondió—. Tengo que trabajar ese día.

—¿Qué? ¿Quién trabaja en Año Nuevo?

—¿Tal vez las personas que somos dueñas de salones para eventos, quizás?

—Oh, tienes razón. Lo siento por ti.

—No es que no quiera venir, pero me tocó cubrir un evento que va a tener la alcaldía de Monterrey en nuestro salón de eventos más exclusivo, cerca del centro de la ciudad. La Ventana M.

—¿Tu familia es dueña de La Ventana M?

—Bueno, somos socios con otra empresa. Por qué, ¿no te gusta?

—Claro que me gusta, digo, si quiero mi boda en un quinto piso con vista a la ciudad de Monterrey, *I am in*. Pero soy de los que prefieren más una boda en un jardín.

—Pues a mí me da comezón con tan solo pensar en el césped.

—Entonces esto —señalé a ambos con mis dedos—, no va a funcionar —reí al mismo que Miguel—. ¿No hay manera de que alguien te reemplace o puedas salir más temprano?

—¡Vaya! Sí, quisiera, pero tuvimos un problema hace unos meses con ese salón.

—¿Qué pasó? ¿La sopa de brócoli salió fría o se fue la luz en el vals de los novios?

—Hubiera preferido que pasara todo eso, pero no — Miguel se acercó a la mesa conmigo—. Pasó hace unos dos meses. Uno de los trabajadores del *valet parking* iba a entregar un auto a su respectivo dueño afuera del salón después de que acabó el evento, pero fue embestido por un joven que robó el auto en cuestión de segundos.

—¿Qué? ¿Cómo pasó eso?

—Al parecer, la persona que robó el auto estaba armada con una pistola. Cuando el auto llegó a la puerta del recinto, el atacante apuntó con el arma al trabajador y al dueño del auto, que se tiraron al suelo. El ladrón entró al auto y salió de inmediato.

—No me imagino cómo actuaría yo en esas circunstancias. ¿Qué pasó con el dueño del auto? ¿No los culpó por lo ocurrido?

—Fue todo un proceso legal. Tuvimos que llegar a acuerdos con el cliente para que no se hiciera público el caso. Lo bueno es que el auto estaba asegurado.

—¿Atraparon a la persona que robó o han investigado algo?

—Aún no, en el video aparece la mitad de su cara y el auto. Pero la policía no ha encontrado ni a él ni al auto.

—Qué mal, ¿y qué tipo de auto era?

—Era un Audi. Parecía reciente modelo. Lo bueno de la historia es que el ladrón no se llevó la llave.

—¿La llave?

—Ya sabes, el control remoto que hace que el motor encienda. El trabajador del *valet parking* nunca lo soltó. El ladrón entró al auto y se dio a la fuga dejando la llave lejos. Si el motor del Audi se apaga, no hay manera de volver a encenderlo.

—¡Pff! Ahora siento lástima por el ladrón.

—¡Yo también! —se carcajeó Miguel—. Ahora ves por qué no puedo venir a tu fiesta. Tengo que supervisar todo el evento para asegurarnos de que no vuelva a pasar algo similar. No quiero meterme en problemas con el alcalde.

—Entiendo perfecto. No te preocupes, luego podemos celebrar.

—Aunque… —Miguel hizo una pausa pensativa—. Si el evento se acaba a una hora decente, creo que podría darme una vuelta. ¿No te importa si llego en la madrugada, verdad?

—¡Por supuesto que no!

Escuchamos los tacones de Anna bajar de las escaleras hasta llegar a la entrada de la cocina.

—Ya llegó mi chofer, ¿me puedes abrir la puerta, Alonso?

—Anna, ¿en verdad te vas a ir así? —pregunté al verla con el mismo pijama que le había dado la noche anterior, con sus tacones puestos y el bolso Michael Kors en el hombro.

—¿Qué tiene? No es como que vaya a encontrar al hombre de mi vida. *I am done.*

Miguel comenzó a reírse en voz alta.

—Anna, eres muy guapa, seguro encontrarás a alguien que en verdad te convenga.

—Sí, además te ves mejor con ropa de hombre puesta, ¿has pensado en volverte lesbiana?

—¡Cállate y ábreme la puerta!

Acompañé a Anna hasta la entrada y la vi partir en el auto.

—Bueno, creo que es hora de que yo también me vaya —dijo Miguel al mismo tiempo que los primeros rayos de sol asomaban entre los árboles de la calle.

—Sí, yo también voy de salida.

Acerqué el cuerpo hacia Miguel esperando un beso de despedida. Cuando estábamos lo suficientemente cerca, un taxi se estacionó al otro lado de la calle. Alberto salió del asiento trasero sosteniendo una botella de vodka.

—¡Joven! El viaje tiene que pagarlo en efectivo —gritó el conductor.

—¡Shhh! No grites, vas a despertar a los vecinos —contestó Alberto—. ¡Oh! ¡Mira! Es mi hermano, él te lo puede pagar —subió las escaleras hasta llegar a la puerta.

—¿Y tú dónde andabas? —pregunté riendo.

—Entre menos sepas, mejor —Alberto guiñó el ojo—. *Merry Christmas, everybody!* —gritó al entrar a casa alzando los brazos.

—Él si lleva la fiesta por dentro —dijo Miguel—. Será mejor que me vaya, no te preocupes por el taxi, yo lo pago.

—De acuerdo —dije deseando besarlo aún más—. Muchas gracias.

Miguel pagó al chofer y se alejó en su auto. Volví a entrar a la casa. Alberto no llegó a su habitación, se había quedado dormido en la sala. Cerré las cortinas, tomé las llaves del auto sobre la mesa del recibidor y fui a la cochera.

Sentado en el sillón de la oficina, veía a los trabajadores operar las máquinas y subir los pedidos terminados a la camioneta repartidora para luego entregarlos. En la pantalla del portátil aparecían ideas para decoraciones que encontré en Pinterest. No habría podido verme más gay. Seguí navegando en el tablero donde los adornos de velas derretidas sobre botellas de vino daban el toque perfecto como centros de mesa.

Una llamada de Francisco entró al celular. Me apresuré a contestar.

—¡Hola, Francisco! ¿cómo estás?

—Ey, qué passsa, Alfonsoooo... —contestó ebrio.

—Francisco, ¿estás bien?

—Bieeeen, bieeen, perfecto. Perooo nesssssisitooo que vengas... —esperó unos segundos—. Meee llevas la patrullas...

—Francisco, estoy en la oficina. No te estoy entendiendo nada.

—Sáaaaca-meeee de la cá-cel.

—¿Quieres decir "cárcel"? ¿Qué hiciste?

—¡Señor, salga del vehículo! No puede conducir en ese estado. Son las once de la mañana. Puede lastimarse usted o a alguien —dijo la voz de un hombre que, asumí, era un oficial de tránsito.

—Alfonsoo, sino vienes teee vas aarrepentir, no juegooo yo con esoo...

—Francisco, solo baja del vehículo y deja que te lleven, vas a estar ocho horas encerrado y te dejarán salir —la voz de la experiencia había hablado. Una vez en las fiestas patrias me subieron a la patrulla por conducir en estado de ebriedad. A la mañana siguiente salí después de ocho horas de compartir celda con tres jóvenes borrachos y un indigente—. Te pondrán una infracción que deberás pagar para que te devuelvan el auto, pero luego arreglas eso…

La llamada se desconectó, intenté llamar otra vez, pero me mandó directo al buzón de voz. Una de dos: o había apagado el celular o se había quedado sin batería. Mandé un mensaje, pero no recibí respuesta; esperaría ocho horas más.

Desde la ventana, uno de los trabajadores me llamó para que revisara que la carga estuviera completa y procedieran con la entrega de los pedidos. Cerré el portátil y salí al almacén.

Abrí el portón automático al llegar a casa y metí el auto en la cochera. Saqué las bolsas con decoraciones del asiento del copiloto y me colgué la mochila con el portátil de la espalda. Caminando por el pasillo principal busqué a Alberto en la sala, pero ya no estaba. Subí a su habitación y lo encontré dormido en su cama. Dejé las bolsas en el piso y lo desperté.

—Pediré alitas con salsa búfalo, papas fritas y refresco para cenar. ¿Quieres algo?

—Pide las mías con salsa atómica muy picante y agrega aderezo —Alberto se levantó de la cama —. ¿Qué hora es?

—Ya son más de las seis de la tarde.

—¡Perfecto! Ya es hora para una michelada. Yo las preparo, tú pide la comida y prepara la televisión de la sala para ver una película.

—Quieres que ponga algo de Disney.

—Por eso somos hermanos.

La comida llegó en menos de cuarenta minutos. Los platos desechables y las micheladas en vasos de plástico de un litro abarcaban casi toda la mesa. La película *Hércules* había iniciado.

—¿Qué tal tu noche con Miguel y con Anna? —preguntó Alberto.

—¿Cómo sabes que vino Anna? Solo viste a Miguel en la puerta en la mañana.

—¿Te digo algo chistoso? No recuerdo la hora ni el momento en el que llegué a casa. Pero gracias a Dios tenemos cámaras. Cuando desperté de mi eterno sueño, me sorprendió estar dormido en el sillón y pensé: "¿Qué chingados hago aquí?". Me fui al estudio de papá y revisé las grabaciones de las cámaras de seguridad. Miré los archivos desde las ocho de la mañana y los vi a los tres desayunando en la cocina.

—¿Cómo nos viste en la cocina? Ahí no hay cámaras de vigilancia.

—Cámara #4, instalada en el patio trasero: todo lo que pasa en la cocina se ve desde ahí. La puerta corrediza es de cristal, ¿recuerdas? Por cierto, perdón por arruinar tu beso con Miguel.

—¿Beso? ¿Por qué dices que…?

—Cámara #2, todo lo que pasa en la entrada principal se ve en primer plano. Estaban muy cerca, casi logras besarlo… hasta que llegué en el taxi. Y ahora que recuerdo, ¿cuánto le debo a Miguel del taxi?

—¿Cómo sabes que Miguel…?

—Cámara #1, todo lo que pasa a lo largo y ancho de la calle se queda grabado. Miguel sacó su cartera y le entregó dinero al chofer.

—*OK*, ya no tengo más preguntas que hacerte.

—Perfecto, porque yo sí. ¿Qué fue lo que grité cuando entré a la casa? En la cámara #3, donde aparece el pasillo principal, salgo alzando los brazos y sosteniendo una botella de vodka y al parecer gritando. Lo único malo es que las cámaras no graban sonido.

—Gritaste *"Merry Christmas everyone!"*.

—¡No me acuerdo! Ja, ja, ja. Gracias, tecnología, por reconstruir mis lagunas mentales.

—Espero que no acabes así en nuestra fiesta de Año Nuevo. Estamos organizando una reunión aquí en la casa. Será algo pequeño.

—Suena muy bien, pero ya hice planes con una amiga, Larissa. Haremos un recorrido por todos los bares de la ciudad. No sabemos dónde terminaremos.

—Bueno, pueden llegar de *afterparty* aquí a la casa si gustan.

La llamada de Francisco entró al celular cuando Hércules bajaba del Olimpo junto a Megara para vivir en el mundo de los mortales. Grave error.

—¡Francisco!

—Nunca había estado tan crudo en mi vida y lo peor es que dormí en el piso de la celda todo el día.

—Bueno, me alegra saber que al menos ya estás afuera. ¿Cómo estas?

—Alonso, tú sabías que me iban a llevar, ¿verdad?

—Sí, bueno, a mí ya me había pasado antes, es solo un

proceso de seguridad para que no andemos ebrios por las calles conduciendo.

—¿Y por qué no viniste por mí?

—¿Perdón?

—Tengo registrada una llamada contigo en la mañana.

—Sí, así es, me marcaste cuando la policía te detuvo.

—¿Y por qué no fuiste a buscarme?

—Francisco, estaba trabajando, yo…

—¡Pudiste venir y sobornar al policía!

—¿Disculpa?

—No me digas que no tienes dinero de sobra para prestar, por eso te marqué, eras mi mejor contacto.

—Francisco, estabas conduciendo totalmente borracho, ¿y soy yo el que tiene la culpa?

—Me llevaron a la cárcel y se llevaron el auto a un lote. Tengo que pagar una infracción muy cara para sacarlo y no puedo hacerlo porque no tengo dinero. ¿Sabes cómo consigo dinero extra para sobrevivir?

—Eres conductor de Uber.

—Exacto.

—Espera, ¿por cuánto es la infracción que debes pagar?

—Cincuenta mil pesos. Ah, pero a lo mejor ustedes los ricos no usan pesos, te lo preguntaré en dólares, ¿tienes dos mil dólares que me prestes?

—¡Francisco! No sé porqué volteas esto como si fuera culpa mía. Yo no te reclamé por destruir el auto de Ricardo y vaya que me metí en un problema mayor con él.

—O tal vez tienes lo que te mereces, Alonso. Entonces qué, ¿me vas a prestar el dinero?

A mi lado Alberto escuchó toda la conversación con Francisco, no aguantó más y me arrebató el celular de las manos.

—Hola, soy Alberto, el hermano de Alonso. Escucha, no te conozco ni me interesa saber quién eres. Busca otro trabajo y ahorra, pide prestado a un banco o a un familiar, haz lo que sea necesario para salir del problema en el cual te metiste tú solo. Y no esperes ver ni un solo peso de la bolsa de Alonso.

Alberto terminó la llamada y me devolvió mi celular.

—¿Qué tienen los hombres con los que hablas que siempre terminan haciéndote la vida un caos? —dijo Alberto antes de terminarse su michelada.

Robbin estiraba la correa después de haber corrido veinte minutos por la colonia; tenía más energía que yo en una fiesta con música de reggaetón de fondo. Subimos por las pendientes de las calles hasta llegar a las escaleras de piedra al final de la colina para subir al mirador. Las luces de los autos y los focos de la calle forraban la ciudad. Me senté con Robbin en una banca para descansar y relajar las piernas.

Francisco llamó al celular. La tercera vez en el mismo día.

—¿Hola?

—Hola, Alonso.

—¿Qué sucede ahora?

—Antes que nada, perdóname por lo de hace rato, no era mi intención discutir contigo —la voz de Francisco se escuchaba serena.

—No te preocupes, dormir en una celda puede poner de mal humor a cualquiera.

—¡Sin duda!

—Entonces, ¿ya estás mejor?

—Sí, me siento mucho mejor. Quería saber si es posible que nos viéramos, solo los dos para platicar. No quiero que malinterpretes mi actitud. No suelo ser así siempre.

—No te preocupes. De hecho, ¡adivina dónde estoy!

—¿En tu casa?

—Cerca, estoy en el mirador donde comimos las hamburguesas la primera vez que salimos juntos. ¿Recuerdas?

—¡Sí, claro! Lo recuerdo. Sabes, a lo mejor podría ir a visitarte en estos días, comer algo en el mirador. Si es que tu hermano no se enfada al verme.

—No te preocupes por él, ya se le pasará el coraje.

—No lo sé, se escuchaba un poco molesto por teléfono. Tal vez no es buena idea que nos veamos en tu casa después de todo, digo, tus padres también están ahí, ¿verdad?

—No, por el momento no están. Salieron de vacaciones, regresarán a principios de enero.

—Ah, ya veo, ¿entonces tienes casa sola?

—Así es —era momento de agregar otro invitado a la lista—. Una pregunta, ¿qué harás el 31 de diciembre en la noche? Estoy organizando una fiesta en mi casa. ¿Por qué no vienes?

—Bueno, no lo sé, ¿habrá muchas personas? No voy a conocer a nadie y tu hermano no estará feliz al verme.

—¡Vamos! Vendrán mis amigos más cercanos, no serán muchas personas. Además, Alberto tampoco estará en casa, ya tiene planes de embriagarse en otra parte.

—Lo voy a pensar y te confirmo luego. Pero me gustaría que estuviéramos solo tú y yo.

—Está bien, no te preocupes.

—Hablamos luego entonces.

Robbin se rascaba la espalda en el césped cuando terminé la llamada con Francisco. Lideró el camino de regreso a casa tirando de la correa.

La habitación estaba a oscuras cuando me acosté en la cama cansado y con sueño; las almohadas todavía conservaban el aroma del perfume de Anna.

El punto verde del celular parpadeó al recibir un nuevo mensaje junto con una foto de Francisco con el texto *Buenas noches, avísame cuando estés solo en casa.* Los brazos, pecho y abdomen marcado de Francisco estaban descubiertos; el pantalón de mezclilla se ajustaba por debajo de la cadera donde los vellos púbicos se asomaban; la mano derecha apretaba el bulto entre las piernas.

No respondí el mensaje, el sueño se me escapó junto con los dedos debajo de las sábanas. El gemido al terminar tuvo nombre. "Francisco".

16
AÑO NUEVO

La vista hacia el jardín trasero desde mi habitación me relajaba al igual que el olor a café de la taza entre mis dedos. Abrí el portátil sobre el escritorio; la fecha en la pantalla marcaba el comienzo del último día del año. Una fiesta para celebrar que terminaban los peores 365 días de mi existencia era lo que necesitaba: brindar por dejar el pasado atrás y darle la bienvenida a nuevos comienzos.

Las personas confirmadas a asistir a la fiesta de Año Nuevo estaban escritas en mi libreta de apuntes personales.

Organizar una fiesta cuando pasas de los veintiséis años ya no es tan complicado comparado al inicio de los veinte. No te preocupes por dividir cada *ticket* de compra en partes iguales, confías en que cada quién cumplirá con su parte del trato. Daniel y Karen se encargarían de traer la música e instalar la bocina en el jardín para ambientar la noche. Jorge y Yarely traerían preparada la cena desde su casa para calentarla en el horno y cenar todos juntos antes de media noche. Gracia y Raúl eran los responsables de los juegos y entretenimiento. Nydia y Humberto se ofrecieron a traer botellas de Moët & Chandon para brindar. Anna y yo nos encargaríamos de la decoración del lugar y de dar a todos ridículas gafas y gorros con la leyenda *Feliz Año Nuevo*, algo similar a organizar una *bachelorette party* mezclando a mujeres y hombres en un mismo lugar.

Al reverso de la hoja tenía escrito con tinta roja los nombres de las personas que invité pero que no estarían en la fiesta. Miguel debía trabajar hasta tarde para mantener el orden durante el evento de fin de año en uno de los salones de eventos que administraba; terminando el evento me mandaría un mensaje para ver si se unía a nuestra fiesta. Francisco no había confirmado asistencia, pero no dejaba de mandarme fotos sin playera e insistía en visitarme cuando no hubiera nadie en casa, algo que me excitaba de cierta forma. Alberto tenía otros planes y era poco probable que lo viera durante la fiesta.

Entré a Pinterest desde el portátil para buscar ideas de conjuntos de ropa que podría usar para la noche. Revisé en el vestidor cada una de las prendas ideando la combinación perfecta. La mezcla de camisas y pantalones de marcas accesibles junto a la poca ropa de diseñador que tenía, no daban la combinación perfecta que quería. Agarré al azar pantalones, camisas y playeras de los cajones para ponerlas sobre la cama de mi habitación. Seguramente Anna podría ayudarme a elegir cuando llegara.

El olor a lavanda fresca del limpiador para pisos se esparcía por los azulejos de la casa. Leo, la empleada y amiga de la familia por muchos años, había venido para ayudarme con la limpieza antes de la fiesta. Nos sentamos en la mesa de la cocina mientras su esposo podaba el jardín trasero. Leo me platicó que celebrarían el fin de año en el concierto que organiza el gobierno de Monterrey en el centro de la ciudad.

—¿Qué artista se va a presentar en esta ocasión? —pregunté.

—¡La Sonora Dinamita! El evento es gratuito y estoy lista para bailar hasta que amanezca.

Mis padres habían dado el día libre a Leo y a su esposo, pero ambos insistieron en venir y dejar la casa presentable. Hablé con mis padres el día anterior para hacerles saber mis planes para despedir el año. Sentí un poco de envidia al recordar que ellos estarían en algún show de Las Vegas cuando eso sucediera.

—¿Hay algo más en lo que te pueda ayudar, Alonso? —preguntó Leo.

Miré hacia el jardín trasero a través de la puerta de cristal.

Robbin dormía en el césped.

—Pues ahora que lo preguntas, sí —señalé a mi amigo canino.

Leo y yo acomodamos la casa de madera de Robbin en el pasillo al fondo del jardín, donde se encuentra el cuarto de lavandería. Acondicionamos el espacio con los juguetes de Robbin, su plato de croquetas y un tazón lleno de agua. El perro entró a la lavandería y acomodó el cuerpo dentro de su casa de madrea. Leo y yo salimos, cerramos la reja para que Robbin no se saliera durante la fiesta.

Escuché el timbre de la casa repetidas veces. Miré el monitor de las cámaras de seguridad en el estudio del ingeniero Rodríguez. Cámara #2: Anna se encontraba parada al otro lado de la entrada principal cargando bolsas de papel en ambas manos y con una maleta colgando de su hombro. Abrí la puerta, Anna caminó por el pasillo examinando la casa hasta llegar a la cocina, donde colocó las bolsas sobre la mesa.

—Y bien, ¿dónde crees que sea el mejor lugar para decorar? —Anna sacó arreglos fosforescentes y carteles con brillantina dorada.

—Pongamos unos arreglos aquí en la cocina, otros en el jardín trasero y algunos en la sala —dije.

Ambos comenzamos a pegar los carteles en las paredes de la cocina con cinta adhesiva. En la mesa del jardín Anna colocó sombreros de fiesta y vasos de colores. Empujamos los sillones de la sala hacia los lados para dejar más espacio libre. Sobre la ventana, pegamos el cartel decorativo con la frase FELIZ AÑO NUEVO. El lugar estaba casi listo para recibir a todos los invitados.

—Estoy emocionada por la fiesta de hoy. Tenía mucho tiempo sin esperar con ansias un festejo —dijo Anna sentándose en un sillón de la sala.

—Entonces, ¿esto supera a tu fiesta de compromiso?

—¡Por mucho!

Puse música en el celular mientras miraba cómo la casa

iba llenándose de color y ambiente.

—Alonso —dijo Anna sentada en el piso sacando más decoraciones de las bolsas—, ¿has hablado con Ricardo?

—No, para nada. La última vez que hablé con él fue por teléfono, ya sabes, cuando recibí su estúpida amenaza, pero no he vuelto a saber de él. ¿Por qué preguntas?

—Ya veo —musitó Anna.

—¿Está todo bien?

—La verdad, quería saber si él también te había llamado el día de ayer —Anna dejó caer su cuerpo en el sillón—, a mí sí me marcó.

—¿En serio? Espero que al menos lo haya hecho para ofrecer una larga y sincera disculpa por todo.

—No. Él no se disculparía con nadie a menos que le pagaran por hacerlo.

—¿Entonces para qué te habló?

—Me preguntó sobre mis planes para Año Nuevo.

—Y… ¿qué fue lo que le dijiste? —pregunté colgando otro cartel sobre la ventana de la sala sin mirar a Anna.

—Pensé en mentir al principio, decirle que saldría con mis amigas, pero no quería que después se enterara de que estaba mintiendo.

—¿Le dijiste que venías a mi casa? —dije volteando a verla.

—Sí. También le dije que vendrían Daniel, Karen y otros amigos tuyos —Anna se levantó del sillón—. ¿Crees que haya algún problema con eso? Digo, es la verdad.

Giré el cuerpo hacia ella y la miré a los ojos.

—¿Comentó algo después de que se lo dijiste?

—Solo me dijo "diviértete con tu mejor amigo", después colgó.

—Bueno, al menos sabe que no está invitado —seguimos decorando la sala. Anna se quedó viendo sin mirar hacia el jarrón azul al fondo de la sala. Se había transportado a otra parte.

—¿Anna?

Anna regresó a casa.

—No quieres volverlo a ver, ¿verdad? —dije.

—Me da igual verlo. Pero… me preocupa lo que pueda llegar a hacer si se enfada.

Vi en la mirada de Anna el miedo provocado por Ricardo. Me acerqué y me senté en el sillón con ella.

—Mira —dije tomando sus manos—, lo que piense Ricardo de nuestra amistad o de esta reunión es un misterio, pero no vamos a detenernos por esperar la reacción y aprobación de una persona que ni siquiera merece que hablemos de ella. Olvidémonos de él y alistémonos para esta noche. ¿De acuerdo?

Anna apretó sus manos con las mías.

—De acuerdo —dijo Anna en un suspiro—. Ahora muéstrame el guardarropa y escojamos tu *outfit* perfecto.

En la bocina inalámbrica se escuchaba *I kissed a girl* de Katy Perry. Anna arreglaba su cabello en el baño con ayuda de su secadora y cepillos que había traído desde su casa. El vestido dorado de lentejuelas colgaba en la puerta de la habitación junto con las medias negras sobre los tacones Jimmy Choo.

En el vestidor, me probaba el conjunto de ropa que Anna había elegido: un *blazer* rojo encima de la camisa negra de manga larga, pantalón de vestir del mismo color rojizo, y zapatos Calvin Klein oscuros. La barba afeitada y el corte de cabello de hacía dos días le daban un toque de elegancia al reflejo del espejo.

—¡Qué comiencen los festejos del día! —gritó Alberto entrando a la habitación cargando tres margaritas sobre una base de madera que puso sobre el escritorio.

—¡Deli! ¿Tú las preparaste? —Anna tomó uno de los cocteles.

—Así es, la especialidad de la casa. Es mi forma de decir "lo siento" por no poder quedarme hoy con ustedes. Esto los va hacer entrar en ambiente.

—De eso no hay duda —agarré la última margarita de la

base de madera—. Además, ya son las ocho de la noche, una hora prudente para empezar a beber.

Escuchamos el sonido de la bocina de un auto afuera de casa. Alberto asomó su cabeza por la ventana de su habitación que da hacia la calle.

—Deben ser invitados de ustedes, están acercándose a la puerta con cazuelas para comida —Alberto se apresuró a abrirles.

—¿Está bien si te dejo sola? —pregunté a Anna.

—Adelante, ve, aún no se me seca el cabello y todavía falta maquillarme.

Bajé por las escaleras hacia el primer piso. Jorge y Yarely dejaban las cosas para la cena sobre la mesa de cristal en el recibidor, al lado del florero favorito de mi madre.

—¿Necesitan ayuda con algo? —dije acomodándome las mangas del *blazer*.

—¡Mira nada más! Casi no te reconozco, Alonso —Yarely me miró de abajo arriba—. Estamos bien, Jorge está bajando las últimas cosas del auto.

Alberto y Jorge caminaban por el pasillo hacia nosotros cargando cajas de cartón. Movimos todas las cosas hacia la cocina. Jorge y Yarely comenzaron a desempacar todo lo que tenían preparado: bases decorativas, ingredientes para las entradas, el plato fuerte, postres, galletas y más. Montaron todo en la cocina a su gusto y se pusieron a preparar la cena.

Raúl y Gracia llegaron junto con Daniel y Karen en una camioneta. No solo trajeron una bocina, sino que instalaron todo un equipo de sonido y luces que transformó el jardín trasero en una terraza de un club como los del centro de la ciudad. Karen guardó los micrófonos en la camioneta para mantenerlos fuera de mi alcance hasta después de medianoche.

Gracia me dio un fuerte y largo abrazo. Era la primera vez que nos veíamos desde que dejé de trabajar en Almendra Publicidad. Parecía que el tiempo no había pasado. Siempre mantuvimos contacto por mensajes y dejábamos comentarios en nuestras fotos de las redes sociales. Cuando una amistad es verdadera, no se necesita demostrarlo físicamente. Saludé a Raúl y lo ayudé a instalar la mesa de juegos que trajeron al lado del equipo de sonido en el jardín.

Humberto y Nydia fueron los últimos en llegar. Dejaron las tres botellas de champán en la cocina. La pequeña barriga de embarazada se le comenzaba a notar. Tomé una de las botellas y la llevé a la sala junto con las diez copas de cristal que había comprado para el brindis. Puse todo sobre la mesita de la sala y llamé a todos para abrir la primera botella e iniciar la noche.

La cámara profesional colgaba del cuello de Alberto, quería que tuviéramos un recuerdo decente de la noche antes de que el alcohol nos transformara. Estábamos en la sala frente a las copas de cristal, todos excepto Anna. Grité su nombre desde la sala. El sonido de sus tacones bajando las escaleras retumbaba con la intensidad del eco que producía la casa. Los ojos de Jorge y Raúl se abrieron al ver la figura de Anna entrar en la sala usando el vestido perfectamente a la medida. Gracia y Yarely se miraron, despreocupadas.

Abrí la botella de champán; el corcho casi atraviesa la cabeza de Alberto. Acercaron sus copas y vertí el líquido espumoso en cada una de ellas.

—¿Alguien quiere hacer un brindis? —preguntó Daniel.

—¡Yo! —gritó Jorge—. Quiero brindar por Nydia y Humberto, porque este año les trajo una bendición y un gasto extra para el próximo año —apuntó la copa hacia la panza de Nydia.

—¡Shhh! No traumes a mi novio —pidió Nydia—. Yo brindo porque hayas conocido a Yarely, se ve que hacen un buen equipo juntos en la cocina y sé que vendrán nuevos proyectos para el próximo año. También brindo por Gracia y Raúl —dirigió su copa hacia ellos—. Tengo entendido que se casaron este año, ¿verdad?

—¡Así es! —respondió Gracia—. Llevamos ocho meses

de casados y estoy ansiosa por cumplir nuestro primer año juntos.

—Yo también —dijo Raúl—. Pero no esperes hijos para el próximo año, ¿de acuerdo? —la risa de todos invadió la sala.

—Yo quiero brindar por mi amiga Anna —Karen abrazó a su amiga, que estaba a su lado derecho—, porque este próximo año y todos los que vengan sepas que puedes contar conmigo para lo que sea —y se abrazaron.

Hubo un momento de silencio esperando a que alguien más brindara, estuve a punto de gritar "salud" hasta que Anna habló.

—Yo quiero brindar por alguien especial —Anna se dirigió hacia mí levantando su copa hacia el otro extremo de la mesa—. Dicen que la mejor manera de aprender es equivocándose, y este año me equivoqué muchísimas veces. Aprendí que el amor no se puede forzar, no importa cuánto lo intentes porque al final terminas lastimándote a ti mismo. Aprendí que una amistad verdadera no es aquella que te ayuda mantener una falsa imagen para agradar a los demás, si no la que te demuestra tu verdadera identidad, con defectos y virtudes. Y aprendí que perdonar te abre las puertas a nuevas oportunidades y a encontrarte con personas que jamás pensarías volverían a ser parte de tu vida —Anna alzó la copa—. Brindo por ti, Alonso, y aunque me cueste admitirlo, fuiste tú el que me hizo aprender todo lo que sé hasta el día de hoy. Y por que al verte aquí hoy en compañía de todos tus amigos y por invitarme a mí, me doy cuenta de que nunca será suficiente ser perfecto, pero si ser tú mismo.

Todos se quedaron expectantes a mi reacción hasta que Anna se apresuró a intervenir:

—Y bien, ¿cómo dicen ustedes en español? ¡Ah, sí! ¡Salud!

—¡Salud! —gritamos, y chocamos las copas en el aire.

El flash de la cámara de Alberto alumbró la sala.

Alberto había salido de casa hacía más de una hora y

faltaban solo unos minutos para la medianoche. La cena estaba lista sobre la mesa de la cocina: los entrantes, el plato fuerte y el postre se sirvieron al mismo tiempo. Después de cenar, todos salimos al patio trasero. Daniel se colocó atrás de la consola de sonido y programó el cronómetro. A las 23:59 la música electrónica y las luces nos transportaron a un club. El sonido de una sirena de bomberos se escuchaba en todas las bocinas intensificándose junto con la voz gruesa de un locutor haciendo la cuenta regresiva en inglés: *Ten, nine, eight, seven, six, five, four, three, two, one...*

—¡Feliz año nuevo! —gritamos todos abrazados y brincando en círculos.

Los primeros *shots* de tequila corrieron por cuenta de Raúl, quien pasó la botella por encima de la boca de todos por más de cinco segundos.

—Alonso, a ti te va a tocar doble porque es tu casa —me avisó.

Incliné la cabeza hacia atrás y abrí la boca lo más que pude. El tequila comenzó a entrar hasta llegar a la garganta. Después de ocho segundos retiré la botella, un poco de tequila me cayó en el pecho. Mi primer trago del año.

—¡Ahora vamos a hacer un juego! —gritó Gracia.

El torneo de *beer pong* comenzó, cada pareja era un equipo. Las pelotas de ping pong debían entrar en los vasos de plástico del equipo contrincante al otro extremo de la mesa. Por desgracia, mi equipo perdió todas las contiendas porque aquel trago de tequila me había hecho perder la puntería. El perdedor debía beber la cerveza que había dentro de cada vaso.

—Yo no tomo cerveza, Alonso, vas a tener que tomártelos todos tú solo —dijo Anna pasándome los vasos.

En la cocina, Jorge y Yarely preparaban bebidas para todos: la ronda de margaritas, *baby mango* y perlas negras estaba sobre la mesa del jardín. Era hora de que todos tomaran una y la bebieran. Eran las bebidas más deliciosas que había probado; tuve que repetir la dosis. Nydia, sobria, se reía desde lejos al verme tomar el segundo trago.

Ya estaba un poco ebrio, por no decir demasiado. Sabía que debía detenerme. Entré al baño del primer piso. Miré mi reflejo: "Alonso, te tienes que controlar", pensé mirándome a los ojos, y ambos nos reímos uno del otro. Era Año Nuevo, estaba en mi casa y rodeado de mis mejores amigos. Bebí un poco de agua de la llave, lavé mi cara y manos antes de salir del baño.

En la cocina, un celular boca abajo sobre la mesa comenzó a vibrar, era un iPhone. Lo volteé para ver quién marcaba y el nombre de Ricardo apareció en la pantalla. Era el celular de Anna. Giré el aparato boca abajo para dejarlo como lo había encontrado. Antes de salir al jardín trasero, mi celular comenzó a sonar. Ya sabía quién marcaba antes de sacarlo del *blazer*.

—¿Hola? —contesté tratando de sonar lo más sobrio posible.

—Vaya, al parecer la fiesta está muy buena. Anna no contesta su celular —dijo Ricardo del otro lado—. ¿Por qué yo no recibí invitación?

—¡¿Qué quieres, Ricardo?! —alcé un poco la voz, la primera vez que se lo hacía a Ricardo.

—Calma, mi Alonso, solo quiero cobrar lo que me debes. ¿Cuánto tardas en ir a mi apartamento? Estoy bebiendo unos whiskys con los de la oficina, pero me estoy calentando, solo pienso en ti.

El corazón me empezó a latir, acelerado. ¿Estaba Ricardo dispuesto a seguir con su amenaza?

—¿Por qué haces esto, Ricardo? Ya no hay nada entre nosotros.

—Esto no se trata de nosotros, mi Alonso: es sobre enseñarte que tus decisiones tienen consecuencias y es momento de que te hagas responsable. Entonces, ¿te espero en mi apartamento a las tres?

Miré el celular, eran las 2:43.

—Te recuerdo que estoy a un clic de publicar todos tus

videos. ¡Deja tu orgullo a un lado y ven a darme lo que quiero! —dijo Ricardo.

—Por favor, Ricardo, no sé si quiero hacerlo.

—¡Ah, claro! Pero cuando estaba con Anna no te importó venir a mi apartamento. ¿No será que en verdad te excita lo prohibido? No me digas que no quieres esto.

Ricardo mandó por WhatsApp una foto de su pene erecto.

No sé si el alcohol despertó el instinto primitivo de hacer todo lo posible por sobrevivir o el apetito sexual por querer revolcarme. Caminé hacia la puerta principal sin colgar el teléfono. Tomé las llaves del Mini convertible de sobre la mesa de cristal del recibidor, y caminé hacia la cochera.

—Ya voy en camino, no hagas nada —dije a Ricardo.

—Aquí te espero, mi Alonso.

Estaba ebrio y confundido, no sabía si quería detener a Ricardo para que no publicara ningún video o si me excitaba el hecho de volver a pasar una noche prohibida con él. Miguel no estaba ahí, Francisco tampoco, nadie estaba para mí. Solo estaba Ricardo. Siempre estuvo Ricardo.

Mi mano ya estaba sobre la puerta del auto cuando una voz me detuvo.

—¡Alonso! ¿A dónde vas? —gritó Anna desde la puerta de la cochera.

—Tengo que salir, es Ricardo. Tengo que hacer lo que dice.

—¿De qué hablas, Alonso?

—Tengo que verlo, es el único que me quiere ver. Sino lo hago, me va a exhibir y nadie me tomará en serio. Perderé a todos.

—¡Alonso, basta! Estás ebrio y claramente no estás pensando las cosas —dijo Anna jalándome del brazo—. Esos videos no le van a importar a nadie. Tus amigos y yo sabemos quién eres. Ninguna imagen o imágenes que muestren lo contrario nos harán cambiar de opinión ¿No recuerdas lo que te dije en el brindis?

Lo recordaba: "Nunca será suficiente ser perfecto, pero sí ser tú mismo".

—Pero, Ricardo…

—Deja que se quede esperando lo que jamás volverá a tener. A mí también me estuvo llamando y mandando mensajes. Estoy segura de que está igual o más ebrio que nosotros —Anna miró el celular sonando en su mano y respondió de inmediato—. ¡Ya déjanos en paz, Ricardo! —y terminó la llamada. Me arrebató las llaves del Mini y las colocó dentro de su bolsa. Me sirvió un vaso con agua y esperó a que bebiera unos tragos.

—Quiero una cerveza —dije al no encontrar placer en el agua.

—Raúl tiene en su hielera. Creo que yo también tomaré una.

El reloj del celular marcó las 3:00.

Los primeros en irse fueron Nydia y Humberto. Había sido una carrera larga para una mujer embarazada que no había bebido en toda la noche. Jorge y Yarely subían cosas a su auto mientras yo los supervisaba bebiendo una cerveza muy fría desde lejos. Daniel desconectó la música del jardín y puso una pequeña bocina en la sala. Llevamos nuestras bebidas y algunas botellas más a la mesa. Jorge y Yarely se despidieron de todos y salieron por la puerta.

Arriba de los sillones de la sala cantábamos *Todavía*, de La Factoría. Raúl volvió a tomar la botella de tequila y repartió lo restante entre todos.

Revisé la hora en el celular: las 3:47. No tenía ningún mensaje o llamada de Ricardo. Me sentía más relajado y ebrio que hacía unos minutos. Cuando volví a mirar, vi un WhatsApp de Francisco.

Francisco, 3:50. *¿Qué tal tu fiesta?*

Alonso, 3:50. *Ven, muero por verte, bebé.*

No sé si lo escribí yo, o era el tequila hablando.

Francisco, 3:51. *¿Estás solo?*

Alonso, 3:51. *No, estoy con mis amigos.*

Francisco, 3:52. *Háblame cuando estés solo.*

Raúl y Gracia estaban acostados y ebrios en los sillones después de llevar horas bailando.

—Acabamos de pedir un Uber, nos iremos pronto —dijo Raúl cuando el celular se le cayó. Intentó recogerlo y terminó dormido en el suelo. Gracia lo despertó cuando el conductor pasó por ellos a la entrada de la casa.

Daniel, Karen, Anna y yo éramos los únicos que quedábamos. Mientras buscaba una canción en el celular de Daniel, los tres se dirigieron a la cocina a buscar algo de comer.

—Alonso, ¿dónde podemos encontrar comida? ¡Jorge y Yarely se llevaron todo!

Traté de concentrarme en responder, pero mi boca estaba ocupada bebiendo un poco del tequila que quedaba en la botella.

—¡Vamos por unos tacos! —gritó Karen.

"¿Se van?", pensé, y recordé a Francisco.

—Alonso, vamos —dijo Daniel volviendo a la sala—. Karen nos llevará a comer unos tacos.

Era mi oportunidad de hablarle a Francisco para que llegara a casa. Quería que estuviéramos los dos solos y era el momento de concederle su deseo.

—Vayan ustedes. Yo los espero aquí, ¡pero tráiganme algo!

Anna tomó su bolsa de sobre la mesa y los tres salieron por la puerta.

—¡No tardaremos! —gritó Karen entrando a la camioneta de Daniel.

Cuando los vi alejarse, mandé un WhatsApp a Francisco, diciéndole que por fin estaba solo.

No sé si Francisco ya estaba esperándome o estaba cerca de mi casa, pero tras solo unos minutos, llamó a la puerta. Miré el reloj del celular, 4:14. Traía una botella de vodka en la mano. El auto color negro que lo dejó afuera de mi casa se alejó. Nos quedamos solos en el sillón de la sala. Francisco extendió su brazo pasándome la botella de vodka, le di un trago. Estaba demasiado mareado para pensar y procesar lo que estaba pasando; mis amigos me habían dejado y estaba solo con Francisco. Di otro trago al vodka.

—Bueno, ahora sí, que comience la verdadera fiesta —dijo Francisco preparando unas líneas de polvo que después entraron por su nariz—. ¡Acércate!

—No, gracias, me quedó con el vodka —dije entre cortado, mareado y ebrio.

—Eso no pega chido, Alonso —y buscó en sus bolsas—. Ten, fúmate el porro —y me tendió un cigarro de mariguana nuevo.

—Tal vez después.

Me levanté del sillón. Estaba muy mareado y no coordinaba los pasos. Casi caí al suelo al salir de la sala. Entré al baño. En el espejo, mis ojos rojizos me miraban, nublados. No tenía el mismo control sobre mi cuerpo. ¿Habría sido la mezcla de tequila y vodka?

Salí hacia la cocina. El celular volvió a sonar en la bolsa de mi pantalón. Miré la pantalla. RICARDO. las letras eran más grades que de costumbre o al menos así las vi.

—¿Hola?

—Última oportunidad, o vienes o te juro que te arrepentirás —amenazó Ricardo.

"Está ebrio, solo cuelga".

—¡Ven aquí por tu mamada! —grité y colgué.

Seguí caminando hasta la cocina. Mire el desorden y las botellas de licor vacías. Ya no quería vodka, ya no quería tequila: quería vino tinto. Del cuarto de vinos tomé una botella al azar. Con el sacacorchos destapé torpemente la botella que casi cayó al suelo. Busqué una copa de vidrio. Mi celular parpadeaba, tenía un mensaje de WhatsApp.

Miguel, 4:40. *Hola, ya casi termina el evento. ¿Sigues en tu fiesta o ya dormiste? Puedo llegar en una hora.*

Algo dentro de mí quería darle celos para que se apresurara a llegar pronto. Regresé a la sala y me senté muy cerca de Francisco en el sillón, puse la cámara frontal y me tomé un *selfie* acercando mi mejilla a la suya. Francisco no puso expresión alguna. Regresé a la cocina.

Mandé nuestra foto a Miguel acompañada de un mensaje:

Alonso, 4:44. *Ven o me dormiré con él.*

Esperaba respuesta de Miguel mientras vertía el vino en la copa, saboreando cada gota por anticipado. Di un trago a la copa y serví más. La margarita, la cerveza, los *shots*, el tequila, el vodka y el vino estaban dentro de mí cuando Miguel me marcó al celular.

—¡Holaaaaa!

—¡Alonso! ¡Saca a esa persona de tu casa o sal de ahí ahora mismo! Creo que es el mismo delincuente que…

Salí de mi cuerpo. Mi mente no estaba ahí controlando las decisiones. Unos cabellos dorados y rizados se acercaron. Estaba cerca de alguien. Caí, caí tanto que sentí el vértigo antes de tocar el suelo. Sentí mis labios mojados, alguien los estaba mojando. Estoy acostado. La oscuridad es absoluta. Alguien está sobre mí. Me están despojando de todo, de mi ropa y luego de mí. Oscuridad total.

…

La luz del cielo nublado me obligó a abrir los ojos. La ventana de la habitación estaba abierta de par en par; no suelo abrirla en las noches de diciembre. Estiré la mano para tomar el celular sobre la mesa. Miré la pantalla: ya no era diciembre. La punta negra del cigarro de mariguana sobre el cenicero al borde de la ventana aún podía encenderse. Las sábanas cubrían mi cuerpo desnudo sobre la cama. Estaba solo en la habitación, pero el condón en el piso y el dolor me dejaron saber que no había pasado la noche solo. Las punzadas en mi frente y sienes eran intensas. La resequedad de mi garganta era insoportable.

Me levanté de la cama; mi cuerpo desnudo se reflejó en el espejo de mi habitación. Los moretones sobre mis muslos tenían el tamaño de balones. Vi la mueca de dolor en mi rostro cuando pasé mis dedos sobre las marcas moradas. Entré al vestidor, tomé el nuevo pantalón del pijama que mis padres me habían regalado en Navidad, me puse la primera playera blanca que encontré y unas sandalias negras. Abandoné el vestidor, la puerta de la habitación estaba abierta. No había nadie en el pasillo, no había nadie en casa. Entre el silencio se escuchaban los ladridos de Robbin desde el primer piso. Un extraño olor entraba por mi nariz y se intensificaba con cada peldaño que pisaba al bajar.

La mesa de cristal que solía estar al centro del recibidor estaba desmoronada en el piso junto con el florero favorito de mi madre. Moví los cristales con mis pies para abrirme paso hacia la entrada principal de la casa, que estaba abierta. No debía estar abierta. Caminé hacia la sala; la decoración sobre la ventana seguía pegada. FELIZ AÑO NUEVO. Las botellas de cerveza, vodka y tequila estaban abiertas y vacías en el suelo. Había prometido no volver a beber tequila.

Comencé a temblar, no recordaba nada. ¿Por qué había amanecido desnudo y con moretones en el cuerpo? ¿Quién se había fumado el cigarro de mariguana al borde de la ventana? ¿Era mío el condón tirado en la habitación? ¿Por qué estaba destruida la mesa de cristal? ¿Quién había dejado la puerta abierta? ¿Había bebido solo todo aquel alcohol? Respiré profundo e intenté recordar. La última escena de la noche llegó a mi cabeza. Estaba en la cocina abriendo una botella de vino tinto para servirla en la copa vacía sobre la mesa de mármol; las primeras gotas cayeron en el cristal hasta llenarlo por la mitad. No había nadie en casa, todos se habían ido. Todos menos Francisco. Miguel estaba al teléfono. No recordaba nada después. El extraño olor que había percibido desde la habitación seguía esparciéndose. Caminé hacia la cocina: la copa de vino que había servido la noche anterior estaba intacta sobre la mesa de mármol, pero la botella no estaba ahí. Rodeé la mesa hasta llegar al lavabo. Acerqué la boca al grifo y abrí la llave. Di tres tragos al agua que salía a presión. Con la cabeza ladeada y la boca tocando el agua, mis ojos se enfocaron en el cristal roto de la puerta corrediza que daba al jardín. Cerré la llave y me incorporé. Los grandes pedazos de cristal transparente sobre el suelo estaban al lado de cristales verdes y pequeños. ¿Verdes?

La botella de vino tinto estaba rota, esparciendo el color rojizo por el piso. La mancha se aclaraba al avanzar hacia la cabeza del cuerpo sin vida sobre el suelo de la cocina. Mis pies resbalaron con el líquido. Sangre. Caí hacia el frente, quedando tendido a su lado. Había una persona muerta en el piso y no sabía si yo era el culpable. Todo por no medir las consecuencias de mis decisiones. Mis ebrias decisiones.

17

BLACK OUT

El último recuerdo registrado era la llamada con Miguel a las 4:45 de la madrugada. Los únicos testigos de los hechos eran las cámaras de seguridad. Reproduje la grabación.

4:45 a.m.

Cámara #4: Estoy solo frente a la botella de vino y hay una copa a medio llenar en la cocina. Dejo mi celular en la mesa y doy un trago a la copa. Salgo de la cocina.

Cámara #3: Camino por el pasillo hacia la sala con la copa en la mano. Francisco me intercepta. Hablamos. Entro en la sala. Francisco se queda estático en el pasillo, paseando la mirada por la casa. Se acerca al estudio del ingeniero Rodríguez, asoma la cabeza y entra. Luego de unos minutos vuelve al centro del pasillo y pasea la mirada por el lugar una vez más. Camina hacia la mesa de cristal. Está buscando algo sobre ella. Mira la entrada principal; a un lado está la puerta blanca que sale a la cochera. Se acerca, la abre y se queda un momento viendo hacia ahí. Se aleja de la cochera y regresa a la cocina.

Cámara #4: En la cocina, Francisco rodea la mesa de mármol, mueve todas las botellas y restos de comida sobre la mesa. Camina al jardín trasero deslizando la puerta de cristal. Se dirige a la mesa de juegos donde los vasos y pelotas del torneo de *beer pong* siguen listas para otra partida. Entro de nuevo en la cocina con la copa de vino en mi mano, la dejo sobre la mesa. Francisco entra a la cocina desde el patio, se acerca a mí y salimos al pasillo.

Cámara #3: Caminamos hacia la sala, yo voy delante de Francisco. Francisco mete la mano en la bolsa trasera de mi pantalón y la mueve. Volteo inmediatamente. Estamos mirándonos de frente. Francisco pasa las manos por mi cintura y las termina metiendo en las bolsas traseras del pantalón. Acerco mi boca para besar sus labios, pero retira su cabeza para no tocarlos. Vuelvo a intentar besarlo, pero se retira otra vez, tiene la mirada en el techo y el pecho alejado del mío. Intento besar su cuello. Francisco mete las manos en las bolsas delanteras de mi pantalón.

Cámara #1: Un auto negro se estaciona enfrente de mi casa. Es el mismo auto que vino a dejar a Francisco. Hay un conductor y un copiloto. Las luces del auto se apagan, pero nadie sale.

Cámara #3: Francisco ya no tiene las manos en las bolsas de mi pantalón. Intenta alejarse de mí, pero yo tomo sus brazos. Me agacho hasta ponerme de rodillas. Desabrocho su cinturón, logro bajar la bragueta y sacar su pene. Antes de que lo meta en mi boca, Francisco me levanta del suelo jalando mi cuerpo hacia arriba. Tomo su miembro que cuelga en el aire, pero él retira mis manos de golpe. Me toma de los hombros y habla conmigo. Contesto. Me separo de él; ahora yo estoy buscando algo. Caminamos hacia la mesa de cristal y movemos las cosas que hay sobre ella. Francisco está a mi lado, mi mano derecha se mueve y acaricio su entrepierna. Nuevamente retira mi mano. Me acerco a su oído y le digo algo, pero Francisco no responde. Señalo las escaleras con mi dedo. Me dirijo hacia el segundo piso, pero caigo de espaldas y sobre mi muslo derecho al perder el equilibrio. Francisco me deja tirado. Trato de levantarme, pero no consigo mantenerme estable. Vuelvo a caer al suelo. Francisco me levanta. Ambos subimos por la escalera.

5:18 a.m.

Cámara #1: Un Mustang se acerca y se estaciona al otro lado de la calle, apaga las luces y el conductor sale del vehículo. Las luces del auto negro estacionado enfrente de la casa se encienden y se aleja de la escena, acelerado.

5:25 a.m.

Cámara #3: Francisco baja por las escaleras y camina por el pasillo hacia la sala. Momentos después regresa al pasillo sosteniendo la botella de vodka.

Cámara #1: El conductor del Mustang camina directo hacia la casa.

Cámara #2: Ricardo está en la entrada principal golpeando la puerta con el puño cerrado. No se detiene. Golpea y golpea la puerta.

Cámara #3: Francisco se acerca a la entrada principal y abre la puerta.

Cámara #2: Ricardo entra acelerado. Francisco sale y mira hacia ambos lados de la calle. Parece que está buscando a alguien. Regresa a la casa.

Cámara #3: Ricardo grita y alza los brazos. Francisco pone las suyas sobre los hombros de Ricardo. Ambos caminan por el pasillo hasta llegar a la mesa de cristal. Francisco apunta con su dedo hacia las escaleras. Ricardo desaparece de la toma al subir al segundo piso. Francisco sigue caminando y entra a la cocina.

Cámara #4: Francisco abre el refrigerador. No se alcanza a ver lo que saca de ahí. Sale de la cocina.

Cámara #3: Francisco camina por el pasillo sosteniendo una cerveza y se dirige a la sala. Ricardo aparece en la toma bajando las escaleras e intercepta a Francisco. Están conversando, Francisco saca de su bolsa un pequeño empaque cuadrado color rojo y se lo entrega a Ricardo. Un condón. Ricardo sube por las escaleras nuevamente, Francisco le lanza algo más. Algo pequeño y delgado. Un porro de mariguana. Ricardo sube las escaleras.

5:37 a.m.

Cámara #1: Un auto se acerca y se estaciona justo enfrente del portón de la casa, se puede apreciar la marca BMW en el cofre. Miguel sale y se acerca a la entrada principal. La camioneta de Daniel se estaciona a la mitad de la calle. Anna sale del asiento trasero. Karen baja el vidrio delantero, asoma la cabeza mientras bebe un refresco. Daniel está dormido en el asiento del copiloto.

Cámara #2: Miguel y Anna están de pie fuera de la entrada principal. Karen espera a Anna estacionada en la calle con la camioneta encendida. Anna busca algo en su bolsa. Saca las llaves del Mini convertible. Miguel toca el timbre y Anna llama a la puerta.

Cámara #3: Francisco sale de la sala y camina hacia la entrada principal. Acerca el oído a la puerta, pero no la abre. Asegura las puertas y regresa a la sala apagando todas las luces de la casa. La imagen ahora es en blanco y negro.

5:46 a.m.

Cámara #2: Karen agita la mano desde la camioneta invitando a Anna a regresar. Anna mira a Miguel, conversan un par de minutos. Anna entrega las llaves del Mini a Miguel y regresa a la camioneta con Karen y Daniel.

Cámara #1: La camioneta de Daniel se dirige al final de la calle y sale de la toma. Miguel entra a su auto, reclina el asiento y se queda ahí.

5:55 a.m.

Cámara #1: Un taxi llega y se estaciona en medio de la calle, a un lado del auto de Miguel. Alberto sale del asiento trasero y se acerca al BMW. Golpea el vidrio tres veces. Miguel sale del auto y habla con Alberto. Ambos se acercan a la entrada principal.

Cámara #2: Alberto saca las llaves del pantalón y abre la puerta.

Cámara #3: Todo es blanco y negro por la falta de luz. La puerta se abre al fondo proyectando un cuadro blanco por la luz del foco de la entrada principal. La puerta se cierra. Miguel y Alberto entran a casa y cruzan el pasillo hasta la cocina.

Cámara #4: Alberto se acerca al refrigerador y saca dos cervezas. Miguel se sienta a la mesa de la cocina mientras mi hermano le entrega una de las cervezas.

Cámara #3: Francisco asoma la cabeza desde la sala, camina despacio por la oscuridad y sube por las escaleras.

Cámara #4: Alberto y Miguel salen al jardín trasero. Recorren el lugar viendo el desorden de la madrugada y vuelven a entrar a la cocina. Cierran la puerta de cristal y caminan hacia el pasillo.

Cámara #3: Alberto enciende la luz del pasillo y la toma se ilumina. Miguel asoma la cabeza al estudio del ingeniero Rodríguez. Alberto entra en la sala, Miguel lo sigue. Ambos regresan al pasillo. Alberto sube las escaleras hacia el segundo piso. Miguel se queda en el primer piso, saca de la bolsa de su pantalón las llaves de mi auto y las deja sobre la mesa de cristal a un lado del florero. Miguel camina hacia la sala, pero en un instante cambia de dirección y sube corriendo las escaleras.

6:10 a.m.

Cámara #3: Miguel y Alberto arrastran escaleras abajo a Ricardo hasta tirarlo en el pasillo frente al estudio. Lo levantan y Miguel lo empuja a la entrada principal. Ricardo choca contra la puerta, se voltea y embiste a Miguel, ambos caen sobre la mesa de cristal, que termina desmoronada en el piso. Miguel se levanta y se coloca sobre el cuerpo de Ricardo, lo golpea con los puños cerrados. Alberto levanta a Miguel y lo separa. Ricardo se levanta del piso y corre hacia la entrada principal.

Cámara #2: Ricardo sale por la puerta y corre hacia su auto.

Cámara #1: Ricardo sube a su auto y se aleja con dirección a la salida de la colonia hasta desaparecer de la toma.

Cámara #3: Alberto cierra la puerta principal. Miguel se sacude los cristales de la ropa, se mira las manos y las extremidades. Ambos caminan hacia la cocina.

Cámara #4: Miguel se lava las manos en el lavabo de la cocina. Alberto saca una toalla de un cajón y se la pasa a Miguel, que cubre sus dedos. Salen de la cocina.

Cámara #3: Atraviesan el pasillo rodeando los cristales rotos y caminan hacia la entrada principal, salen y cierran la puerta.

Cámara #2: Alberto sostiene su teléfono. Miguel tiene el brazo levantado, apuntando al cielo. Los dos se sientan en las escaleras y hacen algunas llamadas.

6:45 a.m.

Cámara #3: Francisco baja despacio las escaleras hasta pisar los cristales rotos del piso. Gira la cabeza mirando alrededor. Su mirada se queda clavada en el suelo, se agacha separando los cristales con las manos y recoge algo del suelo. Las llaves del Mini están en su mano izquierda. Francisco saca el celular y hace una corta llamada. Entra en la sala y sale con la botella de vodka en la mano. Se acerca a la puerta blanca que va hacia la cochera.

Cámara #1: El portón de la casa se abre hacia arriba a un lado del BMW de Miguel, que estorba el acceso a la cochera. Las luces de un auto se ven proyectadas desde el interior.

Cámara #2: Alberto y Miguel se levantan de las escaleras de la entrada principal y caminan hacia la derecha.

Cámara #1: Alberto y Miguel aparecen en la toma asomando sus cabezas por debajo del portón blanco. Entran corriendo cuando el portón está abierto de par en par. El Mini convertible acelera pero el BMW de Miguel le estorba el camino para salir. Los autos hacen colisión. El Mini da reversa e intenta empujar de frente chocando con el otro auto. El portón comienza a descender. El Mini está en medio de la banqueta, el portón lo aplasta. Un auto negro llega, acelerado, y se estaciona al lado del BMW de Miguel. Francisco sale por debajo del portón hacia la calle y se acerca al auto negro para subirse. Una mano sale desde la ventana del copiloto con una pistola y apunta contra Francisco. Dispara. Francisco corre hacia la entrada principal de la casa. El auto negro acelera y desaparece de la toma.

Cámara #2: Francisco entra a la casa.

Cámara #3: Francisco corre por el final del pasillo hacia la cocina. Alberto y Miguel entran a la casa desde la puerta de la cochera y siguen a Francisco.

Cámara #4: Francisco entra a la cocina. Corre hacia el jardín trasero, pero choca contra la puerta de cristal cerrada y la rompe. Los enormes vidrios caen sobre su cuerpo. La sangre brota desde su cuello e intenta tapar la herida con una mano. Alberto y Miguel entran a la cocina y se quedan mirando la escena. Francisco estira la mano hasta alcanzar la botella de vino tinto sobre la mesa, la levanta y la rompe contra la mesa. Estira el cristal roto hacia Alberto y Miguel. Francisco cae de rodillas sobre el charco de sangre y vino tinto. Al final, el pecho de Francisco toca el suelo.

Cámara #3: Alberto y Miguel caminan por el pasillo hasta la entrada principal.

Cámara #2: Salen a la calle.

Cámara #1: El BMW, el Mini y el portón están destruidos. Miguel saca el celular y hace una llamada.

7:10 a.m.

Cámara #3: Bajo las escaleras. Camino sobre los cristales rotos hacia la entrada principal para cerrar la puerta. Paso por la sala y me dirijo a la cocina.

Cámara #4: Me acerco al lavabo para dar unos tragos al agua que sale del grifo. Me levanto y camino hacia la puerta de cristal rota. Resbalo y caigo sobre el charco de vino y sangre, junto al cuerpo de Francisco.

18
EL FINAL

La ebria decisión de la que más me arrepiento al día de hoy es haber ido al apartamento 318 todo ese tiempo atrás. No por el sentimiento de culpa que despertó en mí al día siguiente, sino porque fue el evento que marcó el inicio del fin para Ricardo y Francisco en mi vida. El final de nuestra historia.

La policía llegó a la colonia Sierra Alta por una llamada que recibieron de Miguel, que esperaba afuera de la casa. Alberto me encontró tirado en el piso al lado del cuerpo de Francisco. Me levanté con las manos y brazos pintados de rojo. Alberto me llevó al estudio del ingeniero Rodríguez. Los forenses entraron a la cocina e inspeccionaron el lugar mientras nosotros hablábamos con los agentes de la policía ministerial de Monterrey. El cuerpo de Francisco paseaba por el pasillo hacia la entrada principal sobre una camilla móvil cubierta con una lona azul. Cubrí mi rostro con las manos para tratar de esconder el arrepentimiento. Uno de los policías pidió permiso para descargar los videos de las cámaras de seguridad y analizar la evidencia. Alberto no dudó en concedérselos.

Mis manos sudaban sobre la mesa de lámina en la sala de interrogatorios como si estuviera dentro de una sauna. La resaca y los nervios hacían que mi cuerpo temblara como si estuviera nevando alrededor del cuarto de tres metros cuadrados. Mis recuerdos de las últimas horas estaban perdidos en lagunas mentales. Un señor alto y robusto con bigote poblado entró en la sala sosteniendo una libreta y un bolígrafo en la mano derecha. Exhaló fuerte al sentarse frente a mí. Colocó sus manos sobre la lámina y me miró fijamente a los ojos. No me preguntó nada sobre los hechos de la noche anterior, lo cual fue un alivio porque no recordaba nada de nada. Lo único que salió de su boca fue el requerimiento de darle toda la información que tenía sobre Francisco. De principio a fin. Desde que lo conocí hasta el día en que lo vi por última vez. Y así lo hice.

Conocí a Francisco la mañana del 7 de octubre cuando pasó por mí durante su jornada de trabajo como conductor de Uber, saliendo yo del apartamento 318. Mi celular se estaba quedando sin batería, así que memoricé las placas del auto: LYA 1503. Vi las placas acercarse y subí al auto. Estuvimos más de una hora paseando por la ciudad hasta que por fin Francisco me dejó en casa; lo califiqué con cinco estrellas. Una semana más tarde nos volvimos a ver, cuando pasó por mí al restaurante Tacos el Güero, donde yo había cenado con Miguel después de la fiesta de compromiso de Anna y Ricardo. Habernos encontrarnos nuevamente había sido una coincidencia, y nuestro viaje se alargó más de una hora. Conocí la casa en la que vivía con tres compañeros y que le prestaba un amigo suyo, y pasamos la noche ahí. No tuvimos sexo, solo dormimos. Me habló de su familia y de cómo había perdido contacto con ellos por casi un año. Había trabajado en Dallas y vuelto a Monterrey tras tener algunos problemas con la visa. Con lo que había ahorrado compró un Aveo y se metió a trabajar como conductor de Uber para ganar dinero extra, según él tenía trabajo como vendedor de autos seminuevos. Después de conocerlo un poco más supe que algunas cosas eran mentira. La casa donde vivía con sus compañeros no era de su amigo; era de sus padres. Dejó de vivir ahí por haber robado pertenencias de los inquilinos. Para evitar que demandaran a Francisco, sus padres no les cobraron la renta. Salimos una noche, Francisco destruyó el Mustang de Ricardo con una cruceta de metal. Días más tarde recibí una llamada de Francisco cuando un oficial de tránsito de Monterrey lo detuvo por conducir en estado de ebriedad. Le quitaron el Aveo y debía pagar una multa 50 mil pesos para sacarlo del lote de autos. El último contacto que tuve con Francisco fue en la fiesta de Año Nuevo en casa. Había llegado en un auto color negro a la entrada principal.

El inspector anotaba todo en su libreta mientras yo hablaba sin parar como cuando estoy nervioso, enojado, feliz o tranquilo. Después de escupir toda la información, me quedé callado.

No sé cuánto tiempo pasó antes de que saliera de la sala de interrogatorios. Pudieron ser minutos u horas. Alberto estaba sentado en una sala de espera con la cara larga y los ojos vidriosos. Ninguno de los dos había descansado la noche anterior; no quería ni imaginar cómo me veía yo en esos momentos. Nos mandaron en un taxi desde la estación hasta la entrada de la casa. El portón estaba abollado por el colapso con el Mini convertible, que se encontraba estacionado y destruido dentro de la cochera. El BMW ya no estaba afuera de casa, Miguel se había ido. Alberto y yo entramos y cerramos la puerta con llave. Nos aseguramos al menos tres veces de que la cerradura funcionara. Todo el desorden de la última fiesta estaba como lo habíamos dejado, todo excepto el cuerpo de Francisco, que ya no estaba tendido en el piso de la cocina. La copa de vino tinto seguía intacta sobre la mesa de mármol. La tomé entre mis dedos. Por un segundo saboreé mentalmente el líquido rojo seco antes de dejarlo caer en el lavabo junto al agua corriendo desde la llave.

Mis padres regresaron de su viaje a Las Vegas. Se habían enterado de todo lo ocurrido mucho antes de abordar su vuelo a Monterrey. No discutieron sobre el tema conmigo ni con Alberto; supongo que no se sentían con la autoridad para hacerlo. Según mi madre, el peor sufrimiento que puede tener un padre es ver a su hijo sufrir las consecuencias de sus propias decisiones. Alberto había visto morir a una persona frente a sus ojos por primera vez. Ver a Francisco caer al suelo sobre un lago de sangre que chorreaba desde su cuerpo le dio una visión más amplia del futuro y de cómo *no* quería morir. Yo, en cambio, me sentía muerto por dentro.

Dejar entrar a Francisco a casa significó dar entrada a las consecuencias que mis ebrias decisiones venían arrastrando por mucho tiempo. Ricardo pasó gracias a la mano de Francisco, que le entregó el porro de mariguana y el condón envuelto en un paquete rojo. Ricardo tuvo lo que quiso y yo no pude detenerlo. Aquella noche fui víctima de violación y no recordaba nada salvo el dolor en el cuerpo.

Cuando Alberto llegó a casa, subió a buscarme a la habitación y encontró a Ricardo fumando el porro de mariguana junto a mi cama, donde me encontraba desnudo e inconsciente. Ricardo se vistió rápidamente mientras Alberto intentaba despertarme, sin éxito, mientras llamaba a Miguel a gritos. Ambos interceptaron a Ricardo en las escaleras. Miguel golpeó a Ricardo antes de que este huyera corriendo.

Ricardo se presentó ante los inspectores durante los siguientes días, le cuestionaron las razones por las que había ido a mi casa en la madrugada del primer día de enero. Se necesitaba una confesión de Ricardo para declararlo culpable o que yo entregara algo que apoyara el caso. Ahora yo podía tratarlo como un juguete. Dentro del condón usado en la habitación estaba depositada la evidencia de sus actos; tenía testigos que sabían del chantaje de Ricardo con los videos de mi ebriedad, y sobre la petición de la mamada. La grabación de Ricardo golpeando la puerta para entrar en la casa se sumaba a la evidencia y los testigos finales me vieron inconsciente en mi cama. Los abogados me sugirieron realizar una inspección de la zona anal para analizar posibles desgarres y verificar coincidencia de restos de heces fecales sobre el condón usado. Por primera vez en mucho tiempo las cartas jugaban a mi favor: podía aumentar la apuesta y seguir con la certeza de que terminaría ganando. Pero algo dentro de mí no quería levantar la última carta.

Durante el tiempo que duró la investigación sobre el acto ilícito que desencadenó Ricardo, cada noche me aseguraba de cerrar cada una de las entradas de la casa. Robbin dormía en el pasillo; yo esperaba que sus ladridos me despertaran a la mínima señal de peligro. La puerta de la habitación me protegía bajo llave y cerraba tanto la ventana como la cortina. Y es que después de aquella madrugada, cada noche, cuando cerraba los ojos, descendía al infierno.

Siento mi cuerpo caer al vacío sin poder sostenerme de nada hasta tocar el colchón nuevamente. Miro a los lados y compruebo que estoy en mi habitación, pero no estoy solo. Una silueta negra está parada al lado de la ventana sosteniendo un porro de mariguana, sus ojos rojos me miran fijamente. Por más que lo intento, mi cuerpo no me permite abrir la boca para gritar y pedir ayuda. Los labios humeantes de la sombra se aproximan a mí y me soplan en el rostro. La sombra se sienta sobre mí, aplastando mi pecho y abdomen. La respiración lenta de su nariz se acerca a mi oído y le escucho decir: "Mi Alonso". La oscuridad recorre toda la habitación. Aquello me desnuda con sus manos, raspando mi piel. La respiración de la sombra se acelera en mi oído. No puedo moverme y me penetra. El dolor es tan real como la imposibilidad de hacer algo para detenerlo. La sombra se burla y mete algo en mi boca, cuando termina siento chorrear algo sobre mi cara, que está húmeda. Despierto sudando, miro el reloj del celular: no he dormido ni cinco minutos y no quiero volver a intentarlo. Robbin está en silencio. La puerta de la habitación está cerrada con llave y no hay nadie junto a la ventana. No importaba lo que yo decidiera hacer con la evidencia y la sentencia final de Ricardo: él siempre encontraría la manera de escabullirse en mi habitación para jugar con su juguete favorito.

A mitad del mes de enero me encontraba sentado en la silla del jardín junto a Robbin. El sol nos invitaba a salir a correr a la calle, pero yo no quería salir de casa. Estaba intentando decidir qué hacer con la evidencia contra Ricardo. Para sorpresa mía, en el celular apareció su nombre antes de que yo pudiera pensar. Bastó una corta llamada con él para agendar una larga visita al restaurante Toks. No tenía intenciones de probar bocado, ni siquiera tenía antojo del café que tanto acostumbraba beber ahí. Alberto y el ingeniero Rodríguez estaban sentados a dos mesas de distancia, por precaución. Ricardo entró al restaurante minutos después que nosotros. Tenía la cara pálida, una barba crecida de más de diez días, los rizos del cabello más largos que de costumbre, y caminaba con la mirada en el piso, con miedo a buscar mi rostro. No dijo nada al llegar a la mesa, solo se sentó frente a mí. Nos quedamos en silencio hasta que la mesera llegó para ofrecernos un vaso de agua.

Después de beber, Ricardo soltó un suspiro ahogado en llanto. No decía nada en absoluto, solo lloraba frente a mí y limpiaba sus mocos con las servilletas. Sus suspiros no dejaban que pronunciara ninguna palabra. Por fin sus labios articularon una oración:

—Estaba ebrio, Alonso, por favor perdóname, perdóname por haberte violado...

Tenía la confesión que necesitaba. Por un momento pensé en pedir que la repitiera para grabarla con el celular, pero las siguientes palabras me detuvieron:

—Necesito ayuda...

Esas fueron las palabras que Ricardo no dejó de mencionar durante los siguientes minutos; a veces las usaba en una oración, a veces solo las metía entre la conversación. Sea como fueran utilizadas aquellas palabras, entendí el mensaje. Ricardo necesitaba ayuda y me la estaba pidiendo con desesperación, pero yo no se la podía proporcionar. Necesitaba a alguien que lo ayudara a controlar los deseos por sentir la piel de alguien más sin distinción de género, solo sentir. Necesitaba ayuda para dejar de ver a las personas como objetos que saciaran sus instintos, esos que por mucho tiempo fueron saciados por Anna, por Victoria, por mí y quizás por alguien más. Necesitaba ayuda para aceptar que esos instintos y deseos no se consiguen a base de golpes en el cuerpo de Anna, ni con chantajes por teléfono y menos entrando a casa de una persona inconsciente. Necesitaba ayuda porque nada estaba bien dentro de él.

Ricardo aceptó todo y lo gritó al aire. Pedía a la vida una segunda oportunidad. Esa tarde en el restaurante la vida tenía nombre y apellido: Alonso Rodríguez. Sequé sus lágrimas de preocupación aceptando las disculpas. No sentía lástima por él ni mucho menos tristeza. Sentía empatía: la mirada en su rostro mostraba el arrepentimiento que muchas veces vi en mi reflejo al despertar, deseando nunca haber ido a su apartamento, al apartamento 318. Era la misma mirada del joven de veintiséis años que fue víctima de violación por quedar inconsciente por el alcohol en sus venas, la mirada que me recordaba que estaba viviendo en las consecuencias de mis ebrias decisiones. La empatía me hizo regalarle una última oportunidad de la cual yo no volvería a ser parte. Una última oportunidad junto con una nueva versión de los hechos. A las 4:35 horas del primer día de enero, Ricardo y yo hablamos por teléfono acordando que nos veríamos en la casa de la colonia Sierra Alta para tener relaciones sexuales en mi habitación. Lo estaría esperando desnudo sobre la cama mientras Francisco abría la puerta para dejarlo entrar. Alberto y Miguel confundieron la escena con un acto de violación y actuaron en defensa de la víctima. Ricardo se dirigió a su apartamento al salir de casa y esperó mi llamada al día siguiente. Todo quedó como un acuerdo consensual, un acuerdo en donde ambos salíamos ganando. Todo cargo por violación fue revocado, al igual que cualquier relación entre ambos. A partir de ese día y durante las siguientes noches jamás volví a compartir una noche con Ricardo. No físicamente. Nunca más en mis sueños. La oscuridad abandonó la habitación.

Los abogados de la familia se encargaron de cubrir todos

los temas relacionados con la muerte de Francisco en casa. Ellos, junto con la policía, se aseguraron de que ninguna noticia sobre lo sucedido saliera publicada en la prensa, pues la investigación seguía abierta por el auto negro que había estado rondando por la casa. Al igual que a la prensa, me pidieron que hiciera lo mismo y no dijera nada a mis conocidos. Nadie de mis amigos se enteró de que Francisco había llegado a la casa el primero de enero a las 4:14 horas, luego de que un auto negro lo dejara en la entrada principal. El mismo auto que alrededor de las 6:50 horas transportaba a un pasajero armado que disparó contra Francisco. La bala atravesó su hombro izquierdo, cerca de la yugular que luego el vidrio de la puerta corrediza había rebanado al caer sobre él.

Nuestra familia no se involucró en más detalles de la investigación sobre el auto negro y la persona armada. El caso "cerró" como un accidente por falta de juicio provocada por la alteración del organismo al ingerir sustancias ilícitas reveladas en la autopsia. Al no encontrarnos culpables de su muerte, los padres de Francisco se limitaron a reconocer el cuerpo en la morgue del Hospital Universitario cuando las autoridades les hicieron el llamado.

Todo volvió a la normalidad, o al menos pretendí que así era. Salía de casa hacia el trabajo en compañía del ingeniero Rodríguez. No iba a otro lugar que no fuera la oficina. Daniel y Karen me visitaron para el día de San Valentín junto con Anna. Las tres personas que salieron de casa antes de que Francisco entrara para después nunca salir. Nadie sabía nada, no podía contarles nada. Nydia y Humberto revelaron el sexo de su bebé a finales de febrero, nos reunimos en casa de Jorge donde reveló que se casaría con Yarely. La única noticia que yo quería revelar en ese momento me era imposible; nadie podía saber que Francisco estaba muerto, pero sobre todo que Miguel lo había presenciado y por esa razón no nos acompañaba esa tarde.

Durante años escondí el secreto de mi sexualidad a mis

padres; creí que sería sencillo esconder ese pequeño secreto a todo el mundo, pero no era pequeño ni mucho menos fácil esconderlo. Cada día despertaba con la culpa y duda de no saber qué había sucedido aquella madrugada, de no saber quién había conducido el auto negro y por qué había disparado a Francisco. Tal vez la culpa era mía por no haber estado con él. No estar presente en lo absoluto.

Fueron tres meses de guardar el secreto a todas las personas que me rodeaban; tres meses sintiéndome culpable por algo que yo había comenzado. Después de la trágica muerte fue que las respuestas comenzaron a llegar, cuando el rostro de Francisco apareció una noche en cadena nacional en el noticiero *En Punto* con Denise Maerker.

El noticiero transmitió la nota estelar de la noche: la Fuerza Civil de Monterrey había capturado a una banda de delincuentes que se dedicada al robo y clonación de automóviles. Los diez miembros de la banda, todos entre veinte y treinta años de edad, fueron interceptados dentro de un almacén abandonado en el municipio de Escobedo. Ahí dentro tenían estacionados al menos quince autos robados. En el almacén también encontraron radios, teléfonos celulares, maquinaria industrial para soldar, armas de fuego y dinero en efectivo que rebasaba el millón de pesos.

Subí el volumen de la televisión cuando el primer rostro conocido apareció en la pantalla: era el inspector Pablo Martínez, el mismo que me había visitado en la sala de interrogatorios el día de la muerte de Francisco. Se encontraba sentado en primer plano en el foro del noticiero con un monitor a su espalda, revelando las imágenes de la nota y con varias pilas de documentos sobre la mesa. Denise Maerker estaba sentada frente a él haciendo preguntas. Quería saber qué hacían exactamente los involucrados en el delito. El inspector Martínez comenzó a explicar.

Los individuos primero visitaban lotes de autos y talleres mecánicos del área metropolitana buscando autos abollados o que hubieran sufrido algún accidente y fueran considerados como chatarra. Al cerrar el trato con los dueños del taller, adquirían los autos de manera legal con todos sus papeles al día y a un precio muy bajo. Los autos chatarra eran transportados en un camión grúa al almacén y se quedaban estacionados. Después de este proceso llegaba la fase dos.

La información que obtenían del auto comprado era el número de placas, marca, modelo, color y tipo de vehículo, pero más importante, se obtenía el número de identificación vehicular conocido como V.I.N. donde se describe la información del auto y el número de motor. Al tener estos datos, los "comerciantes" se daban a la tarea de buscar un auto que tuviera las mismas características que el auto chatarra en cuanto a marca, modelo, color y tipo de vehículo para después robarlo y clonarlo. Una vez que conseguían el auto "nuevo", se le agregaban las placas que tenía el auto chatarra y se le adecuaba el número V.I.N. y el número del motor. El auto se ponía entonces a la venta a un precio competitivo al mercado. Cuando un cliente lo compraba, los papeles estaban en perfecto estado y los números de identificación coincidían. Ahora el auto que circulaba por las calles no era un auto robado, sino uno con todos sus papeles en regla.

Al parecer los integrantes de la banda tenían un sistema que funcionaba con armonía, comentaba el inspector Pablo. Después de analizar diferentes casos y denuncias de los ciudadanos, coincidían en que los delincuentes nunca actuaban solos. Primero se identificaba el auto, la zona donde se movía y el lugar donde residía su dueño. Cada individuo tenía una tarea específica: a los delincuentes se les otorgaban autos y armas de fuego para realizar los bloqueos y el robo de los nuevos vehículos una vez elaborado el plan para obtenerlos. Esta maniobra les garantizaba efectuar el robo y traslado de manera rápida y precisa. En la pantalla del televisor aparecieron videos de seguridad de diferentes negocios donde se veía a los integrantes de la banda robando vehículos a mano armada.

Rastrear uno de aquellos autos robados era casi imposible debido a que se tendrían que detener todos los autos con características similares y revisar que los números de identificación del vehículo no coincidieran con los papeles que portaban, pero fue gracias a una práctica que realizaba la banda de delincuentes cuando recibían a un nuevo integrante, lo que ayudó a su captura. Todos los individuos confesaron que tuvieron que robar un auto por su cuenta para demostrar su interés por ser parte del grupo y cobrar parte del monto del auto clonado. Fue ahí que vi a Francisco en la pantalla: él dio inicio a la investigación para la captura de la banda de delincuentes.

Durante la madrugada del anterior 7 de octubre, la cámara de seguridad del salón La Ventana M en Monterrey, captó a un joven robando un auto Audi con placas EYM-2819 mientras el vehículo era entregado por un empleado a su respectivo dueño. El delincuente amenazó con un arma de fuego, subió al auto y aceleró desapareciendo de la toma. Como se apreciaba en el video, el joven había actuado solo.

Los inspectores recibieron grabaciones de cámaras de seguridad de los apartamentos Serena Residencial en el municipio de San Pedro de aquella misma mañana. Captaron un auto Audi del mismo color y modelo transitando por las calles con placas LYA 1503. En ese momento miré el celular y busqué en la aplicación de Uber el historial de los viajes que había realizado durante ese día. La información en mi celular coincidía con la de la noticia en la televisión: las placas pertenecían a un Chevrolet Aveo. El conductor había cambiado las placas del vehículo para mover el automóvil por su cuenta mientras recibía indicaciones de adónde transportarlo.

Recordé lo que Miguel había dicho acerca de aquel robo: el empleado del *valet parking* se había quedado con las llaves, si el auto se apagaba antes de llegar a su destino, no podía encenderse otra vez. Estúpidamente, Francisco trabajó de conductor de Uber esperando indicaciones porque no podía apagar el auto, y estúpidamente yo no me había fijado en el modelo del auto antes de subir. Solo en las placas.

El inspector mostró a la cámara los expedientes que los delincuentes tenían sobre los autos que planeaban buscar y robar. Apareció en la pantalla la información sobre un Mini convertible. Se había identificado uno al sur de Monterrey en la colonia Sierra Alta. Necesitaban conseguir fotografías y verificar el modelo. Una vez que la información coincidió, se elaboró el plan para robarlo.

Me sentí estúpido al haber asumido que encontrarme con Francisco una segunda vez había sido coincidental, pues al parecer había estado siguiéndome durante mucho tiempo esperando a que volviera a entrar a su auto.

La entrevista continuó; el inspector expuso el evento que delató al primer miembro de la banda: un oficial de tránsito había detenido a un conductor en estado de ebriedad que conducía por las calles de Monterrey el 26 de diciembre a las 11:07 de la mañana en un auto Chevrolet Aveo con placas LYA 1503. El vehículo fue retirado de circulación y el individuo pasó ocho horas detenido en el Centro de Operaciones Policiales Alamey. Días después los inspectores de la investigación de robos de autos recibieron la información sobre las placas del Aveo que coincidía con las del Audi robado que transitaba por Monterrey. Los agentes de tránsito revisaron los papeles, el número V.I.N. y el número de motor del Aveo incautado: el V.I.N. era erróneo por un dígito. El auto era clonado y el conductor detenido con el nombre Francisco Gómez Martínez pasó a ser el principal sospechoso.

El 31 de diciembre a las 18:50 horas, agentes ministeriales fueron a buscar a Francisco Gómez Martínez a su domicilio en el municipio de San Nicolás, pero no se encontraba ahí; tampoco ninguna de sus pertenencias. Al parecer, se había dado a la fuga. Su búsqueda se efectúo durante esa misma noche, pero fue hasta las 7:20 horas del primer día de enero que lo localizaron, después de recibir una llamada por parte de un ciudadano que reportó un intento de robo de auto en un domicilio al sur de la ciudad y a una persona fallecida. El siguiente indicio para capturar a la banda fue una grabación de seguridad con contenido confidencial que captó a un auto negro escapando del lugar.

La primera parte de la entrevista terminó antes de ir a comerciales. No necesitaba ver más. Apagué el televisor. Mi cabeza conectó los puntos aquella noche: había abordado el Audi robado por Francisco y habíamos paseado por la ciudad mientras él esperaba indicaciones de adónde transportarlo. Durante nuestro viaje le hablé del Mini convertible, lo que provocó que me siguiera hasta verlo con sus propios ojos. Tuvo la oportunidad de robarlo en una ocasión, cuando salimos juntos la noche que destruyó el auto de Ricardo, pero no lo hizo. Fue una suerte para mí que me considerara su amigo por lo menos durante ese tiempo. Pero cuando los oficiales de Monterrey lo despojaron del Aveo, nuestra "amistad" murió. Sin dinero para sacar su auto, no consideró más opciones que proceder con el robo del mío.

La madrugada del 1 de enero, Francisco llegó en compañía de la banda de delincuentes armados hasta mi casa para llevarse el Mini. Buscó las llaves por todas partes, pero no estaban en casa; Anna se las había llevado. Miguel estacionó su auto justo enfrente del portón. Anna regresó en compañía de Daniel y Karen y le entregó las llaves a Miguel, que entró junto con Alberto a casa. Después de la trifulca con Ricardo, Francisco se adueñó de las llaves y llamó al resto de la banda. La situación se complicó cuando Francisco no pudo sacar el Mini por el BMW estorbando afuera del portón. Quiso darse a la fuga junto con los otros integrantes cuando los vio estacionarse frente a la casa, pero lo desterraron del grupo con una bala en el hombro. Desorientado, corrió a esconderse dentro de la casa, hasta que se estrelló contra la puerta de cristal.

Sin trabajo, con crímenes en el sistema por estar ligado a

una banda de delincuentes, su nombre próximo a aparecer en cadena nacional y un vidrio enterrado en la yugular, fue como Francisco Gómez Martínez terminó su vida con tan solo veinticuatro años de edad.

19
DECISIONES

Existen buenas, malas y ebrias decisiones.

Llevo seis meses en completa sobriedad, una condición que mantiene mi cuerpo cuando no ingiere más de una copa de vino al día. Me encuentro sentado en el escritorio frente al portátil, escribiendo correos y anexando archivos. Recibo respuestas automáticas confirmando la recepción de documentos y agradeciendo mi interés. Espero propuestas para tomar la siguiente decisión que cambiará el rumbo de mi vida. Espero que sea buena.

La primera decisión que tomó Miguel al empezar el año fue no sufrir las consecuencias provocadas por las ebrias decisiones de otra persona. No solo ignoró los mensajes y llamadas que hice los días siguientes a su teléfono; ignoró mi presencia en la puerta de su casa aun cuando el BMW abollado se encontraba estacionado afuera. El mensaje que recibí en el celular después de esperar más de una hora afuera de su casa era muy claro:

Miguel, 13:01. *Alonso, necesito que me regales tiempo para procesar lo que pasó y saber hacia dónde quiero dirigir mi vida. No todos los días veo gente muriendo frente a mí. Al chico apenas lo conocías, lo invitaste porque tenías todas las intenciones de acostarte con él. No me contaste nada acerca de las amenazas de Ricardo, pude haberte protegido, pero no puedo cuidar a alguien que no se cuida a sí mismo. Creo que debemos dejar de vernos. Creo que esta vez para siempre.*

El ingeniero Rodríguez y mi madre decidieron volver a hacerse cargo del negocio. No era un despido, era un respiro.

Al mismo tiempo que compartí mi sexualidad con ellos, abrí la caja de Pandora con todos los males y problemas que llevaba cargando desde hacía varios años. Supieron quiénes eran Miguel, Ricardo y Francisco. Se dieron cuenta de que el rostro que veían cada día al entrar a casa era el de un completo desconocido, uno que llevaba cargando su propio mundo en la espalda sin pedir ayuda a nadie. Las ebrias decisiones de esa persona habían terminado por manchar el hogar donde vivían de sangre y vino.

Alberto escucha, mira y aprende. Siempre lo ha hecho. El trabajo del hermano mayor es mostrarle a su hermano menor cuáles son los errores en la vida que no debe cometer. Somos pioneros de los problemas, y víctimas. No me culpa, no me juzga, no me compara. Espero que sea una mejor versión de mí cuando llegue a la misma edad.

Mando mensajes recurrentes a Daniel, Karen, Nydia, Humberto, Gracia, Raúl, Jorge, y también a Yarely. Todos están tomando buenas y malas decisiones sobre sus propias vidas y nadie está afectado por las mías. Por mis ebrias decisiones.

Un mensaje de Anna despertó en mí la curiosidad, después la duda y al final la decisión:

Anna, 18:15. *Oye, Alonso, ¿no has pensado en salirte de Monterrey por algún tiempo? Alejarte de la ciudad, de la gente que te rodea, ¡DE TODO!*

Salirme y alejarme. Curiosidad, duda, decisión.

La habitación está guardada en dos grandes maletas al lado del escritorio donde descansa el portátil. Miro por última vez la ventana hacia el jardín donde Robbin pega y mueve la espalda contra el césped. El día soleado de junio entra por la ventana de la habitación vacía. Miro el reloj del celular, las 9:35. Tengo cuatro horas de ventaja antes de salir.

Tomo las maletas y bajo al primer piso. Casi no hay muebles en la casa. El ingeniero Rodríguez acomoda los libros del estudio en cajas de cartón, mi madre envuelve copas de vidrio con periódico en la cocina y Alberto dobla y acomoda ropa en bolsas en el espacio de la sala. Me ven caminar por el pasillo y todos se acercan. Toman las llaves de la Suburban y salimos hacia la cochera. El Mini convertible ya no está ahí. Dejamos atrás la Colonia Sierra Alta y atravesamos la avenida Garza Sada. El Cerro de la Silla se muestra imponente a pesar del caos de la ciudad. Lo miro por última vez por el retrovisor del asiento del copiloto. La camioneta se estaciona afuera de la Terminal B del Aeropuerto Internacional de Monterrey. El ingeniero Rodríguez saca las maletas de la cajuela y me las entrega. Los cuatro nos abrazamos afuera del acceso para las salas de abordaje y después cruzo la puerta.

Llevo una mochila colgada en mi espalda con el portátil, un libro para el vuelo y un legajo de papeles. En las manos sostengo el pasaporte mexicano. Lo abro por la mitad y veo el visado de estudiante impreso. La carta de aceptación de la universidad para el posgrado está en el legajo junto con la dirección de mi nuevo apartamento. Voy camino a la sala de espera. Veo el avión de Aeroméxico estacionarse afuera de la puerta de embarque a través del cristal. La primera escala es la Ciudad de México.

En la nueva sala de espera miro el segundo avión que me llevará a mi destino final. Es enorme, al igual que mi emoción y mis nervios. Camino por el pasillo hasta encontrar el asiento en clase turista: 15A, ventana. Una auxiliar de vuelo se acerca y pregunta si puedo ofrecer mi lugar a otra persona para que viaje al lado de su esposa. Miro a la pareja de mayores al fondo y asiento con la cabeza. La empleada me agradece y me pide que la acompañe al frente del avión. Se me asigna un asiento en primera clase sin cargo extra. Primera buena decisión del viaje. Me ofrecen algo de beber antes del despegue. El vaso de vino tinto llega a la mesita frente a mí en minutos.

La voz del capitán nos da la bienvenida al vuelo a través de las bocinas. Antes de que termine de hablar, doy un trago al líquido en el vaso y miro el boleto con el destino final impreso en letras mayúsculas. BARCELONA.
Estoy listo para un año lleno de sobrias intenciones.

AGRADECIMIENTOS

Primero que nada, te agradezco a ti por permitirme ser parte de tus lecturas. Sé que hay muchas buenas historias allá afuera, por eso estoy honrado y feliz de que leyeras Ebrias Decisiones, mi primera novela. ¡Bienvenido a la familia lectora!

Agradezco a la editora de esta novela, Lorena Amkie, por ayudarme a crear la mejor versión de este libro. A mis "hermanas" Jacqueline Gonzalez y Ana Campos, la vida nos regalo el privilegio de conocernos. A mis verdaderos hermanos Pablo y Carlos, el pilar de mi existir. A mis padres, por su amor incondicional.

Por último, quiero agradecer a la persona más especial en mi vida, Luis DH. Fuiste tú el que siempre me inspiró a seguir escribiendo y nunca abandonar mi sueño. Te amo.

OTROS LIBROS DE
ANTONIO PRECIADO

Sobrias intenciones

Reinas Regias

La última en caer

Califico este viaje Eloísa

Sigue siempre tus sueños… ¡Y a mí también!

Instagram: **itsantoniopreciado**